團圓

THUÂN
ÎNN

目次

第一章　重逢

1

星期六下午，我搭公車到基隆市區，在舊火車站旁的公車總站下車的時候，外頭正好下起雨來。馬路上等車的民眾，見狀紛紛退回公車亭裡；我則是在雨中打開隨身攜帶的摺疊傘，走到對面的舊火車站，再從裡頭的天橋穿越新火車站南站的大廳，來到後方的中山一路上。

基隆是倚著港灣發展起來的城市。中山一路就像條護城河般，把基隆港和後方的山丘隔了開來。小時候阿爸載我跟阿母到市區兜風，經過這一帶的時候，我印象很深刻，沿路上有許多無人居住的房舍，還有一些堆在路邊，和廢棄的鐵架擺在一起的木塊。多年前第五代基隆火車站開始興建後，這裡逐漸改頭換面，此刻放眼望去，盡是平整的水泥地、鮮紅的人行磚，一旁還種著些花花草草，隨風搖曳。當然，其中最引人注目的，還是新火車站本身。南北兩站外牆採玻璃帷幕，屋頂做得像大巨蛋那樣的弧度，乍看之下就像兩艘飛碟停在那裡一般。

中山一路的另一邊，是基隆著名的虎仔山。接近山頂的地方，用鷹架搭著基隆「KEELUNG」幾個巨型的英文字母。外國遊客搭乘郵輪來訪，第一眼看到的，就是這個矗立在山上的地標。至於在那地標之下的一整片山坡，則是蓋滿一棟又一棟高高矮矮、大大小小的房子。我小時候來這一帶，總是往港灣的方向望，對這山坡上的面貌沒什麼特別的印象。但這幾個月，沿著中山一路來來回回走了不下十遍，我常常有一種錯覺，認為這些密密麻麻的公寓平房，不像是蓋在山上，而是我們從平地而起，一磚一瓦，建造了這麼一座像山一樣高的城堡。山城的邊緣，緊貼著大馬路，矗立在那裡的房舍，就像從海面上隆起的懸崖峭壁一樣，走在旁邊都會有一種莫名的壓迫感。而我此刻要去的地方，就在眼前這座山城的山腳下，新火車站北站斜對面不遠處，一棟外牆爬滿青苔、屋頂像古早時候鋪著深灰色瓦片的磚造平房。

半晌抵達平房，我輕輕敲了敲門。陳阿姨是這間平房的屋主，全名叫做陳秋琴，今年五十九歲，長年以來都一個人住。我平時白天在臺北上班，週末會挑一天來這裡陪陳阿姨聊天解悶，順便幫忙整理環境。

「陳阿姨，我是阿芬。」

我在屋外等了一會兒，沒聽見陳阿姨回應的聲音，轉動一下門把發現門沒鎖，便逕自開門往屋裡走去。陳阿姨知道我要來的那天，大門常常沒有上鎖。雖然我說這樣有點危險，但陳阿姨卻不以為意，直說她這間破房子，裡頭沒有半點值錢的東西，這點方圓十里的賊仔都知道。門關著，是為了不讓馬路上的灰塵進來。

平房大概二十坪大小，進門處是傳統的客廳兼神明廳，神明桌上的香爐插著三炷香，大概是陳阿姨早上上的，此刻約莫剩下半截，還燃著微微的星火。神明廳左右兩側，分別是浴廁和陳阿姨的臥室，後方則是廚房兼飯廳，再出去另外有一個用矮牆隔出來，大概兩坪大小半露天的後院。我側耳一聽，那裡似乎有聲音傳來，便把包包放在客廳走了過去。原來，陳阿姨因為突然下雨，正握著根竹竿子，把晾在曬衣架上的衣服一件件地取下來。陳阿姨由於個子矮小，再加上前幾年中過一次風，左半邊的身體還不是很靈活，此刻取衣服的樣子顯得十分艱辛，我見狀連忙過去幫忙。

「汝[1]來敢有淋到雨？」陳阿姨接過我拿下來的衣服，一邊問道。

「無[2]，我有帶雨傘。」

「聽氣象報告說，接下來整個禮拜都是烏陰天。」

「嘿啊[3]，我早上也有看到。」

外頭的雨越下越大。我和陳阿姨一面說著，一面把衣服都拿了下來，一起抱回客廳右方的房間裡頭。陳阿姨深居簡出，臥房裡就一張木床靠著牆腳擺著，旁邊一個衣櫃、一張梳妝臺。梳妝臺上有一個木製的珠寶盒，上頭刻著些簡單的花紋，陳阿姨年輕時的一些首飾，似乎都收在裡頭。梳妝臺旁邊的牆上，則是貼了張泛著黃斑的尋人啟事，上頭的照片是個剃著平頭的小男孩。

「汝這禮拜敢有去哪裡？」我們把衣服放在床上，一件件摺好收進衣櫃。

「有啊，去外木山的海邊仔一趟。」陳阿姨說。

「走那麼遠？」

「就想要看海啊。」

---

1 你。
2 沒有。
3 對啊、是啊。

陳阿姨一面說著，我們一面把最後幾件衣服收進衣櫃裡，接著便坐在床鋪上稍做休息。陳阿姨左手手腕上，有一道以前留下來的疤痕，此刻我們倆一靜下來，我愣愣地看著，感覺那道疤痕好像蚯蚓一樣微微地蠕動起來。

「汝昨天又加班矣[4]？」陳阿姨舉起手，捶了捶右邊的肩膀。

「嗯？」

「我看汝精神不怎麼好。」

我之前跟陳阿姨提過，我在事務所上班，依案子需要，有時候得加班到半夜。

「無啦，只是昨晚無睡好。」

「無睡好就在家裡休息。我又不是行動有困難，汝不用每個禮拜都來我這。」

「無要緊啦——啊，阿姨汝頭上有一片葉子。」我看到陳阿姨頭髮上沾了一小片樹葉，順手拿了下來。「應該是適才在後院，給風吹來的。」

「這兒風透，常常有葉子飛入來，我掃都掃不完。」

陳阿姨年紀其實不算大，但頭髮一半都已經白了，看起來格外蒼老。

「汝有想要去做頭髮否[5]？」我問陳阿姨。

「做頭髮？」

「嘿啊，看是要染，還是要換一個型都可以。」

陳阿姨留著一頭短髮，雖然俐落，但也少了一些女人味。

4　了，語尾助詞。
5　～嗎？。

「免矣，阮[6]阿母自小就給我剪這種頭，留長不習慣。」

「有時候頭髮換一個型，心情也會比較快活——」

我話沒說完，外頭似乎有人來了，一個男人的聲音從大門處傳了進來。

「有人在否？」

「汝敢有跟人約？」我問陳阿姨。

「無爾[7]。」

「我去看是什麼人。」

我出去一看，只見陳阿姨家的大門已經被人打開了，外頭停了一輛黑色轎車，一個三十多歲，穿得西裝筆挺的男性沒等人招呼，直接走進屋裡。他身後跟著兩個青年，一高一矮，年紀大概二十出頭。其中身材較為高大的那個，右手提了一個水果禮盒，矮的那個則是兩手空空，一臉凶神惡煞。

「妳是？」西裝男看見我從房裡出來，微微一愣。

「陳阿姨的朋友。」

「這麼巧，我也是陳阿姨的朋友——」

「啥人啊？」

陳阿姨這時從房裡走了出來。西裝男見狀，連忙堆滿笑容迎了上去。

「我是阿鐸，來探望汝矣。」西裝男切換成臺語問候道。

6　我（謙稱）。

7　音近「ne」，語尾助詞。

陳阿姨臉色一沉，在餐桌旁的椅子坐下來。

「我不是說不用再來矣？」

「莫這樣嘛，給我一個機會共汝孝順[8]一下。」

西裝男說著回過頭，朝身後使了個眼色。高個青年於是走上前來，將手中的禮盒放在桌上，打了開來。

「這是和歌山進口的，一粒要百八塊[9]。」

西裝男拉了張椅子，在陳阿姨身旁坐了下來。禮盒內裝的是水蜜桃，總共九顆。他看了一眼後，挑了顆最大最紅的，用指甲劃了幾下將果皮撕落下來，然後捧著果肉到陳阿姨面前，笑咪咪地說道：

「吃看看，很甜的——」

「我無要吃啦。」陳阿姨撇過頭去。

「一嘴就好。」

「我說無要就是無要——」

西裝男硬是要陳阿姨嘗一口，被陳阿姨手一撥，水蜜桃掉到了地上。

「老太婆，妳不要太囂張！」

矮個青年突然破口大罵。我怕他對陳阿姨動粗，正要上前擋著，不料西裝男卻在這時站起身來，往矮個青年臉上一巴掌搧了下去。

---

8 共汝孝順：孝順汝。

9 一百八十塊。

「跟陳阿姨道歉。」西裝男冷冷地說道。

矮個青年一臉呆愣。西裝男見狀暴怒起來，大吼道：

「跟陳阿姨道歉！」

事情發展至此，完全出乎我的意料之外。矮個青年被西裝男這麼一吼，像個做錯事的孩子一般，走到陳阿姨面前深深地鞠了個躬，然後一語不發地退到後頭。西裝男則是坐回椅子上，拿出條手帕把手上水蜜桃的湯汁擦拭乾淨。

「你們幾個到底想要幹麼？」

「妳剛說妳是陳阿姨的朋友？」西裝男抬起頭來看著我。

「我是來陳阿姨這裡幫忙的志工。」

「那正好，」西裝男將手帕收回口袋。「妳來幫我勸勸陳阿姨。」

「勸陳阿姨？」

我回頭看時，陳阿姨坐在一旁，感覺有些浮躁的樣子。

「我們想跟陳阿姨做個交易。」

西裝男站起身來，在客廳裡四處走動，半晌在神明桌旁的牆壁停下腳步，那道牆壁跟天花板接合的地方有些龜裂，長滿了壁癌。

「這間房子屋齡超過七十年了吧？」西裝男回過身來對我說道。

「那又怎樣？」

「陳阿姨年歲已高，妳不覺得應該換個好一點的環境，安享晚年嗎？」

「我房子無要賣就是無要賣。」陳阿姨打斷西裝男的話道。

「為什麼？汝可以跟我講一個理由否？」

「我在這住一世人[10]矣，死也要死在這！」

我這時大概明白西裝男他們的來歷了，只見西裝男一臉無奈地走向我來，拿了一張名片給我，上頭寫著：「鷹峰建設公司王毅鐸經理」。

「五百萬，別的地方找不到這麼好的價錢了。」王毅鐸說。

「汝給我五千萬也不賣！」

「陳阿姨如果不想賣，你們也不能強迫她啊。」我說。

王毅鐸笑了一笑，回到椅子上坐下來。

「妳會來當志工，無非也是想讓陳阿姨他們這些獨居的長輩們，日子過得輕鬆一點吧？」

我沒有回答王毅鐸的問題，但他看起來也不怎麼在乎。

「妳是基隆人？」王毅鐸接著又問。

「嗯。」

「跟父母住？一個人住？」

「不干你的事。」

「那我就假設妳一個人住好了。」王毅鐸從桌上拿起一顆水蜜桃吃了起來。「房子租的？買的？一個月要繳多少錢？」

「你有話直說。」

10 一輩子。

「好好好，快人快語，我欣賞。」

王毅鐸又啃了一口手上的水蜜桃。陳阿姨坐在一旁則是眉頭深鎖，神情顯得相當凝重。

「妳想想看，一個月一萬可以在基隆租一整層還不錯的公寓，五百萬可以租整整四十年。陳阿姨今年也差不多六十了，接下來的四十年，妳覺得陳阿姨是舒舒服服地住在公寓裡好，還是住在現在這間搞不好下次地震來就坍掉的屋子裡好？我知道現在社會大眾對建商的印象很差，但說實在的，我們真的是妖魔鬼怪嗎？我們主要的目的是賺錢沒錯，但這有犯法嗎？我們對國家社會難道一點貢獻都沒有嗎？少了我們這些建商蓋橋鋪路，修堤防築水壩，現在臺灣會是什麼樣子？妳既然是志工，就應該冷靜下來，想想怎麼做才是對陳阿姨好的。是要像現在的新政府一樣白花花的銀子不要，死守什麼空洞的主權？還是要像前政府一樣，張開雙臂擁抱未來？我不知道陳阿姨心裡在糾結什麼，妳旁觀者清，拜託幫我勸勸她吧！」

王毅鐸忽然說了這麼一大堆，我一時也不知道怎麼反駁。陳阿姨則在這時站起身來，走到神明桌旁的一個矮櫃旁，家裡的電話就放在那裡。

「汝們三個現在走，不然我叫警察矣。」陳阿姨拿起電話。

「妳叫啊，我們又沒幹麼。」

方才挨了巴掌的那個小弟訕笑一聲。王毅鐸擺擺手，要他退到一旁去。

「沒做啥就快給我走！」陳阿姨作勢要撥電話。

「莫緊張，阮[11]時間也差不多矣。」

王毅鐸把吃到一半的水蜜桃放在桌上，不疾不徐地站起身來。

「妳再和陳阿姨好好談談，要聯絡我的話就打上面那支電話。」王毅鐸指了指我手上的名片說。

我沒有回他的話。倒不是我不知道應該站在什麼立場，而是這半個鐘頭內發生的事情太多了，一時間我沒辦法把腦中的思緒理得清晰明白。王毅鐸大概也知道今天談不出什麼結果，便舉起手朝我和陳阿姨揮了兩下，說了聲「來去矣」，然後帶著身旁兩個小弟，往陳阿姨住處的大門走去。

「等下！」

王毅鐸三人走到門口，陳阿姨突然喊了一聲。

「汝們的東西也帶走。」陳阿姨指著桌上的水蜜桃禮盒。

王毅鐸回過身來，表情顯得有些尷尬。

「水蜜桃汝們就留著吃。」

「阮無要吃汝的東西。」

「好好好。」

王毅鐸面露苦笑，搖了搖頭，一面朝身旁的小弟使了個眼色，其中一人便過去把桌上的水蜜桃禮盒收了起來。

「你先去發車。」王毅鐸對另一個小弟說。

11 我們（不包含聽話方）。

「嗯。」

另一個小弟應了一聲，接著便到屋外發動車子。我看陳阿姨有些站不住的樣子，過去攙著她的手，突然間我才發現，我們兩人的手都有些冰冷。至於王毅鐸，則是又朝屋內看了一看，像在打量著什麼似的，等半晌收拾完禮盒的小弟回到身邊，兩人才不疾不徐地走到屋外，坐上他們停在門口的轎車。

「阮先來走矣！」

臨離去前，王毅鐸又特地搖下車窗，朝我們揮了揮手。

那表情彷彿在說，他還會再來似的。

2

「嗯，好，再聯絡了——」

我掛斷電話，靠在椅背上呼了口氣。客廳牆上的時鐘指著九點四十八分。換句話說，我剛才電話講了超過半個鐘頭。

和我通話的是我大學時代的某位友人，他現在在臺北一家大型的律師事務所上班。我聯絡他，是為了下午鷹峰建設的事情。雖然現在還沒到需要請律師的程度，但我還是決定先通知對方一聲，他也說必要時會出手相助。

今天下午王毅鐸等人離去之後，我很快地查了一下，鷹峰建設成立於二〇一〇年十二月，做的大多是住宅大樓的建案，地點則以大臺北地區居多。據基隆本地一些媒體的報導，中山一路陳阿姨住的那一帶，因為鄰近旁邊都市更新的區域，北部許多建商似乎都想要插一手，而當中就屬鷹峰建設動作最快。陳阿姨從王毅鐸那裡聽到的說法是，鷹峰建設已經跟附近十多個住戶都協議好了，就剩她沒有點頭。

「他們什麼時候開始來找汝的？」我當時一邊查資料，一邊問陳阿姨。

「七月中來一回，八月底來一回，今仔日[12]是第三回矣。」

「他們有威脅汝，還是使用暴力否？」

「是無啦。他們每回來都一直講錢的逮事[13]，講到我都煩矣。」

「他們以後若是再來，汝就要跟我說一聲。我有熟識一個朋友在做律師，他們若來硬的，咱[14]就反擊回去。」

「逮事敢會搞到那種地步？」陳阿姨一聽我提到「律師」，有些不解。

「這很難講。」

「我房子就是無要賣，他們是可以怎樣？硬搶過去？」

「是不會到用搶的啦。」

我怕陳阿姨擔心，當時並沒有說太多。鷹峰建設現階段雖然還算「理性」，但接下來會發生什麼事誰也不敢說。尤其當今這個世道，官商勾結的醜聞屢見不鮮，到時候可能陳阿姨散個步回來，房子就被人夷為平地了。

晚上我陪陳阿姨吃完飯，大概八點鐘的時候搭車回家。一路上，我除了想著鷹峰建

---

12 今天。
13 事情。
14 我們（包含聽話方）。

設的事情外，腦中也一直浮現這兩個多月來，我到陳阿姨家中幫忙的點點滴滴。我從二十二歲出社會後開始當志工，照顧過的長輩大概二十多個，而這陣子我之所以會到陳阿姨這裡來幫忙，是因為五月中一次和志工基金會的人聚餐，席間有人提到有一位住在火車站附近的阿姨脾氣相當古怪，每個去她那裡幫忙的志工，都做不到兩個禮拜就撐不下去。我當時聽了有些好奇，一問之下，一個二十多歲，當天也在現場的男性志工，說他三月到那位阿姨家幫忙，第一天因為不小心打破一個碗，就被對方轟了出來。然而因為是自己不對，那位志工也沒有埋怨什麼，隔了一個禮拜，他在百貨公司買了一組碗盤過去要給那位阿姨賠罪，誰曉得對方卻像失了魂似的，一整個下午都自己一個人坐在客廳的藤椅上，一句話也沒有說，末了等那位志工要回去了，對方才終於開口，指了指他擺在桌上的碗盤組，說自己不需要，要他帶走。

「然後呢？」

我看那位志工一臉尷尬，好奇問道。

「然後就沒有然後啦，」那位志工聳了聳肩，如釋重負般的呼了口氣。「我回來就說那位阿姨實在太詭異了，我八字比較輕，沒辦法繼續待在那邊。」

那位志工說完，有的人笑了，有的人則是點了點頭，一副感同身受的表情。

「怎樣？妳想去那位阿姨那邊試試看嗎？」那位志工問我。

「可以啊，我這陣子在幫忙的那個老爺爺，他家人下個月要把他接到南部住，我也正好空閒了下來。」

就這樣，當天聚餐結束，我到志工基金會位於信義區的辦公室，調了那位阿姨的資料來看。我也是在那時候，才知道那位大家避之唯恐不及的阿姨，原來姓陳，名字叫做秋琴，明年二月就要滿六十歲了。負責安排志工的是一位四十多歲的男性，他很好奇我為什麼會想要調陳阿姨的資料看，我於是把稍早聚餐聽到的話說了一遍。說老實話，我本來期待負責人聽了，至少會幫我那時候還不認識的陳阿姨平反一下，沒想到對方卻是面有難色，好像他也無從辯解一般。

「所以他們說的那些事都是真的？」

「是啊，」負責人看著電腦上的資料，猶疑了半晌才又開口。「不過這位陳阿姨也是有苦衷的，聽說她經歷過很多事情。」

負責人呼了口氣，從筆筒抽出一支原子筆，在手腕上作勢劃了一下。

「什麼意思？」

「自殺？」

「嗯，聽附近鄰居說的。」

「原因是？」

「這就不清楚了。」負責人把原子筆放回筆筒裡。「怎樣？妳還想去嗎？」

「現在是誰在陳阿姨那裡幫忙？」

「消息傳得快，從四月起就沒有人想去了。」

「這樣啊。」

我又看了電腦螢幕一眼。上頭是非常簡單的表格，姓名欄寫著「陳秋琴」，出生年月日寫著「民國四十六年二月二十六日生」，再加上電話地址等等的基本資料，彷彿一張表就是一個人的全部了。

那天我跟負責人又聊了一會兒，問了一些陳阿姨的事情，離去前就決定了下來。由於我六月公司有個大案子比較忙，於是就暫定七月初開始到陳阿姨那裡幫忙。我到現在還記得，我第一次到陳阿姨家的那個週末，是個萬里無雲的大晴天，馬路上的柏油映著炙熱的陽光，好像快要融化了似的，踩上去有種微微陷下去的錯覺。我按著基金會給我的地址，沿著中山一路走下去，大約一點出頭抵達陳阿姨家門口時，只見陳阿姨家對開的兩扇鐵門，一扇闔起來，另一扇則是虛掩著。我怕搞錯人家，再一次看了一眼手中的地址，確認無誤後，輕輕地敲了敲門。

「有人在否？」

我朝屋內喊了一聲，沒有回應，於是我便逕自把門稍稍推開，只見客廳裡悄無聲息，沒有開燈，藉由一旁鐵窗外照射進來的陽光，還有客廳後方神明桌上紅晃晃的燈火，我才看見客廳角落的藤椅上坐著一個婦人。那是我第一次看見陳阿姨，一瞬間我以為自己來錯地方了。基金會的資料上，陳阿姨明年才滿六十歲，可是當時我眼前的那位婦人，一半的頭髮已經花白了，臉上更是布滿了深淺不一的皺紋，看上去好像是位七、八十歲的老人一般。不過這還不是最讓我吃驚的地方。當時我打了聲招呼，一面往陳阿姨身旁走去，然而陳阿姨兩隻眼睛卻像定住了一般，一直看著半空中的某一點，連我走到她身旁都沒有發覺。那不是一雙有生命的眼珠，我當下心裡這麼想著。一般人的眼睛是有光澤、有靈魂的，可是陳阿姨那一雙混濁的眼珠子，卻像是用木頭削出來的球體一般，粗糙、乾燥、沒有神經，彷彿連淚水也擠不出來似的。我覺得我沒辦法一直看著陳阿姨的那雙眼睛，於是不自覺地把視線往下移去，也就在這時，我看到了那道橫亙在陳阿姨左手手腕上，七、八公分長，微微浮起的暗紅色疤痕。

「阿姨，」我輕聲喚道。「我是基金會的志工，我叫阿芬。」

「阿平？」

陳阿姨猛地抬起頭來，說了一個我不知道的名字。我有些嚇到了，因為就在剛才那一瞬間，陳阿姨本來如死水一般的眼睛，竟然起了波瀾，然而一看到眼前站的人是我，立刻又黯淡了下去。

「汝是基金會的人？」陳阿姨聲音有些虛弱地問道。

「嗯，我叫阿芬。」我說。

「阿芬啊——」

陳阿姨一邊唸著我的名字，一邊撐著藤椅的扶手站起身來，往廚房走去。

「汝中午還沒吃？」我看陳阿姨從冰箱裡拿出一盤剩菜。

「嘿啊。」

「我去買給汝吃，莫吃剩的。」

「無要緊啦。」

陳阿姨說完，把剩菜拿去微波加熱了一會兒，就自己坐在飯桌前吃了起來。盤子裡只有一撮青菜、兩片肉、配上一些已經乾掉的白飯，看起來不是那麼容易下嚥，可是陳阿姨卻還是大口大口的吃下去，彷彿沒有在品嘗味道，而是單純的在「進食」而已。我當時問陳阿姨，她的三餐常這樣子吃嗎，陳阿姨想了一下才點了點頭，好像她也忘記了自己過的是什麼樣的日子似的。

由於那是我第一次到陳阿姨家裡，我怕陳阿姨不習慣，當天並沒有待太久，等陳阿姨用完餐，我幫她把家中的垃圾收拾了一下，確認沒什麼需要幫忙之後，就先行離去。我有把手機號碼給陳阿姨，接下來的幾個禮拜，除非陳阿姨事先通知我，不然每個週末我都會挑一天到她那裡，陪她吃吃飯，在附近散散步。雖然一開始的幾次，陳阿姨仍然像活在自己的世界裡一樣，跟我沒有什麼互動，但後來這種情況漸漸改善，其中的關鍵，就在於不要抱著自己是來「幫忙」的心態，不要搶著去幫陳阿姨做事情，而是看陳阿姨想要做什麼事的時候，陪著她一起做。比如一起打掃，一起聽收音機裡的歌仔戲，甚或一起坐在門口，看著大馬路發呆。但是儘管如此，陳阿姨在我心裡仍像個未解的謎團一樣，常常一個人坐在客廳，整個下午什麼話也不說，什麼事也不做，全身都籠罩著一股陰暗的氣息。那時候我已經進去過陳阿姨的房間，看過她牆上那張尋人啟事，我大概猜得到陳阿姨受的是什麼折磨，但背後的曲折原委卻一概不知。而這當中的空白，一直要到八月底的某個週末才終於填補起來。換句話說，我是從那個下午開始，才真正「認識」了陳阿姨這個人。

「發票我改天整理就好。」

那天下午，我和陳阿姨一起在房間換床單跟被套。我看梳妝臺上有幾張發票，本來要動手整理，陳阿姨見狀在旁邊唸了一聲，自己把發票拿了起來，疊在一起後用桌上的珠寶盒壓在底下。

「這盒仔好漂亮，哪裡買的？」我問陳阿姨。

「以前在花蓮買的。」陳阿姨撫了一撫珠寶盒的盒蓋說。

「裡面放什麼啊？」我那時候還不知道那是陳阿姨的珠寶盒，隨口問道。

「少年時的一些守戒、項鍊。」

我和陳阿姨一邊說著，一邊把棉被塞進剛洗好的被套裡。陳阿姨站在靠梳妝臺的那邊，我站在靠門的這邊，我們一人抓住被套的兩個角落，在床鋪上抖了一抖，以免裡頭的棉被擠在一起。就在這時，我又看到貼在梳妝臺旁邊牆上的那張尋人啟事。打從我第一次進到陳阿姨的房間，那張尋人啟事就像個會動的幻影一樣，把我一部分的靈魂勾了過去。爾後我只要一看到尋人啟事上那小男孩的照片，整顆心就會揪在一起，覺得那個小男孩好像有什麼話想對我說似的。

「那是阿平。」陳阿姨發現我在看牆上的尋人啟事，輕聲說道。

「汝後生[15]？」

「嘿啊，今年虛歲已經二十九矣。」

陳阿姨似乎也沒料到自己會提起這事，說完整個人就沉默了下來。半晌我們換好被套，陳阿姨面無表情，輕輕說了聲「出去矣」，我覺得身後好像有一股無形的力量推著我，一回神人已經站在房外，陳阿姨則是在我身後關上房門，逕自往廚房走去。我跟去一看，只見陳阿姨從水壺倒了杯水，也沒有喝，而是拿在手中，眼神又像我第一次來到這裡時看到的那樣，幽幽的，沒有動靜的望著半空中的某一點，整個人好像跌到了另一個世界裡去似的。在那個世界裡，我想應該有那張尋人啟事上的小男孩，又或者已經是

15 兒子。

個二十九歲的大男孩了。那男孩的名字叫做「許永平」，房間裡的尋人啟事，正中央是他小時候的大頭照，下方則寫著出生年月日、失蹤的時間地點，另外還註明許永平左後腰靠近脊椎的地方，有一塊直徑七公分左右咖啡色的胎記，以及失蹤時脖子上戴著一塊用紅線繫著，上頭刻著觀世音菩薩雕像的綠色玉佩。

「這幾年敢都無他的消息？」我那時不知道哪來的勇氣，直接這麼問陳阿姨。

陳阿姨拿著杯子的手顫抖了一下，但沒有說話。

「汝頭家[16]咧？」我接著又問。

陳阿姨回過身來看著我，眼神仍是渙散的，沒有聚焦。隔了半晌，只見她淡淡地說了句「阮早就離婚矣」，一面走到飯桌前坐了下來。

我遲疑了一會兒，也拉了張椅子在一旁坐下。

「什麼時候離婚的？」我輕聲問道。

「民國八十一年。」

陳阿姨喝了口水，像在回憶似的，告訴我她前夫是個廚師，名字叫做許添龍，她都叫他「阿龍」。民國七十三年，兩人經由朋友介紹認識，自然而然的相戀起來，最後在民國七十五年登記結婚。婚後第二年，陳阿姨順利產下個健康的男孩。她和許添龍歡天喜地，夫妻兩人討論了一整個星期，終於替孩子取了個名字「永平」，顧名思義，就是希望孩子可以永遠平安。

「誰知道，後來阿平會那樣就不見矣——」

16 先生。

陳阿姨說到這苦笑了一下，啜了口手中的水。我在旁邊靜靜地等著，只見陳阿姨像在回憶裡挖掘，又像在壓抑心中的情緒似的，隔了半晌才又再開口。她說民國八十年的農曆年，大年初一的那天傍晚，許添龍吃完晚餐到朋友家中打牌，她自己一個人推著嬰兒車，帶著當時不到三歲的許永平到廟口看熱鬧。後來要回家的時候，兩人經過一攤賣春聯的小販，前方站著好幾個人，陳阿姨一時好奇，停下來多看了幾眼，不料半晌一回頭，卻發現一旁嬰兒車裡空空如也。由於許永平當時已經會走路了，陳阿姨心想他是自己爬下來玩，人應該就在附近，然而當時四處看了又看，卻都沒有許永平的蹤影。在那之後，許添龍接到電話趕來，兩人又一起把廟口一帶找了不下十遍，每個店家每個店家的問，卻仍然一無所獲，連許永平的影子都沒看到。

「敢是給人拐走矣？」我腦中浮現「綁架」兩個字。

「阮本來也是這麼想的。」

「本來？」

「阿平不見的那天，阮就報警矣。但是後來在家裡等了整整兩個禮拜，卻連一通要求贖金的電話都無接到。」

陳阿姨嘆了口氣，接著又說在那之後將近半年的時間，他們夫妻倆準備了一疊傳單——也就是現在房間牆上貼的那張——在廟口一帶逢人就發，但隨著日子一天天的過去，許永平就好像人間蒸發了一般，一點消息都沒有。許添龍對此無法諒解。他認為這一切都是陳阿姨的錯。夫妻倆的關係於是漸漸生變，最後在孩子失蹤滿一年的時候，許添龍終於下定決心，提出離婚的要求。

「汝答應他矣？」我聲音不自覺地哽咽起來。

「嘿啊，是我不對，也不行怪他。」

「他就這樣放妳一個人？」

「也不行這樣講，」陳阿姨微微笑道，語氣裡帶著滿滿的感激。「這個家，就是他留給我的。」

就這樣，我在那天下午，終於瞭解陳阿姨是什麼樣的人、這二十五年來又過著什麼樣的生活。雖然在那之前，我看到房間裡的那張尋人啟事，大概也猜到了許永平就是陳阿姨的兒子，但聽陳阿姨親口說出這些往事，感受到底不同。這就像原本被人拿刀指著，雖然害怕，但仍有轉圜的餘地。可是如今對方卻摘去這最後一絲希望，把刀子一寸一寸，硬生生地往你胸口插了進來。

那天過後，我每個週末依然都會挑一天到陳阿姨那裡幫忙。到現在的這一個多月來，我們彼此都很有默契，沒有再提到那些往事，甚至我進到陳阿姨房裡，也都不會再去看牆上那張泛著黃斑的尋人啟事。而陳阿姨則是和之前一樣，偶爾還是會一個人坐在客廳那張藤椅上，一坐就是一整個與世隔絕的下午，彷彿她早已習慣在這種日復一日的生活中，迎向那對她而言遲來的死亡。漸漸地，我也明白，現在支撐著陳阿姨活下去的，只剩下回憶與希望，而回憶都藏在許添龍留給她的那個家中，希望則是寄生那滾滾的回憶裡頭。至於要讓陳阿姨真正的活過來，恐怕還要靠老天眷顧，讓她的希望成真，讓離開她二十五年的許永平重新回到身旁。每次想到這裡，我腦中都會浮現第一次來到陳阿姨家，陳阿姨聽見我的呼喚，眼睛裡閃過的那道光芒，還有隨之而來喊著許永平的小名，那原本帶著無限希望、最後卻又落空幻滅的聲音。

許永平現在到底在哪呢？我一次又一次這麼想著。

他可知道，這世上有個人那麼思念著他？

3

「來來來，統統一百，統統一百！」

「一斤五十、二斤五十！」

「走過路過，這次真的不要再錯過了！韓國進口服飾，延展性佳，透氣吸汗。最後一批三折出售！別的所在沒有啦！」

「買到賺到啦！」

位於愛三路上的仁愛市場，一樓是生鮮食物的販售區，二樓是美食街，外圍則多是一些賣雜貨的攤商。我和陳阿姨從中央的入口進去，沿途各式各樣的小販，叫賣聲不絕於耳，讓人就算閉起眼睛，也知道自己身在何方。

陳阿姨一個人住，三餐有時候自己準備，有時候在外頭吃，大概每隔一兩週會上一次市場。如果像今天這樣碰巧在週末，我就會陪陳阿姨一起來，當天也會提早出門。今天早上，我大概九點到陳阿姨的住處，那時候天空有些烏陰烏陰的，我本來怕下雨，不過好險沒有。網路上的氣象報告說，今天會是個萬里無雲的大晴天。

「來來來，歐巴桑，好吃的魚仔，早上才抓起來的！」

「放山雞，最後一隻喔！」

在此起彼落的叫賣聲中，我替陳阿姨提著菜籃子，兩人先在市場裡繞了一圈，看看各家攤販今天賣些什麼。陳阿姨由於目前僅靠家庭代工、每個月幾千塊的收入過活，因此特別地精打細算，看到想買的會先按兵不動，等到貨比三家後才掏出錢來。而我跟在陳阿姨身旁走呀走的，忽然想起剛上小學的時候我也是這樣，假日就跟阿母到仁愛市場來，阿母在跟攤商討價還價的時候，我就在旁邊東張西望，有一次一時好奇，伸手摸了一旁水缸裡的活章魚，手指頭被纏住了，嚇得我大哭起來。阿母當時一邊安慰著我，一邊向攤商道歉，我本來以為回頭肯定要挨阿母的罵，不料後來買完菜，阿母卻帶我到樓上我最愛的水餃攤，點了二十顆水餃給我吃。我那時手指頭還有一些紅腫，阿母一直問我還會不會痛，但我因為肚子餓了，根本管不了那麼多，水餃一端上來就吃得津津有味。阿母一旁看了，笑著說我一點都不像個女孩子，將來不曉得誰要娶我。

我們回到剛才經過的一家魚販，陳阿姨指著架上的紅目鰱問老闆道。

「這魚仔怎麼賣？」

「一斤二百三。」老闆答道。

「這個咧？」陳阿姨指向一旁的馬頭魚。

「那個一斤三百。」

「敢可以算便宜一點？」

「莫這樣啦，阮已經賣很便宜矣。」

陳阿姨正猶豫著，旁邊忽然有個人撞了上來。我一看，是個四十多歲的中年男子，穿著黑白相間的條紋上衣，深藍色的牛仔褲。令人感到氣憤的是，那個大叔連一句道歉的話也沒有說，就匆匆離去。

「汝有怎樣否？」我看陳阿姨揉著手臂，似乎不太舒服。

「無逮事，無逮事。」

陳阿姨搖搖頭，一面又看了看魚販攤位上的魚。

「紅目鰱跟馬頭各買半斤好矣。」陳阿姨說。

「無問題。」

老闆兩種魚各抓了幾尾放到磅秤上，秤好重量後用塑膠袋裝了起來。

「算汝們兩百五就好。」

「兩百五……奇怪——」陳阿姨伸手到包包裡要拿錢出來，翻著翻著突然叫了一聲。

「我看看。」

「錢包啊，我明明放在這。」

「什麼不見矣？」

「怎麼不見矣？」

我怕陳阿姨錢包塞到角落，幫她找了一下，不料錢包竟真的憑空消失。老闆看我們兩人手忙腳亂，忍不住皺起眉頭。

「敢是放在家裡？」

「阮適才才買過東西。」我提起手上方才買的幾把蔬菜給老闆看。

「夭壽，怎麼會這樣……」

陳阿姨說著往地上找了起來，我則是沿著攤販間的通道，把剛才經過的地方都巡了一遍。就在這時，我看到一個歐吉桑從二樓的美食街下來，一邊走一邊把皮夾放到褲子的口袋裡。猛然間，我覺得我知道陳阿姨的錢包到哪去了。一定是剛才那個穿條紋衣的中年男子撞上來時，趁機摸走錢包。

陳阿姨這天帶了一千塊出門，扣掉買菜花掉的錢，被扒走的約莫五六百塊。為了消消晦氣，半晌回去的時候，我們到忠一路上的城隍廟拜了一拜，出來後因為有些累了，便走到對面的海洋廣場，坐著休息一下。說也奇怪，陰霾了一整個禮拜的天空，此刻突然晴朗了起來，陽光把整片基隆港照映得波光粼粼，七、八隻老鷹在海面上展翅盤旋，高架橋旁邊的空地上，已經有一些賞鳥人士架起相機開始拍攝了。我們所在的海洋廣場，也有好幾對家長帶著小孩出來，看到天氣突然放晴，便讓小孩在廣場上玩耍，頓時現場變得好像遊樂園，四處迴盪著孩童嘻笑打鬧的聲音。

「也有外國人啊。」

陳阿姨指向前方。我一看，在廣場的另一端，一個約莫二十七、八歲，穿著藍色T恤，一頭金髮的男性坐在那裡。

「那不是外國人啦，」我忍不住笑了出來。「人家只是染頭髮而已。」

「這樣啊，目珠[17]不好，看花去矣。」

我跟陳阿姨說話的時候，一個兩三歲大的小男孩，在廣場上一邊尖叫一邊奔跑，他媽媽擔心他受傷，一直在旁邊喊著，叫他放慢速度，小心一點。海洋廣場地上有許多大大小小的裝置藝術，不要說小孩，就連大人有時候也會不小心絆倒。果不其然，那個小

17 眼睛。

男孩跑著跑著，忽然踢到東西，猛地往前方摔了出去，趴在地上哇哇大哭。他媽媽連忙上去把他抱了起來。

「乖乖，媽媽惜惜。」

陳阿姨看那位母親哄著孩子，表情感覺有些羨慕。

「汝覺得我敢會不知好歹？」陳阿姨忽然嘆了口氣，回過頭來問我。

「不知好歹？」

「嘿啊，人家已經開那個價錢矣——」

原來陳阿姨是在講房子的事。

「家是阿姨汝的，要賣不賣是汝的自由，別人無法度講什麼。」我說。

「但是厝邊頭尾[18]都決定要賣矣，只剩我一個人——」

「汝不用管他們怎麼想啦。」

我看陳阿姨有些擔心，便告訴她我已經跟律師友人聯絡的事。

「這樣麻煩他敢好？」

「汝莫煩惱，他人很好的。」

「是喔。」

陳阿姨點點頭，一面望向虎仔山上，那個仿好萊塢的地標「KEELUNG」。

「若是阿龍，不知道會怎麼決定？」

「妳說房子的事？」我記得沒錯的話，阿龍是陳阿姨的前夫許添龍。

18 鄰居。

「嘿呀，不知道他敢會把房子賣掉。」

「可以問他啊。」

「阮已經無在聯絡矣。」

「這二十幾年，汝兩個都無聯絡？」我有些驚訝的問道。

「本來是這樣，但是他四年前有寫一張信給我。」

「喔？信裡面講什麼？」

「也無特別講什麼，」陳阿姨微微一笑，低著頭說。「他就跟我會失禮[19]，講他以前離開我時太過無情，另外又講他又結婚矣，囡仔[20]也大矣，現在好像在臺北市東區的巷子內開日本料理店。」

「汝有寫信回去否？」

「有啊，但不知是不是地址寫不對，後來都沒再收到他的信矣——」

陳阿姨說到這，一個人影走過我們跟前，我猛地一愣。

「怎麼矣？」

「適才好像就是那個人。」

雖然五官我不太確定，但身形十分相似，加上黑白相間的條紋上衣，深藍色的牛仔褲，儼然就是剛剛菜市場裡那個中年男子。

陳阿姨抬頭一看，似乎也想了起來。

19 道歉。
20 孩子。

「沒錯，就是他。」

「這位先生——」

我站起身來。中年男子聽到我的聲音，回頭一看，表情突然僵住了。

「請問——」

我話沒說完，中年男子拔腿就往廣場的另一端跑去。

「站住！小偷！」

我在後頭追趕著，廣場上的人似乎都被這突如其來的「追逐戲」嚇了一跳，沒有人來得及反應，當然也沒有人伸出援手。

「站住！」

我大聲喊著，眼看中年男子快要溜出廣場，方才那位被陳阿姨誤認為外國人的金髮男忽然立起身來，擋住中年男子的去路。

「請問一下，車站要怎麼走啊？」

中年男子沒有理會金髮男，想要繞過去，金髮男立刻又移動身體，把對方擋了下來。而我終於在這時穿過廣場上的人群，趕到兩人身旁。

「錢包拿來。」我對中年男子說。

「什麼錢包？」

「你剛在市場假裝撞到人，趁機偷了陳阿姨的錢包。」

「妳有什麼證據？不要血口噴人啊。」

中年男子態度十分強勢，我看他左邊褲子口袋鼓鼓的，伸手一指。

「不然你口袋裡的東西拿出來看看。」

「妳說拿就拿啊？」

周圍開始有些圍觀的人。我正想說乾脆報警好了，金髮男突然一個踉蹌。「哎唷」一聲，把手伸進中年男子的口袋。

「你幹麼——」

中年男子想要阻止，但已經來不及了。金髮男動作十分敏捷，手伸出來時，像變魔術般，多了一個上頭繡著花紋的女用錢包。

「哎呀，這是什麼啊？」金髮男拋了一下手中的錢包。

「我剛在市場撿到的。」

「最好是，」我拿出手機。「你別跑啊。」

中年男子當然沒有聽我的話，拔腿就要開溜，金髮男見狀把他擋了下來。兩人在廣場邊緣像摔角一樣糾纏在一起，金髮男手上的錢包砰的一聲掉落地上。

「靠——」

我正打算撥打電話報警，中年男子忽然一個肘擊，打在金髮男脅下。金髮男悶哼一聲，鬆開手退了一步，中年男子趁勢拔腿就跑。我本來要追上去，但就在這時，身後突然有人說：「算了啦。」回頭一看，只見陳阿姨從人群中走上前來。

「反正東西也找回來矣。」

陳阿姨彎下身，撿起地上的錢包。金髮男則在旁邊一邊揉著脅下，一邊整理剛剛跟中年男子互相糾纏，被扯得亂七八糟的衣服。

我本來想叫陳阿姨檢查一下錢包裡的錢有沒有少，但陳阿姨似乎完全不在意。

「汝有怎樣否？」陳阿姨走到金髮男身旁，問道。

「沒事啦。」

「要不要去醫院看一下？」我看金髮男又摸了摸剛才被打到的地方。他聽我這麼說，挑了一下眉毛，露出頗感興味的表情。

「妳要陪我去喔？」

「我——」

「開玩笑的啦，我又不是戇寶寶，一打就爛。」

金髮男輕輕一笑，彷彿剛才的衝突對他來說都只是小菜一碟。旁邊圍觀的群眾則在這時漸漸散了開來，海洋廣場於是又回到稍早那歡樂和諧的氣氛。豔陽下海風輕輕地吹著。老鷹在天空展翅盤旋。孩童們在廣場上嬉笑奔跑。

「多謝汝啊。」陳阿姨抬頭看著金髮男，微微笑著。

「不會啦，」金髮男顯得有些不好意思，抓了抓腦袋。「那我走囉。」

說完，金髮男揮了揮手，接著便沿著一旁的拱橋，往市區的方向走去。

「咱也來回去。」

陳阿姨買菜用的籃子，還放在剛才我們坐著的地方。我走回去拿了起來，回頭一看，只見陳阿姨還站在原地，瞇著眼睛，視線好像被勾住一般，一直追著前方金髮男那越來越小的身影。我提著菜籃子回到陳阿姨身旁，她也沒有發覺，直到半晌金髮男的身影消失在人群裡，才好像從某個很深很深的夢裡醒來一般，幽幽地嘆了口氣。

「爲怎矣？」我問陳阿姨。

「無逮事。」

陳阿姨搖搖頭，過來勾著我的手，疲倦地笑了一笑。

「來回去煮飯矣。」

4

公司表訂的下班時間是五點半，但此刻到了七點，卻還有將近一半的同事都坐在座位上。一部分人默默地讀著報告，一部分人忙著和小組成員討論事情，另一部分的人則是對著電腦螢幕，噠噠噠噠不停地打字。

我上完洗手間回到座位，身旁的同事小雯剛點完眼藥水，眨了眨眼睛。

「妳要走囉？」她看我在整理東西，感覺有些失落。

「差不多啦，肚子也有點餓了。」

「真好，我今天不知道幾點才可以下班。」

小雯打了個哈欠，把眼藥水放回辦公桌上。她明天要交一份報告給客戶，過去一個禮拜天天都在加班。中午我們一起吃飯，小雯說她那份報告上禮拜五就寫得差不多了，誰曉得週六早上客戶突然來信，說之前給的資料數字有錯。本來這種情況，報告的期限是可以往後延的，但老闆說那是客戶董事會要用的資料，日期沒辦法改，小雯只好忍痛把約會通通推掉，整個週末都在辦公室趕新版的報告。

「誒，我們改天去吃這家好不好？」

我電腦剛剛關機，小雯突然轉過椅子，把桌上的手機推了過來。

「TI BRUNCH？」我拿起來一看，螢幕上是一家位於內湖的早午茶餐廳。

「新開幕的，聽說還不錯。」

「好啊，什麼時候？這週末？」我把手機放回桌上。

「這週末不行。」

「要約會喔？」我笑著問道。小雯最近桃花很旺，公司裡好像沒有人不知道。

「禮拜六開同學會，禮拜天一個朋友介紹的男生，找我出去玩。」

「嗯，那就什麼時候有空，再跟我說囉。」

「妳的時間比較難搞定吧，每次週末約妳出去都說沒空。」

「因為妳都剛好約到我要去做義工的那一天啊。」

「妳還在那個『陳阿姨』那邊嗎？」

「嗯嗯。」

公司裡的同事大多知道我週末在做志工，而小雯因為跟我最熟，我也常跟她分享做志工時碰到的種種事情。

「怎樣？那個建商還有來找麻煩嗎？」小雯把手機挪到一旁。

「他們這禮拜沒來。」

「如果又來了怎麼辦？有什麼對策？」

「只是死纏爛打的話，不要理他們就好了。」

「如果來硬的呢？」

「這就比較麻煩了，但我已經跟一個律師朋友討論過，他說可以幫我們。」

「這樣真的好嗎？」小雯手撐著臉，皺了皺眉。

「有什麼不好的？」

「怕妳惹上麻煩啊，建商哪個是吃素的？」

「不會啦，我會有分寸的。」

我看小雯有點認真起來，連忙解釋我會視情況調整步伐。小雯聽了面露苦笑，用一種我在自欺欺人的眼神看著我。

「最好是啦，當我第一天認識妳啊？」她說。

我大學念的是財務，畢業後進到現在這家會計師事務所上班，今年剛好是第八年。我們部門做的是企業併購的顧問服務，底下的人負責產業分析、財務實地查核、價值評估模型建置等工作，上面的人則負責拜訪客戶、開發案源。

我跟小雯同一年進到公司，到現在我們都還是屬於那些「底下的人」。我還記得，當初剛進公司的時候，小雯因為外型亮眼，很受同事——特別是男同事——的歡迎，中午常常有人找她出去吃飯，而我總是自己一個人吃著便當。我本來以為，我跟小雯除了公事應該不會有什麼交集，沒想到有一天中午，我在吃飯的時候，小雯也拿了個便當坐了過來，劈頭第一句話就說我看起來好像很累的樣子。

「熬夜喔？」

「沒有啊，就一直做夢，睡不好。」

「一直做夢？」

「嗯。」我說我從高中開始，常常會做同樣一個夢。有時候可以掙扎著一覺到天亮，有時候卻在半夜驚醒過來，無法再睡。

「什麼樣的夢？」小雯眨了眨眼睛，接著問道。

「噩夢。」我說。

那天是我第一次跟小雯「聊天」。爾後我們漸漸熟了起來，有時候加班到半夜，我沒有車回基隆，就乾脆住在小雯家。她老家雖然就在臺北，但她並沒有住家裡，而是自己在公司旁邊租了間小套房。

說老實話，我本來以為小雯生活事業各方面都算順利，是個無憂無慮的女孩兒，沒想到真正認識了她以後，才知道她也有自己揮之不去的困擾。有一次我跟她在同一個案子裡，我們忙到半夜兩點才離開公司，我因為沒車回去就照例借住在她家。我們兩個躺在床上，小雯告訴我，她媽媽在她國中的時候就跟別人跑了，她老爸在那之後就染上了酒癮，偏偏酒量又不好，常常喝醉了就跟別人打架。因此小雯在她還是大家眼中的小孩的時候，三不五時就要醫院警局兩邊跑。

「現在每個月還要拿一萬五給他，房租都快繳不出來了。」

小雯呼了口氣，看著天花板。由於我們把燈關了，我看不太清楚她臉上的表情。

「妳呢？要拿錢給家裡嗎？」小雯轉過身來問我。

「這倒不用。我阿爸阿母都不在了。」

房間突然陷入一陣沉默。小雯雖然是我最要好的同事了，但那時也才認識不到一年，很多家裡的事情我都沒有跟她說過。

「什麼時候的事？」黑暗中我又聽見小雯的聲音。

「國小五年級，我阿爸跟阿母開車來學校載我，出車禍過世的。」

我花了幾分鐘的時間，把當年的事大致跟小雯說了一遍。每次回想起這段往事，我的心都會發抖，情緒都會崩潰。可是那天的我，卻好像旁觀者在說別人的事情一樣，整個過程沒有哽咽，只流了幾滴沒有人看見的眼淚。

「之後我就常常夢到那天發生的事。」我說。

「有看過醫生嗎？」

「就開藥給我吃，藥一停，夢又來了。」

「然後？」

「醫生叫我轉移注意力看看。」

「所以妳就跑去當志工？」

小雯調整了一下枕頭。那時候我剛開始做志工沒有多久。

「或許吧。」我聳了聳肩。我好像從來沒有認真想過，自己為什麼會走上志工這一條路。表面上是幫助別人，可是實際上我也從那些長輩身上得到不少，填補了心中長期以來的那塊空缺。這些想法，當時我沒有跟小雯說，可是我卻聽見她在黑暗中輕輕應了一聲，彷彿看透了我在想什麼似的。

「有碰過什麼難搞的人嗎？比如像我爸那樣。」小雯接著又問。

「還好啦，人家知道我是去幫忙的，都很客氣。」

「感覺有點無聊。」

「不會呀，有些長輩還滿妙的。」

「喔？」

「就我去年在一個老爺爺家裡幫忙，他因摔斷腿，行動不便，我過去的時候都會幫他買一些日常用品。妳也知道，現在有些牙膏外觀做得跟洗面乳很像，那個老爺爺有一次不小心，把洗面乳拿來刷牙，最後發現的時候已經滿嘴泡沫，一連漱了十分鐘的口，還一直問我要不要叫救護車。」

我一邊跟小雯描述當時的情景，一邊自己又笑了出來。那個老爺爺七十多歲，很注重衛生。那天中午我們在他住處吃飯，吃完飯他去浴室刷牙，刷到一半我突然聽到一聲哀嚎，衝進去一看，只見老爺爺拿著牙刷，對著鏡子一臉驚恐的表情。我以為他咬到舌頭，正打算拿衛生紙給他止血，老爺爺卻忽然彎下腰，把嘴巴堵在水龍頭的出水處，打開水龍頭咕嚕咕嚕地拚命漱口。我那時候因為不知道發生什麼事，一直在旁邊跟老爺爺說夠了夠了，已經夠乾淨了，但老爺爺卻恍若無聞，當真漱了將近十分鐘的嘴巴，才撿回一條命似的抬起頭來，跟我說他剛才拿到洗面乳了。我聽了先是一陣錯愕，接著忍不住笑了出來，差點來不及阻止老爺爺打電話叫救護車。

「太鬧了吧。你們現在還有聯絡嗎？」小雯問道。

「沒啦，那個老爺爺後來就結婚了。」

「結婚？」

「我當時知道也嚇一跳。原來那個老爺爺跟附近一個太太有在來往，只是那陣子他們倆吵了點小架，在鬧彆扭，老爺爺就是因為這個原因喝酒，才摔斷腿的。他之前一直跟我說是晚上視線不好，從樓梯上跌下來的。反正後來他腿好了，跟那個太太的感情又火熱起來，有一天我去探望他，看到屋裡多了一個人，才知道這些故事。然後在那之後不久，兩人就跑去登記結婚了。」

「七十多歲還有辦法娶老婆！」

「人家身體硬朗嘛。」

我跟小雯說著都笑了起來。那個老爺爺雖然七十多了，但應該是年輕的時候有在運動，保養得很好，說他不到六十我都相信。跟他結婚的那個太太，就住在老爺爺家對面的巷子裡，印象中五十多歲，身型肉肉的，先生是公務員，但幾年前去世了。他們倆結婚後，我其實還有去過幾次，但漸漸地我發現那裡已經沒有自己的容身之地。畢竟老爺爺腳傷已經痊癒，不需要人照顧，而且他也有人陪伴了，我在那邊更像個累贅。我記得我最後一次到老爺爺那裡，離開時竟像以前從學校畢業一樣感傷，在回家的公車上，望著窗外竟掉下了淚來。那時候我接觸志工這行不到一年，心態一直沒有調整過來，我總覺得這種沒有血緣的羈絆，是可以一直維持下去的。

「哎，來來去去，都只是過客而已。」小雯安慰我道。

「對呀，我後來也看開了。」

「那之後呢？妳志工還會一直做下去嗎？」

「應該吧。」

當時天已經有點亮了。我跟小雯聊著聊著，看著她的側臉，忽然想到稍早她提到的那些她阿爸的事情。我們兩人雖然親近，可是在某些方面又感覺異常的遙遠。對我來說遙不可及的親情，在她眼裡卻是個不怎麼甜蜜的負荷。

「哇，這麼早了！」

我還沉浸在思緒裡，小雯突然打了個哈欠。

「要睡囉？」我看了一眼牆上的時鐘，再兩分就早上五點。

「差不多了啊，等等還要上班呢。」

「現在睡的話，會不會起不來呀？」

「起不來就繼續睡呀。」

那時是夏天，我們開著冷氣，小雯一面說著一面把棉被拉起來蓋到下巴。

「祝妳有個……誒，不對不對，祝妳不要再做夢啦。」

「哈，我也希望。」

「那晚安囉。」小雯笑了一笑，閉上眼睛。

「嗯，晚安。」

我也闔上眼睛，沉沉睡去。

5

「您的博多天丼——」

聽見聲音，我放下手中的資料，只見戴著黑色廚師帽的女店員端著一碗丼飯過來。

我連忙側過身，騰出一點空間給她。

「請慢用。」店員小心翼翼地把餐盤放到我面前的餐桌上。

「謝謝。」

這裡是市府轉運站底下美食街的一家日本料理，離我們公司大概十五分左右的路程。我稍早過來，店員安排我坐在收銀臺旁邊的吧檯區。我當時沒看菜單，直接就點了一份博多天丼，這是我每次到這裡來必點的餐點。

今天雖然不算加班，但並不表示我的工作做完了。下班前，我在公司印了一份臺灣工具機的產業報告，剛才便趁著餐點上來之前，稍微翻閱一下。最近公司業績不太好，各個老闆無不使出渾身解數四處走闖，有時候一整個禮拜都沒有在辦公室看見他們的人影。而我身為公司的小螺絲釘，雖然不用疲於奔命，但還是有上頭交代下來的工作要完成。上個月大老闆凱文得知國內一家金控有意投資東南亞某家銀行，我跟小雯合力搜集整理了將近兩個禮拜的資料，最後把提案送上去，結果不知道什麼時候會出來。至於最近我則是在忙直屬老闆坤哥交辦的事項，他上個禮拜在世貿的臺灣工具機論壇上認識一家中南部的廠商，回來要我把臺灣工具機產業鏈理清楚，找出合適的併購標的推薦給客戶，簡報禮拜三——也就是後天下班前——給他。

「いらっしゃいませ!(歡迎光臨)」

我收起手邊的報告，正要用餐，這時剛好有客人進來。我一看，只見是個戴著鴨舌帽的年輕人。服務生把他帶到我身旁的位子坐下，吧檯內的服務生隨即添上熱茶，遞上菜單替對方介紹菜色。

「那個是什麼?」服務生才剛開口，鴨舌帽男就指了指我桌上的丼飯問道。

「博多天丼，在這一頁——」

服務生要翻開菜單，鴨舌帽男卻擺了擺手，示意不必了。

「也給我一份。」

「かしこまりました（了解）。」

服務生說著收起菜單，向吧檯中央負責料理的廚師喊道：「博多天丼一份！」鴨舌帽男則是在這時拿下帽子，從口袋裡掏出手機跟耳機，一邊喝著服務生剛剛送上的熱茶，一邊玩著不知名的遊戲。

我的茶也差不多喝完了，於是跟吧檯內的服務生再要了一杯。剛剛因為餐廳裡的燈光昏暗，再加上鴨舌帽男又戴著帽子，看不清楚，但此刻他脫下帽子，服務生替我添茶的時候，我眼角餘光一看，只見那鴨舌帽男染著一頭金色的頭髮，給帽子壓得扁扁的。就這麼一瞥，我被手中的茶水嗆了一下，轉頭再看，眼前這位鴨舌帽男不是別人，而是禮拜六在海洋廣場，幫我們攔住扒手的那位金髮男。他今天也穿了件藍色的T恤，大概是廠商的贈品，胸前印著不知名的商標，領口鬆垮垮的。

「什麼事嗎？」金髮男轉過頭來，表情有些困惑。

「請問你禮拜六是不是人在基隆？」

「我基隆人啊，一年三百六十五天都在那裡——」

金髮男「啊」了一聲，似乎想起來我是誰了。

「妳就是被扒錢包的那個？」

「對呀，我剛還想天底下怎麼有這麼巧的事，沒想到真的是你。」

半晌金髮男的餐點送了上來。我們邊吃邊聊，提到禮拜六的事，金髮男說他聽到我當時喊說那個中年大叔是小偷，本來想伸腳絆倒對方的。無奈腿太短，只好站起身來，用肉身阻擋。

「你反應還滿快的啊。」我想起前天金髮男假裝問路，拖延時間的模樣。

「但還是中了他的招。」

「招？」

「就這個啊。」金髮男用沒拿筷子的手，擺出了個肘擊的姿勢。

「啊，那個超痛的吧。」

「是有一點啦。」

金髮男呵呵笑著，一面夾起碗裡的炸蝦咬了一口。

「妳在臺北上班啊？」他擦了擦嘴巴說。

「嗯，你呢？」

「我在基隆，今天來臺北找朋友。」

金髮男扒了幾口飯，接著突然想到什麼似的，看向我來。

「妳等下有空嗎？」

「嗯？」

金髮男放下碗筷，把嘴中的食物吞了下去。

「我等下想去買件衣服，如果可以的話，想請妳幫我挑一下。」

「你相信我的眼光？」

「當然啦。」金髮男說著拉了一下他身上那件不知道洗了幾次，領口已經快要開花的T恤。「再怎麼樣應該都比我好吧。」

半晌用完餐，我和金髮男一起到美食街樓上的商場，那裡有一家專賣服飾的平價品牌。接下來天氣會慢慢轉冷，我本來以為金髮男打算買長袖的衣服，但他卻說要買T恤，他一年四季都穿短袖，冷的話就加上外套。

金髮男對於要買怎樣的顏色、版型並沒有太大的想法，我於是就像媽媽陪孩子出來買衣服一樣，把架上的T恤一件件拿起來在他身上比了一下，把我覺得好看的留下來，最後再讓他決定要哪一件。這招我在公司做案子也常用。有併購需求的潛在客戶多如過江之鯽，我們能做的就是從企業規模、槓桿能力、近期策略等等面相層層篩選，最後挑出幾間比較有希望的，送到老闆面前讓老闆決定。

逛了大概二十分鐘，最後留下來的T恤總共七件。

「哇，這麼多啊。」金髮男看著購物籃裡的衣服，露出有些訝異的表情。

「你拿去試穿一下吧。光用比的有時候不太準。」

「也是，那妳在這邊等我——」

金髮男話才說完，旁邊一對情侶突然靠了過來。男的年紀跟我們差不多，戴著鼻環，打扮得相當時髦，女的則看起來很年輕，恐怕還在唸大學。

「阿平？」

鼻環男拍了拍金髮男的肩膀，金髮男回頭一看，好像被嚇到了似的。

「怎麼？不認識我啦？」鼻環男笑道。

「怎麼可能，你今天來臺北啊？」金髮男笑著回道。

「對啊，來看電影。」

金髮男不知怎地，似乎有些害怕，一直閃躲著對方。

「上次那個還滿意嗎？」鼻環男問道。

「滿意啊。」

「說真的，我還是第一次碰到像你需求那麼特別的。」

「需求特別？」

我愣了一下。鼻環男聽我這麼說，正要開口解釋，金髮男就好像什麼天大的祕密要洩漏出來一般，連忙上前堵住他的嘴。

「大哥，你行行好，那件事就別在這裡說啊。」

「喔，好啦。」

看鼻環男那有些猥瑣的樣子，他所謂的「需求」是什麼，我也猜得到大概。雖然覺得不太舒服，但這是金髮男的自由，我也沒有立場多說什麼。

「那就這樣，先走啦。」

鼻環男大概以為我跟金髮男在約會，又朝我們笑咪咪地看了幾眼，就摟著他的大學妹搭電扶梯到樓上去了。金髮男似乎覺得有些尷尬，鼻環男離去後他都沒有說話，而是低頭看著購物籃裡的T恤，最後自己篩選出三件：一件白的，上頭的圖案是卡通造型的日本相撲；一件灰的，胸前印著米奇跟米妮肩併著肩，坐在汽車上兜風的圖案；最後一件是黑的，相對樸素，上頭畫著一個用白色線條勾勒出來的機器人輪廓。

「人好像有點多。」我看向試衣間，入口處排了快十個人。

「那我在這邊試穿好了。」金髮男說。

「這邊？」

「男生沒關係啦，妳幫我擋一下。」

金髮男說完雙手一掙，把上衣脫了下來。如果現在是冬天，他裡頭有穿衛生衣還好，問題是現在才九月，他上衣一脫，上半身就一絲不掛了。

「你快點。」我說。

「好啦。」

金髮男這舉動引來了旁人的目光，我不得不用笑容來化解這一切。我一邊催促著他，一邊別過臉去。但好巧不巧的，金髮男身後剛好有一面鏡子，我發誓我不是故意看的，但就在他套上T恤的瞬間，我從鏡子裡金髮男的身上看到了一樣東西，整個人像觸電般，倒抽了一口氣。

「怎麼了嗎？」金髮男轉過身來問道。

「沒事。」我搖搖頭說。

金髮男也沒什麼在意，隨即笑了起來，指了指他身上的T恤。

「好看嗎？」

「好看，很好看。」

我想也沒想就這麼說。我並不是在敷衍他，而是此時此刻我的腦袋完全讓另一件事情給霸占住了，喪失了判斷能力。

6

開往基隆市區的客運，在夜色中緩緩駛出市府轉運站。我和金髮男坐在幾乎客滿的車廂中，兩個中段的位子。

我住在安樂社區，回去照理說是要搭往金青的客運。但今天例外。稍早我們買完T恤上去一樓的轉運站，金髮男排哪邊的隊伍，我就跟著一起排。這段期間，我一直假裝沒事，一面思考著要怎麼釐清目前的狀況。

「你今年幾歲？」客運開上高速公路時，我問金髮男道。

「應該是二十七吧，我也不確定。」

「你也不確定？」

我話才說完，只見金髮男從口袋掏出皮夾，把裡頭的身分證拿了出來。

「二十七歲是身分證上的年齡。」

我接過身分證，只見上頭的出生年月日是民國七十七年十二月五日，現在是民國一〇五年九月，也就是說金髮男年底「身分證上的年齡」就滿二十八歲了。但我在意的不是這個，而是一旁姓名欄上的姓名是「許平」兩個字。

「你叫許平？」

「對啊，怎麼了嗎？」

「沒事。」我看著金髮男的身分證搖了搖頭，一面腦中又浮現了半個小時前，在他身上看到的那個「東西」。

陳阿姨房中的那張尋人啟事，我記得很清楚，上頭寫著她失蹤的兒子許永平，左後腰靠近脊椎的地方，有一個直徑七、八公分的咖啡色胎記。那個位置、那個大小的胎記，金髮男也有一個。而且兩人同樣都是民國七十七年出生的。

禮拜六金髮男離開海洋廣場，陳阿姨一直站在原地看著他的身影。我當時雖然覺得不太尋常，但也沒有細究，因為陳阿姨常常會這樣一個人突然愣在那裡。然而此刻回想起來，應該是金髮男和那個中年男子在拉扯的時候，陳阿姨看到金髮男腰上的胎記，想到了和她失散多年的許永平，才會魂遊神外。現在的問題是，我身旁的這個金髮男真的是許永平嗎？如果是的話，這二十多年來他又過著什麼樣的生活？

「你剛說『身分證上的年齡』是什麼意思？」我問許平。

「我到底是什麼時候生的沒人知道，我的戶口是院長幫我報的。」

「院長？」

「嗯，我在育幼院長大的。」

許平把身分證拿了回去，翻到背面，上頭父母欄沒有名字，而是直接用兩條線槓掉。

「哪裡的育幼院？」我接著又問。

「暖暖。」

「有人送你過去的？」

「不是耶，」許平搖搖頭。「是院長在後山散步時發現我的。大概是民國八十三年三月那時候吧，我沒記錯的話。」

「『發現』你？」我不太明白這兩個字的意思。

「就那天傍晚，院長到育幼院後山散步，看到我一個人在那邊哭。他把我送去派出所，但警察說他們沒辦法照顧我，要院長先把我帶回去，等有消息會再聯絡。」

「然後？」

「然後就是等了大半年，都沒有人來把我領回去，院長心想這樣下去也不是辦法，就帶我去戶政事務所登記戶口。由於我那時候看起來大概三歲，出生年份就是那一年往前推三年，出生日期就是登記戶口的那天。」

許平是在廟口失蹤的，後來人卻出現在暖暖的山區，由於他當時年紀還小，沒什麼獨自行動的能力，所以肯定是有人把他帶到那的。當然，我這麼推論的前提是，許平就是陳阿姨的兒子許永平。

「那名字呢？為什麼取做許平？」我繼續問道。

「據說是當初院長問我名字，我只知道自己姓許，然後阿母都叫我阿平。」

「你對你阿母還有印象嗎？」

許平把身分證收回皮夾，搖了搖頭。

「完全沒有？」

「嗯。」

「那你會想見你的親生母親嗎？」我問許平，他正望著窗外發呆。

「以前不爽的時候會。」

「不爽的時候？」

「就班上有一些小屁孩，不欺負別人一下好像會死掉一樣。」許平回過頭來打了個哈欠。「知道我住在育幼院，就在那邊嘰嘰喳喳。這些小事我都還能夠忍受，但我剛升國一的時候，有一次一個小霸王當面對我嗆了起來，說我沒有家什麼之類的，當下我超不爽的，要不是我修養好，早就跟他打了起來。現在想想，那應該是我這輩子唯一一次，想看看自己親生爸媽長什麼樣子的時候。」

「現在不想了？」

「想要幹麼？我一個人還不是活得好好的？」

「是喔，我剛好相反。」

「相反？」

「我好想再見我阿爸阿母一面，每天都在想。」

「妳是說……」許平察覺到我話裡的意思，張大眼睛看向我來。

「我爸媽在我小學五年級那年就過世了。」我說。

「是喔，我還以為那個人是妳媽。」

「那個人？」

「就那天跟妳一起在海洋廣場的那個歐巴桑啊。」

「那是我做志工幫忙的阿姨。」

「志工？她也沒家人嗎？」

「有是有，但是……」

我起先有些猶豫，但後來還是把陳阿姨經歷過的事稍微說了一下。許平表情十分淡定，好像他覺得那沒什麼似的。

「妳怎麼知道那個陳阿姨有需要幫忙？」許平聽完問道。

「基金會那邊有資料。」

「基金會？」

「就一個財團法人，主要在媒合基隆想要做志工的民眾跟需要幫助的長輩。我做的志工都是去那邊找的。」

上次那位負責人，後來跟我說他們之所以知道陳阿姨，是因為基金會有人認識陳阿姨的鄰居，從對方那得知陳阿姨長年一個人住，心理好像有些問題，平常完全沒有跟人往來。後來基金會派人前去拜訪，陳阿姨起先似乎說自己不需要志工，是基金會的人好說歹說，才說服陳阿姨接受幫忙。

「需要幫助的人應該很多吧？妳怎麼會去陳阿姨那邊？」

「一開始是因為好奇。」我把之前基金會志工聚餐聽來的事告訴許平。「但後來看到陳阿姨的資料，就覺得是緣分，然後就去了。」

「緣分？」

「是啊。陳阿姨年紀跟我阿母一樣，名字也跟我阿母差一個字而已。」我阿母叫做「陳秋雲」，跟陳阿姨一樣都是民國四十六年二月生的。那天在基金會的辦公室，我聽到陳阿姨以前自殺過，說老實話本來有些猶豫，因為我不知道自己心思夠不夠纖細，會不會不小心刺激到對方。但後來看到陳阿姨的姓名跟生日，就覺得這是老天的安排，才會決定到陳阿姨那邊試試看。

或許是因為話說太多也有些累了，半晌車子經過汐止，我跟許平都各自躺在椅背上休息了起來。我一面看著前方電視上的無聲新聞，一面想到方才許平說他小時候在育幼院待了大半年，都沒有人來把他領走的事。我在想，或許是當時承辦的員警疏忽掉了，沒有把消息傳遞出去，不然天底下哪有父母親知道孩子的下落，不來把人接回去的道理？我不清楚二十多年前政府處理這類事件的機制是什麼，不過我記得先前聽陳阿姨說過，這幾年網路漸漸發達起來，她有請人把許永平的資料登錄到線上系統，全國失蹤兒童的資料查閱起來變得相當方便。我有上去看過一次，網站的資料非常齊全，連失蹤兒童的小名、興趣都列了出來。陳阿姨以前似乎都叫許永平「阿平」。我阿母也是一樣，拿我名字最後一個字當作小名，叫我「阿芬」。

又過了一會兒，客運來到交流道前，我看了一眼時間，晚上十點零七分。

「要不要交換一下電話？」我心想之後跟許平還會聯絡。

「喔，好啊，下次再一起吃個飯。」

我們拿出手機，互換了號碼。許平用的是近幾年開始流行的智慧型手機，我的則還是以前那種折疊式的。

「妳這用幾年了啊？」許平用一種看到外星人的眼神看著我的手機。

「八年。」

「男朋友送的喔？」

「前男友。」

我把手機收回包包裡，抬起頭來看著許平。

「其實你長得算是好看的。」

「幹麼？」

「你五官很端正，我覺得只要再打扮一下，然後頭髮換深一點的顏色，應該很容易就有女孩子喜歡你了。」

「所以？」

「我的意思是，你可以去交個女朋友，不要到外面找那種奇怪的管道。」

「奇怪的管道？」

雖然這不關我的事，但我看許平那一臉無辜的表情，還是忍不住說了出來。我告訴他，方才那個鼻環男幹的是什麼勾當我都知道。

「我也是有苦衷的。」

「不就精蟲衝腦？」

「哎呀，妳不懂的。」這時客運剛好下了交流道，車速減緩許多。許平別過我的視線往旁邊看去，窗外是基隆市區夜晚略為朦朧的街道。

「我的確是不懂。但你都不怕染病嗎？」我說。

「放心，我都有做好安全措施。」

「你以為嫖妓的風險就這麼一個？」

「不然呢？」

「你不怕被仙人跳？」

許平愣愣地看著我，突然間笑了出來。

「你幹麼那麼關心我？」

「要不是——」

我本來想回「要不是你是陳阿姨的兒子」，但最後還是及時地把話吞了回去。

「我才沒有呢。」我說。

7

要確認許平到底是不是陳阿姨當年失蹤的兒子許永平，最萬無一失的方法就是驗DNA。因此隔天上班，我趁著午休的時間打了通電話給陳阿姨，大致跟她說了一遍我前一天從許平那裡問出來的事情。

陳阿姨一開始還不願承認她那天覺得許平就是許永平，直到後來我說我看到了許平腰上的那個胎記，她才終於順著我的話默認了。一聽到我說許平小時候是在育幼院長大的，陳阿姨起先一直沉默著，到後來不知道是心疼自己沒辦法陪伴在許平身旁，還是欣慰許平雖然離開了父母，卻還是有人照料，在電話另一頭輕輕地啜泣了起來。我當時一個人在樓梯間講電話，陳阿姨電話中的啜泣聲聽得異常的清楚。我一直等到她情緒平復下來，才問她說要不要驗DNA做親子鑑定。

「看胎記判斷敢不行？那個胎記很少人有。」陳阿姨聽起來有些緊張。

「用胎記判斷出錯的機會較大。」我說。

「DNA難道就百分之百不會出差錯？」

「那種情形很少。」

陳阿姨當時雖然有些遲疑，但最後還是答應了做親子鑑定。隨後，我打電話給許平，找了個理由跟他約了隔天晚上在市區見面。

和陳阿姨不同的是，許平是白紙一張，對於實情完全沒有心理準備，因此後來碰面的時候，我沒有像對陳阿姨那樣，一開口就把我覺得他們兩人很可能是失散多年的母子一事說出來，而是和他慢慢聊著，一步一步把話題往那邊帶去。

這期間，許平見我一直在說陳阿姨如何如何，他那個完全沒有印象的母親又如何如何，一開始還不怎麼在意，直到後來才慢慢起了疑心，表情稍稍有了變化。而我看他已經察覺到了我有其他想說的事情，也就順勢把他和陳阿姨的兒子許永平，兩人從年紀、小名、到身上那個胎記等等的相似之處都跟他說了一遍。許平當時和我在餐廳裡面對面坐著，本來表情還笑笑的，一聽我說完上述的事情，彷彿看到太陽打西邊出來一樣，兩隻眼睛睜得老大。

「最好有這麼巧的事啦。」

「現在還不確定陳阿姨就是你親生母親。」我看許平有些激動，連忙安撫他道。

「所以咧？該不會要我驗ＤＮＡ吧？」

我沒有回答。許平見狀放下餐具，拿起桌上的水灌了一口。

「我不是說了，我不想知道我爸媽是誰。」

「你跟陳阿姨一樣都在害怕。」

「害怕？」

「嗯。」我也拿起手邊的水來喝了一口。「陳阿姨本來有點排斥驗ＤＮＡ。我想她大概是在擔心到時候鑒定的結果出來了，證實你跟許永平那些相似的特徵都只是巧合而已，那她好不容易得來的希望就又破滅了。」

「那我又有什麼好怕的？」

「你怕陳阿姨真的是你阿母的話，你生命中就多了一個要牽掛的人。」

我本來以為許平會大力反駁，沒想到這次他卻沉默了下來，低著頭，愣愣地看著桌上那杯他剛才喝過的水。我不知道我說他會害怕，這句話在他心裡激起了多少漣漪，但我想他不可能完全不在意，陳阿姨可能就是他阿母這件事的。一個人要討厭自己的父母，想必是經歷了什麼不愉快的回憶，比如從小背負著雙親的期望長大，扭曲了真實的自己，又或者是遭受父母長期的打罵虐待，因而起了憎恨之心。但對於許平這些從懂事以來就在育幼院生活的人，我很難想像他們哪天見到了自己的親生父母，真的可以毫不在意這段本來應該連結著彼此的羈絆。

我們僵持了一會兒，許平突然嘆了口氣，拿起杯子把裡頭的水喝得一滴不剩。

「要驗DNA也是可以——」

「你答應了？」我喜出望外，只見許平砰的一聲將杯子放回桌上。

「但是有個條件。」

許平傾身向前，把手肘靠在桌上。

「就是如果鑒定結果出來了，我真的是陳阿姨兒子的話，接下來要怎麼做是我的自由，妳們不可以強迫我接受這段親情。」

「我的部分我可以答應你，但是陳阿姨……」

「陳阿姨如果太過執拗，妳要居中協調，幫忙勸勸她。」

「這沒問題。」

「嗯，那就這樣吧。」許平打了個哈欠，往後靠在椅背上。「檢驗的細節妳再通知我，我應該都可以配合。」

那天我和許平「交涉」的過程大致如此。至於接下來的親子鑑定，我本來以為肯定相當的繁複昂貴，不料許平那天回去後，閒來無事在網路上找到一家檢驗中心，費用只要一萬出頭，鑑定流程也頗為簡單，可由委託人自行採樣，再將檢體送至檢驗中心即可。於是我便挑一天午休的時候，到檢驗中心領取採樣器具，週末再分別採集陳阿姨和許平口腔黏膜的檢體，和許平一起送了過去。

該檢驗中心位於新北市一棟商業大樓內。我們下午兩點多送完檢體，許平說他肚子痛去洗手間，我則因為口有些渴了，便到一樓的咖啡廳點了杯飲料喝。由於現在是週末，大樓裡大部分的公司都不用上班，咖啡廳內顯得有些冷清，來店消費的看來都是附近的居民，穿著打扮都相當的隨興。坐在我隔壁桌的是一位三十多歲的少婦，帶著四、五歲的女兒，兩個人一個翻著咖啡廳裡的時尚雜誌看，一個則是捧著平板電腦在看卡通。我記得小時候我跟阿母也常常這樣，白天阿爸去上班，阿母就帶我出去晃，累了就找一家店坐著休息。阿母那時候也喜歡看著這類教人怎麼穿搭的雜誌，常常看完之後心血來潮，不僅她自己打扮得花枝招展，連我也成了她手下的實驗品。至於我呢，因為那時候沒有所謂的平板電腦，阿母坐著看雜誌的時候，我就捧著我最心愛的洋娃娃在一旁扮家家酒。那個洋娃娃是阿爸買給我的，現在不知道跑到了哪裡去。

「我事情辦好了，走吧。」

一個男的從外頭進來，走到我隔壁桌那對母女身邊。我抬頭一看，愣了一下，那男的看到我也是一臉詫異的表情。

「真巧，居然在這裡碰到妳。」王毅鐸輕輕一笑。

「這位是？」王毅鐸的太太問道。

「工作上的朋友。」

王毅鐸一邊說，一邊拿起桌上他太太剩下來的飲料喝了一口。

「今天怎麼到這兒來？」王毅鐸問我。

「來辦點事。」

「這麼巧，我也是。現在呢？在等人嗎？」

「不干你的事。」

王毅鐸的太太看到我這麼回答，抱起一旁的女兒皺了皺眉頭，好像非常不解自己先生怎麼會有這麼沒禮貌的朋友似的。

「上次那件事，妳後來有跟陳阿姨討論過嗎？」王毅鐸把飲料放回桌上。

「不必討論了，陳阿姨的態度很清楚，就是不賣。」

王毅鐸大概怕嚇到了孩子，便叫他太太先帶著女兒到外頭等他。

「難道妳覺得我上次說的話一點道理也沒有？」

「不是什麼事都可以用金錢衡量的。」

「比如呢？」

「比如親情。」

「親情？」王毅鐸冷笑一聲，在一旁椅子上坐了下來。「我調查過了，陳阿姨跟她先生老早就離婚了。妳不要跟我說，陳阿姨覺得她守著那個地方，有一天她先生會回來找她。這樣只會越活越痛苦而已。而且妳剛剛說錯了，這世上沒有什麼事情是不能夠用金錢衡量的，愛情可以，友情可以，親情當然也可以。不然妳以為全世界為什麼會有那麼多擄人勒索案？原因就在於歹徒知道，親情是可以用金錢——」

「你不要在陳阿姨面前提起這件事。」我打斷王毅鐸的話道。

「因為陳阿姨兒子的關係？」

「嗯。」

「那不就一般的走失案而已？還是另有隱情？」

「我不知道，總之你不要多嘴就是了。」

「妳放心，我不會的。」

王毅鐸往外頭看了一眼。他老婆正牽著女兒，有說有笑地在那裡等他。

「妳也不要把我想得太壞。」王毅鐸說。「我只是公司的一顆棋子，上頭交代的目標，我總得想辦法達成。我也常常在想，如果我事情做不好，沒了工作，那我老婆跟小孩怎麼辦？要他們跟我一起睡街頭嗎？我不是不明白陳阿姨對那間屋子的感情，也不是不明白陳阿姨心裡的盼望，但我們總得面對現實。陳阿姨換個地方住可以過得更舒適，我們也可以讓基隆改頭換面，這對雙方都有好處。如果覺得價錢太低，我可以再去跟上頭說說看。我們老闆也是個講理的人，考量到最近的房價物價，再加個一兩百萬也是有可能的——」

「這裡的廁所真高級，馬桶還有坐墊紙——」

王毅鐸說到一半，許平上完廁所，看到我在咖啡廳裡走了進來。

「男朋友？」王毅鐸問道。

我沒有理他。許平看了看我，又看了看王毅鐸，大概也察覺到現場的氣氛不太對勁，靜靜地站在一旁沒有說話。

「我也差不多該走了。」王毅鐸呼了口氣，站起身來。「有空再聊。」

「我跟你沒什麼好說的。」

「是嗎？」

王毅鐸尷尬地笑了一笑，朝我和許平說了聲「先走了」，接著便離開咖啡廳，和外頭的家人一起往停在路邊的轎車走去。

看著王毅鐸離去的背影，我提醒自己鷹峰建設的事實在是鬆懈不得。雖然這一兩個禮拜他們沒有再來找陳阿姨「談事情」，不過這不代表危機已經安然解除。王毅鐸方才的那一番話，單純一點的人或許就這麼信了，但我沒那麼傻，我知道那些話術之中，只有一項是真的，那就是王毅鐸他是公司的一顆棋子，上頭交代下來的目標，他必須想辦法完成。而他們的目標，就是奪取陳阿姨那個住了二十多年的家。

「那個人是誰啊？」王毅鐸車子開走之後，許平問道。

「目前來講是敵人。」我說。

8

位於義二路商圈上的「野橋」，是基隆今年新開的一間平價居酒屋。入口處上方掛著日本料理店常見的深色布簾，上頭畫著一些海浪的圖案。旁邊則擺了尊大約一公尺高，眉毛像海苔一樣的相撲塑像。

我六點下班，從臺北搭乘客運回到基隆。稍早在海洋廣場下車後，我走路過來，現在時間剛過晚上七點，居酒屋裡的座位大概七八成滿。剛才在路上，許平傳簡訊給我說他已經到了，此刻我在用餐的人群中邊走邊看，一下就發現許平坐在角落的一張桌子。他那一頭金髮，就像黑暗中的電燈泡一樣顯眼。

「怎麼那麼早？」我在許平身旁坐下來。我們約的時間是七點半。

「這邊沒來過，就提早了一些時間出門。」

許平一邊說一邊翻著菜單。不同於之前朝氣蓬勃的樣子，他今天感覺有點拘束。

「你會緊張嗎？」我脫下外套。室內人多，氣溫也跟著高了起來。

「啊？我只是肚子餓而已，中午沒吃。」

「你也太誇張了。」

「當然啦，妳要請客，肚子一定要留到晚上才行啊。」

今天是十月的第三個禮拜五。陳阿姨和許平的ＤＮＡ鑒定結果三天前出爐，兩人為親子的機率高達百分之九十八點九九。陳阿姨得知後似乎不太敢相信，一直問我是不是哪裡出了錯，有沒有需要再重新確認一次。許平的反應則相對冷淡，好像不管結果如何，對他都沒有影響。我當時雖然有點失望，但也不能強迫許平要多麼認真地看待這件事，畢竟之前說好一切依他的意願為主。後來我們聊了一下，我發現許平對於和陳阿姨相認雖然不算積極，但似乎也沒有到排斥的程度。我心想這未嘗不是一個好的開始，於是便安排了今天這個飯局，讓他們雙方在知道彼此關係後正式見個面。

「阿姨，阮在這！」

我把外套放到置物籃裡，一面看見陳阿姨從門口進來，連忙舉起手揮了一揮。陳阿姨眼尖，一下就看到我了，也揮了揮手走了過來。

「汝們敢等很久矣？」陳阿姨解下圍巾，看了看我和許平。

「無無無，阮也剛到而已——」

我話才說完，許平肚子忽然叫了起來，十分響亮。

「餓矣？趕緊點菜，趕緊點菜。」陳阿姨笑道，一面在許平對面坐了下來。

「汝看有什麼愛吃的否？」我把桌上另一本菜單拿給陳阿姨。

「汝們少年人點就好，我吃什麼都可以。」

「那就你點吧，」我對許平說。「剛剛研究菜單研究了那麼久。」

這時一個服務生剛好走過，許平朝對方招了一下手。

「要點餐了嗎？」服務生手上拿著點菜用的紙張。

「有什麼推薦的嗎？」

「炸雞軟骨跟泡菜牛肉捲滿受歡迎的。」服務生指了指菜單上的這兩道菜。

「那各一份。」

服務生把餐點記在紙上的同時，許平快速翻著菜單，一口氣又點了七、八道菜，有炸的，有烤的，有熱的，有冷的，有些菜色光聽名字就讓人口水直流。

「這樣就好了嗎？」服務生記完餐點，向我們確認道。

「嗯，先這樣。」

許平點了點頭。服務生離去後，我拿起桌上的茶壺，替大家把杯子斟滿。

「汝今仔日敢有去哪裡走走？」我問陳阿姨。

「去海邊一趟。」陳阿姨說。她今天擦了淡淡的口紅，頭髮似乎特別整理過。

「外木山那邊？」

我記得上個月陳阿姨也說她去了外木山一趟。

「嘿啊，去那飼魚仔。」

「飼魚仔？」許平問道。

「就海底的魚仔，我拿一些碎肉給他們吃。」

陳阿姨拿起杯子喝了口茶，一面告訴我跟許平她喜歡看海，每個月都會準備一些碎肉，到外木山那一帶的海邊餵魚。

「好像很有趣，下回我敢可以跟妳去？」我問陳阿姨。

「好啊。」陳阿姨說。

許平點的菜，大概五分鐘後陸陸續續端上桌來。我本來以為大概七、八道左右，沒想到此刻一看，竟然有十二道之多，除了服務生推薦的炸雞軟骨和泡菜牛肉捲外，許平又點了一份鰻魚定食、一份生魚片、一份握壽司、一份炸牡蠣，和其他一些我一時也叫不出名字來的菜色。整張桌子擺得滿滿的，連茶水都快沒地方放。
「咱敢吃得完這麼多？」陳阿姨把碗筷往外移動，騰出一些空間。
「免煩惱啦，吃不完可以包回去。」我說。
「我不會讓這種事發生的，中午沒吃就是為了這餐。」
許平說著夾了貫握壽司塞進嘴裡。我則是拿了尾炸蝦到盤子上。
「好吃。」許平說。
「這也不錯。」我輕輕咬了一口盤裡的炸蝦。
陳阿姨看我們吃得津津有味，臉上不覺泛起了笑容。
「除了日本菜，汝們還有愛吃什麼否？我下回可以煮看看。」陳阿姨說。
「都差不多啊，我愛吃飯。」許平把定食的飯盒拿到面前。
「飯？」
「就白飯啊，」許平夾起鰻魚咬了一口。「可以配飯的菜我都喜歡。」
「汝咧？」陳阿姨看向我來。
「我都可以啦。」
「這樣好，我回去想看看可以用啥來吃。」
陳阿姨說著才拿起筷子，夾了塊生魚片，配上芥末送進嘴中。
「對矣，汝的名字是誰幫汝取的？」陳阿姨問許平。
「育幼院的院長。」
「你本來叫做『許永平』，永遠的永，平安的平。」這件事我之前跟許平提過了，但怕他忘記，於是再說一次。

「所以我現在名字要改回『許永平』三個字嗎？」

「免啦，反正我都叫阿平兩字而已。」

陳阿姨說話的時候，許平正要夾前方盤子上的炸蝦來吃，可是突然間卻像被電到一般，定在那裡不動。我起先不明所以，半晌順著許平的目光看去，才發現他的視線停在陳阿姨左手手腕上，那道微微浮起、糾結著的肉紅色疤痕。

「汝的手怎會這樣？」許平把炸蝦夾進碗裡，一邊問道。

陳阿姨低著頭，默默地沒有回話。我連忙用手肘碰了碰許平。

「先吃飯，別問這個了。」

「噢。」

「就以前戇[21]，不會想。」我正準備轉移話題，陳阿姨忽然苦笑起來，看著自己手腕上的疤痕說。

「這是什麼時候的逮事？」許平問道。

「十幾年前。」

「十幾年前？」我感到有些訝異。許平是二十五年前失蹤的，但陳阿姨割腕卻是十多年前的事。雖然不知道實際的狀況，但我猜想陳阿姨有可能是後來受到了什麼刺激，才會在自己手腕上劃下那狠狠的一刀。

「其實也無什麼特別的逮事。就有一天，突然間就無想要活矣。」

---

21 笨。

「突然間？」

「嘿啊，」陳阿姨嘆了口氣，苦笑道。「我那時候也不知在想啥，自己拿著水果刀去便所，在浴缸旁邊坐幾分鐘仔，就將刀子往自己的手割落去。後來是隔壁的一個歐巴桑，她剛好要拿東西來給我，門無關她自己入來，看我倒在便所內，遂趕緊叫救護車把我送去病院。聽人說再慢五分鐘就無救矣。」

這天晚上，我們三個人就這樣一邊吃著日本料理，一邊談著各式各樣的話題。陳阿姨講完自己割腕的經過，隨後也問起了許平這些年來過的生活，還有他現在住在哪裡，平常都在做什麼之類的事。後來到了晚上十點鐘，餐廳快要打烊，陳阿姨也有些累了，我和許平便搭計程車送她回中山一路上的住處。我本來想讓司機接著載許平到他仁二路的租屋處，最後再回我在安樂區的公寓，但許平說他想走一走，我們於是在舊火車站旁就下了車，往廟口的方向漫步而去。

沿路上，許平一直悶悶的，不怎麼說話，就算開口，也是講一些剛才哪一道菜不錯吃、哪一道菜味道可以再加強等等無關緊要的小事。我雖然不是他肚子裡的蛔蟲，但大概可以猜到他在想些什麼。過了快要三十年的生活，如今說變就變，任誰都會感到有些不安。雖然今天他和陳阿姨有一些互動交流，但基本上都是陳阿姨問了問題，他才回答，而且回答都十分的簡短，有時候甚至就只是「嗯嗯嗯」的應著而已。兩人的關係，在我看來就像從完全的陌生人，變成不怎熟的朋友。雖然離所謂的至親還有很長的一段路要走，但往好處想，只要願意踏出去，什麼都有可能發生。

「下次我們跟陳阿姨一起去海邊吧？」半晌經過海洋廣場時，我問許平。

「海邊？」

「就外木山那啊，陳阿姨今天不是說她每個月都會去那裡餵魚？」

「噢，可以啊。」

許平聲音聽起來有點緊張，臉上的神情也略微僵硬，好像陪陳阿姨去海邊是什麼重責大任似的。

「你不要想太多。今天是你跟陳阿姨第一次正式見面，相處起來難免會有些顧忌。這種狀況以後一定會改善的。」

「太遲了。」

我們來到循環站前的紅綠燈，許平停下腳步。

「如果我今天還是小孩子，還不認識這個世界，那這一切就另當別論。但是我今天已經是個成年人，已經過了需要母愛的階段，也已經習慣了沒有母愛的生活，然後妳突然跟我說：嘿，這個人經過ＤＮＡ鑒定，百分之九十九點九九九是你媽媽，你要好好愛她，跟她好好相處。換作是妳，不會覺得很荒唐嗎？」

「或許吧，但我也沒辦法不去認這個媽媽。」

說到這，我又想起之前答應過許平，不可以強迫他接受這段親情。

「你不想要繼續下去嗎？」

「我也不知道。」

「我是覺得船到橋頭自然直，你們就先相處看看。」

「妳是想讓我習慣現在這個身分吧？」

「我當然是這麼希望的啊，但也不能勉強你就是了。」我說。這時一輛往臺北的客運正好經過我們身旁，往孝二路上的交流道開去。

「妳在臺北上班多久了啊？」許平問我。

「七、八年。」

「那為什麼不搬到臺北，每天通車不是很辛苦？」

「因為我的家在基隆。」

「要是我就搬到臺北當天龍人。基隆又濕又暗，好像鬼城一樣。」

「基隆以前不是這個樣子的。」我指著斜前方，東岸停車場正對面的郵局。「像是愛三路上的基隆郵局，以前是像總統府那樣的紅磚建築，轉角的地方有個大圓頂，旁邊還有個高塔，很多明信片都拿來當背景呢。還有我們剛剛經過的舊火車站，以前是跟新竹還有臺中車站一樣的巴洛克式建築。」

「妳怎麼那麼清楚？」

「我阿爸喜歡攝影，以前有在研究歷史古蹟，我也跟著對這些事情有興趣。」

「是噢。」

這時剛好綠燈，我們往前方的循環站走去。

「對了，你小時候待的那家育幼院叫什麼名字？」我問許平。

「松柏育幼院。怎麼了嗎？」

「找時間去拜訪一下，弄清楚過去的事。」

「過去的事？」

「你二十五年前從陳阿姨身邊消失的那段過去。」

「不就是走失?」

「那絕對不是走失。你當時是在廟口不見的,可是後來人卻出現在暖暖的山區,一定是有人把你帶到那邊去的。」

「所以呢?妳現在去挖這些事又有什麼意義?」

「你不會不甘心嗎?自己原本好好的家,被不知道什麼人、不知道什麼原因弄得分崩離析。你阿母還因此割腕,差點連命都丟了。」剛剛在餐廳裡,陳阿姨說她當年之所以割腕,是因為「突然間」不想活了。但在我看來,陳阿姨內心裡那股尋死的念頭,恐怕在許添龍離開她之後就已經萌芽,然後在十多年前的那個時候結成了沉重無比的果實,壓垮了陳阿姨原本就已經脆弱不堪的心靈。

「就算要調查,去育幼院也沒什麼用吧。那麼久以前的事,院長早就記不得了。再說當年那個人的身分,連警察都找不出來——」

「那是因為警察當時根本就沒有出動啊。」

「妳又知道了?」

「當年你爸媽沒有接到綁匪勒索贖金的消息,自然構不成擄人勒索案的要件,警方不會為了尋找失蹤兒童出動警力的。」

「那妳現在打算怎樣?告訴警方當年事有蹊蹺,請他們重新調查?」

「警方不會理我們的。」

一輛公車在旁邊停了下來,一些等車的民眾紛紛擠了過去。

「我們只能夠自己來。當年把你從廟口帶到暖暖的那個人，我想應該跟你爸媽有什麼恩怨。我們可以回去先問問看你阿母，弄清楚當年周遭的人事物，然後再去找你的親生父親許添龍，看可不可以探聽出更多的消息來。」

「妳確定這樣有用？」

「不確定，但是至少試過了才不會遺憾。」

許平聽我這麼說，漸漸收起原本嬉鬧的表情。

「難道你都不會好奇嗎？」我問。

「會啊，但是……」

許平感覺有所顧忌。一旁等車的民眾，這時都上了剛才停下來的那臺公車。車子一開走，整個循環站都冷清了起來。

「沒什麼，」他說。「只是覺得好累。」

「慢慢來啊。又不是說明天就要有結果。」

「嗯。」

許平輕輕應了一聲，一面向前走了幾步，一個人若有所思地站在那裡。

「怎樣？你要一起找出當年的真相嗎？」我對著他的背影問道。

「好吧。」

許平嘆了口氣，回過頭來笑笑地看著我。

「就當作是約會啦。」

第二章　追溯

1

位於天母東路巷弄內的這家「啄木鳥之家」咖啡廳，門口掛著一個風鈴，只要門一打開，就會發出清脆的聲響。過去的二十分鐘，風鈴總共響了六次，而每一次我都會跟著抬起頭來，往門口張望。

「還早咧，時間還沒到啦！」

當時還坐在位子上的許平，看到我緊張兮兮的樣子，三番兩次這麼挖苦我道。第一次我看了一下時間，離跟那個人約好的時間還差四十分鐘，第二次還差三十七分鐘，到了第六次還差二十二分鐘，越看越是焦灼。

「你怎麼那麼冷靜？對方是你二十多年沒看到的阿爸耶。」我說。

「妳才奇怪咧，是在緊張什麼？」許平說。

今天是十一月的第一個禮拜六。中午我和許平在基隆吃完午飯，搭乘客運來到臺北，之後再換計程車來到這間位於天母的咖啡廳。或許是因為週末午後，加上天氣又好的關係，咖啡廳裡幾乎是座無虛席，我們稍早進到店裡，找了好一會兒都沒有空位，最後還是角落剛好有一桌客人離開，才有位子可坐。那時剛過下午兩點。我們跟許平的生父許添龍約好三點在這裡碰面，談一談當年許平失蹤的事情。

之所以會有今天這個許平稱之為「約會」的行程，自然要從上個月的那個決定說起。那天晚上在海洋廣場，我決心要釐清二十五年前許平失蹤的真相後，隔天就去了陳阿姨那邊，向她表明我的想法。然而，陳阿姨大概因為許平已經平安歸來，對於過去的事情顯得有些意興闌珊。我問了半天，她只是笑笑地告訴我，她和許添龍人際關係都十分單純，不太可能在外面與人結怨。我當時聽了有些沮喪，但還是想要知道許添龍對這件事有何想法。我記得九月到仁愛市場買菜的那天，陳阿姨說許添龍幾年前寫過一封信給她，為當年過於絕情表示歉意。我心想那封信的信封上，應該會有許添龍的地址，便向陳阿姨表示我想要過去拜訪一下。陳阿姨當時聽我這麼說，思考了一會兒才回到房裡，把當年許添龍寄給她的那封信拿了出來。我接過一看，只見那是個直式的白色信封，上頭許添龍的字跡十分娟秀。中央寫著「陳秋琴小姐　啟」幾個大字，左邊則是寄件人許添龍自己的地址，在臺北市士林區天母那一帶。

「他不知搬家矣未？」陳阿姨和我一起看著信封上許添龍的字跡，喃喃說道。

「有可能，不過要去看看才知道。」我說。

「所以汝真的要去找他？」

陳阿姨看起來有些猶豫。我一問之下，原來陳阿姨是怕許添龍如果還住在那裡，我這麼過去會打擾到他。我當時笑了一笑，告訴陳阿姨許添龍看到我們絕對會很開心的。理由很簡單，因為許平是他失散了二十五年的親生骨肉，天底下沒有父親看到自己兒子平安歸來，不會開心的。

實際聯絡上許添龍的過程，比想像中的順利不少。那天從陳阿姨家裡回來，我本來打算隔天就到天母那個地址一趟，但後來想想，許添龍現在也有新的家庭了，我這麼貿然過去也不見得適合。於是我就寫了封信，說我是陳阿姨的朋友，想要談一談許平當年失蹤的事情，並在信的最後附上了我的聯絡方式。過兩天禮拜一，我趁著午休到郵局寄掛號信。當時我想說許添龍如果還住在那裡，收到信後也要沉澱一下，真的聯絡我應該也是下週的事了。沒想到才隔幾天，禮拜五中午我和小雯到外頭吃完午餐回來，正要踏進辦公室，就接到了許添龍打來的電話。

「林小姐嗎？」我接起電話，隔了幾秒才意識到對方可能就是許添龍。

「嗯，我是。你是許先生？」我走到貨梯旁邊的樓梯間，把手機貼著耳朵。

「對對對，我收到妳的信，妳說妳想談阿平的事？」

「嗯，許平他……」

我花了一兩分鐘的時間，向許添龍說明這次陳阿姨和許平重逢的經過。這期間許添龍一直靜靜地聽著，沒有說話，但我卻可以清楚地感受到，他在電話那一頭略為急促、甚至帶著點哽咽的呼吸聲。

「所以說，阿平這些年都待在育幼院？」許添龍聽到最後，終於開口問道。

「對，他應該是當年就直接被人送去了那裡。」

「這樣啊，那至少有人照顧——」

由於我當時差不多要回去上班了，無暇觸及太多細節，便和許添龍另外約時間見面詳談。我本來提議當週週末，但許添龍表示這件事不方便讓他現在的家人知道，剛好十一月月初他太太要帶兩個孩子回新竹娘家，我們便改約那個時候。至於地點，我不好意思讓許添龍專程過來，便說我和許平會去天母找他。我也是在那個時候，從許添龍口中得知「啄木鳥之家」這家咖啡廳的地址。

那天下班後，我先後聯絡了陳阿姨和許平，告訴他們之後要跟許添龍見面的消息。陳阿姨一聽我說聯絡上了許添龍，感覺相當的激動，卻又故作平靜，說了些無關緊要的事就掛上了電話；至於許平，則是對要跟許添龍見面的事毫不關心。我當時本來有點生氣，但最後還是忍了下來，畢竟當前的一切已經是難能可貴，甚至有點脫離現實的感覺。想想幾個月前，陳阿姨還活在無盡的孤獨之中，而如今和許平重逢，陳阿姨就好像重獲新生一般，最近我週末過去，都能感受到陳阿姨正在一點一滴，拾回對於生命的熱情。也正因為如此，我只要一想到陳阿姨這些年來所受的苦，就會感到異常惱怒，覺得自己有那個使命，揪出當年把許平從陳阿姨身邊帶走的那個「凶手」。我知道自己有些不自量力，但我就是沒辦法對此置之不理。今天和許添龍見面詳聊，或許會有些新的線索，可以揭開當年事件的真相。但就算沒有也無所謂，因為許添龍和許平父子相見，本身就是令人欣慰的好事一樁。

「林小姐？」

我聽見聲音回神一看，只見站在我身旁的是一個身材瘦小，頭髮有些灰白的中年男子。他看我有些嚇到了，急忙自我介紹說他是許添龍。這時我再看看時間，剛過兩點四十，離約定的三點還有二十分鐘。

「我在家沒事，中午就過來了。」許添龍說。

「我本來還在想要不要跟你說我們已經到了。」

「可以的啊，我剛也是花了一點時間，才想說應該就是你們倆了。」

「啊，許平他去廁所了。」我看著身旁的空位，才想到主角許平不在身邊。

「沒關係沒關係，」許添龍笑了笑說。「慢慢來。」

雖然現在是熱門時段，咖啡廳裡一位難求，但由於許添龍中午就過來了，還是占到了一個絕佳的位子。有鑒於此，半晌許平從廁所出來，我們就把桌上的飲料拿一拿，轉移陣地到許添龍那裡去。那是張四人座的方桌。我讓許平坐在許添龍的身旁，自己則是挑了許平左手邊的位子，和許添龍相對而坐。

在我的想像中，父子重逢是個賺人熱淚的戲碼，可是現實中卻不是如此。許平見到許添龍，沒有什麼激動的情緒，而是顯得有些尷尬彆扭，連話都不太說了。而許添龍大概是顧慮到許平的感受，也沒有把關注都放在許平身上，而是向我問起陳阿姨和許平重逢的詳細經過。這些事情，前兩個禮拜在電話中我有稍微提及，但細節沒時間說，於是也就趁著這個機會，把來龍去脈交代一遍。在這期間，許添龍一直認真地聽著，而我看著他的樣子，忽然想起陳阿姨之前說過，許添龍大她四歲半，算一算今年也六十三了。可是這會兒我看到許添龍本人，卻感到有些意外。不知道是許添龍保養得宜，還是陳阿姨經歷過的風霜太多，許添龍外表看起來比陳阿姨年輕了一截。雖然有些白頭髮，但兩隻眼睛卻是清澈明亮，好像燃燒著火光般的炯炯有神。

「秋琴沒跟你們來呀？」許添龍聽我說完驗ＤＮＡ的事，拿起咖啡喝了一口。

「陳阿姨怕打擾到你。」我說。

「打擾？」

「因為你之前在信中說你已經再婚了，所以陳阿姨……」

「嗯，我想也是。」

許添龍說著苦笑了一聲。剛好他放在桌上的手機，這時收到一封訊息，螢幕亮起來的當下，我看到他手機桌面是一張全家福。照片中他和現在的太太坐在前方，兩個大男孩則是站在後頭，看起來都是一副國、高中生青澀的模樣。我這才想起許添龍上次提過，他太太今天帶兩個孩子回新竹的娘家。

不知道是不是我的錯覺，我看著手機螢幕裡的許添龍，再抬頭看了看本人，忽然間我發現許添龍的五官十分秀氣，和陳阿姨的感覺有那麼一點相似。再加上兩人都是瓜子臉，濃眉毛，而許添龍身高不高，陳阿姨又總是留著一頭短髮，彼此間的界線又更模糊了一些。這讓我不禁在腦袋裡想像了一下，如果當年沒有發生那些事情，陳阿姨和許添龍現在還在一起的話，那就是名符其實的夫妻臉了。

「妳上次在電話裡說，想要調查當年的事情？」許添龍把咖啡放回桌上，問道。

「嗯，我在想會不會是對你們夫妻倆懷恨在心的人，綁走了許平。」

「懷恨在心？」

「比如在外面跟人家結怨之類的。」

許添龍偏著頭想了一想。

「記憶中是沒有，我和秋琴的生活都很單純。」

「鄰居呢？有沒有跟他們起過什麼爭執？」

「都是些芝麻蒜皮的小事。像是朋友來家裡作客，打麻將吵到隔壁鄰居。但就算有事爭執，也是當下吵一吵大家就忘記了，很難想像有人會因為這種事情懷恨在心，把阿平擄走。倒是在餐廳裡……」

許添龍忽然停了下來。我記得陳阿姨之前說過，許添龍以前是個廚師。

「餐廳裡怎麼了嗎？」我問。

「發生的事可就多囉。」許添龍搔搔眼角，一面又拿起咖啡啜了一口。「畢竟我們那邊有賣酒，有些客人互看對方不順眼，借著酒意，三言兩語就吵了起來。有一次店裡提早關門，我出去一看，地上都是酒瓶的碎片，才知道早些時候兩桌客人大打出手，害得我們生意都不用做了。不過那些都是外場同事在處理的，我們關在廚房與世隔絕，客人們就算有什麼天大的爭執，應該也是波及不到裡面的。」

「同事間呢？有什麼嫌隙嗎？」

「難免的。有時候下班後，幾個同事出去玩樂，酒一喝也是會吵起來的。」

「有沒有發生過什麼比較嚴重的爭吵？」

「這我就不記得了，畢竟也都是聽說的，我人不在場。」

「你很少跟同事出去？」

「是啊，因為那時候阿平剛出生，我一下班就回家裡看小孩。」

許添龍說著呵呵笑了起來。許平坐在一旁，則是顯得有些尷尬。

「你們看，這是阿平剛出生的時候。」許添龍把咖啡放回桌上，拿起手機滑了一滑，把螢幕轉向我們。我一看，那是一張襁褓中的小嬰兒，閉著眼睛睡覺的照片。但由於焦距沒抓好，畫面感覺有些模糊。

「你小時候還滿可愛的誒。」我用手肘頂了頂許平。

「拜託，嬰兒都長這個樣子好不好？」

「還有別張嗎？」我問許添龍。

「有有有，我都掃描起來，存到了手機裡。」

許添龍說著撥了撥螢幕，一連讓我們看了十來張許平從呱呱墜地，一直到他兩三歲大時候的照片。這其中，一半是許平的獨照，一半則是和陳阿姨、許添龍相聚在一起的畫面。我和許平看著看著，大概過了五分鐘左右，螢幕上突然出現一張許平大概一歲多，剛剛學會走路時的相片。裡頭，許平由年輕時的陳阿姨牽著，兩人走在田寮河河畔，背景是一整片湛藍無瑕的天空。但真正吸引我目光的，是許平脖子上掛著一塊綠色的東西，用紅線繫著。雖然不甚清楚，但我想應該就是許平後來在廟口失蹤的時候，配戴的那塊刻著觀世音菩薩的玉佩。而許添龍看我一直盯著照片中的玉佩，便向我解釋，那是許平一歲的時候，陳阿姨拿去龍山寺過香爐給他的。

「這我好像有聽陳阿姨講過。」我說。

「秋琴說她那時候排隊排了一個多小時呢。」

許添龍說著又滑了一下手機，螢幕上出現一張陳阿姨背著許平的照片。

「你那時候睡著了，口水流得你阿母整個肩膀都是。」

「哈，是喔。」

許平尷尬地笑了一笑。然而許添龍好像沒有聽到似的，掃了一眼該頁的相片，又往下一頁滑去。就在這時，我看到一張相片，裡頭是一個三十多歲的婦女，抱著襁褓中的許平站在中正公園的大佛底下。但那個女人並不是陳阿姨。

「這是我高中同學的太太。」許添龍說。

我再仔細一看，只見相片中的婦人氣質出眾，不僅五官端正，身形也婀娜多姿。

「好像電影明星喔。」許平驚呼了一下。

「你講得沒錯，她當年差點就要去演電影了。」

許添龍說著放下手機，從胸前的口袋拿出一盒菸來把玩著。

「後來呢？為什麼沒演了？」我問許添龍。

「因為結婚了啊。」

「所以是你同學斷了她的星路囉？」許平笑問道。

「算是吧。」

那婦人抱著許平的樣子十分慈祥，好像把許平當成親生兒子在疼惜一樣。

「你們感情好像很好？」我說。

「是啊，我們兩家人常常一起出遊，只不過後來我同學移民到印尼去，漸漸就沒有再聯絡了。」

「喔？他們是做什麼的？」許平問道。

「開工廠的。」

「為什麼移民？錢賺夠囉？」

「這說實在的，我也不是很清楚。」許添龍嘆了口氣，把菸盒放回胸前的口袋。「二十幾年前，有一天他突然跟我說他辦好移民手續，然後就消失了。」

「突然？之前都沒有提過嗎？」我好奇道。

「印象中是沒有。」

「所以他們夫妻倆現在都在印尼？」

許添龍搖搖頭，神色有些尷尬。

「我同學移民之前，就先跟他太太離婚了。」

「為什麼離婚？」我跟許平都愣了一下。

「確切的原因我也不敢斷定，但我想應該是我同學想要小孩，但他太太不能生的關係。當時他們結婚五、六年了，可是他太太肚子一直沒有動靜，後來去醫院檢查，醫生說他太太卵巢有點問題，所以不容易受孕。」

「這是哪一年的事？」

「民國八十一年左右吧。」許添龍想了一想說。我記得許平是民國八十年失蹤的，而他們夫妻倆隔一年就離婚，這會是巧合嗎？

「許平跟你同學的太太很親嗎？」

「親啊，我跟秋琴有事的時候，阿平都是他太太幫忙照顧的。」

「你們兩家人住得很近？」

「也還好，我跟秋琴住在中山一路，他們則是住在信義市場那一帶。」

許添龍拿起桌上的咖啡一飲而盡。

「怎麼了嗎？妳好像對他們夫妻倆的事很感興趣？」

「我在想會不會是她把許平拐走的。」

「動機是？」

「嫉妒。你同學他太太因為自己沒辦法懷孕，漸漸地就嫉妒起你們家來。」

「這種說法太荒唐了。」許添龍搖了搖頭說道。

「他們也可能是因為這個原因離婚的。」

「妳說我同學發現是他太太把阿平擄走的，然後就跟對方離婚？」

許添龍一邊說，一邊往身旁沉默多時的許平看去。

「你覺得李阿姨會對你做這種事嗎？」

「我不知道啊，什麼李阿姨的我根本就沒有印象。」

許平雙手一攤，聳了聳肩。許添龍見狀苦笑起來，大概是意識到自己問了許平一個他根本就不可能知道答案的問題。

「我們認識那麼多年，不可能的。」許添龍繼續說。「而且擺開這個不談，因為嫉妒就把小孩擄走也太極端了。一般人頂多就是趁著對方父母不注意的時候，偷偷虐待一下小孩，哪可能大費周章把人擄走？難道都沒有考慮到相應的風險嗎？況且我們請我同學他太太幫忙照顧阿平好幾次了，回來阿平一切正常，下次見到對方也都沒有抗拒。如果他太太真的嫉妒我們，有可能錯過這麼好的機會嗎？」

「可是許平才失蹤，他們就離婚了……」我提起剛剛想到的論點。

「這應該只是巧合而已。不然我問妳，如果是妳會這麼做嗎？」

「如果是我？」

「嗯，如果妳是我同學他太太，會因為嫉妒就把阿平擄走嗎？」許添龍問道。

我會因為嫉妒而破壞別人的家庭嗎?這的確是個值得設身處地、仔細思考的情境。在我看來,這麼做最艱難的地方,就在於要事先跟孩子培養感情,之後再狠下心來,親手把這份感情連同自己的人生一併毀掉。

我有這般的覺悟嗎?

我閉上眼睛,想像著自己穿著婚紗,和心愛的人手牽著手步上禮堂。我們共組家庭,期盼著新生命的到來,可是希望卻一次又一次地落空。我含著淚水,看著那個女人肚子一天一天地大了起來。我想像著腹中羊水破了的感覺,想像著在產房中痛不欲生,忽然間聽到嬰兒哇哇大哭的聲音。我想像著他那纖纖小手緊緊握著我的指頭,想像著他對著我笑。我想像著他半夜哭鬧,想像著他在我懷中沉沉睡去。我想像著他牙牙學語,想像著他在地上匍匐而行,向我爬來。我想像著他長大成人,想像著他結婚生子,想像著他一輩子健康平安。可是這一切終歸只是想像而已,現實中的我一無所有。不僅如此,他們忙的時候把孩子託給我照顧,要共享天倫時又把孩子從我身邊強行帶走。我想我那早已耗弱不堪的心靈,就是在此等別離中漸漸扭曲掉的。

「妳會擄走對方的孩子嗎?」許添龍又問了一次。

我拿起桌上早已涼掉的蜜茶喝了一口。

「或許吧。」我說。

2

狹小的餐桌上,擺著滿滿的菜餚。中央是一鍋魚頭味噌湯,周圍順時針數過來,則是糖醋排骨、金沙豆腐、蝦仁烘蛋、辣炒空心菜，最後再配上一道酥炸鱈魚。許平好像餓了三天三夜似的，我第一碗飯才吃到一半，他就已經到廚房添了第二碗，回到餐桌一坐下，又開始狼吞虎嚥了起來。

「吃慢點，會噎著。」陳阿姨一旁看了，連忙說道。

「不會啦，我又不是三歲囡仔。」許平夾了一塊烘蛋塞進嘴裡。

今天是十一月八日，星期二。上個月在義二路那家日本料理店，陳阿姨說要做菜給我跟許平吃，我本來以為只是一時興起，隨便說說，沒想到陳阿姨卻一直放在心上。禮拜六我從天母回來，晚上就接到陳阿姨的電話，說下禮拜想要找一天到她家裡吃飯。我們最後約在今天晚上。稍早我下班過來，陳阿姨飯菜已經準備得差不多了，只剩湯還沒有完成。以往陳阿姨自己一個人用餐，都是一兩道菜配上一碗米飯，而且一吃就是一兩天。但這次為了歡迎許平回到這個闊別二十五年的家中，陳阿姨可以說是使出渾身解數，做了一桌子媲美過節時豐盛的菜餚，讓許平「下飯」。

「阿姨汝平常時無煮飯，都去哪裡吃啊？」我吃了一口飯，問陳阿姨道。

「附近的便當店隨便吃，若有體力，也會去廟口那晃晃。」

「咱找一天去廟口吃東西好否？」

「好啊，阿平也一起去？」陳阿姨說著往旁邊看去。許平第三碗飯也吃完了，剛剛添了第三碗從廚房出來。

「無問題啊，我想要吃廟口的——哭夭，這桌子要買新的啦！」許平一坐下，發現桌子有些搖晃，低頭一看，桌子的四隻支腳，有兩支底下都墊著紙張。那些是我前些時候，帶來幫陳阿姨塞桌腳的月曆紙。

「還可以用啊。」陳阿姨彎下腰去，把紙張塞牢一點。

「這桌子也真的舊矣。」

我摸了摸桌面。這張飯桌不只是桌腳磨損，桌面的漆也都翻了起來。

「新的桌子我用不慣習[22]啦。」陳阿姨撐著膝蓋站起身來，說這張桌子她從結婚用到現在，不坐在前面她就不會吃飯。

「哪有這款逮事？」許平笑了笑說。

「不單是這張桌子，我若是離開這個家，就無法度睡矣。」

陳阿姨說著如數家珍一般，告訴我們這屋子裡各項家具的歷史。從門口那張快要破掉的腳踏墊，到客廳茶几上鏽斑累累的檯燈，再到廚房牆角那只白綠色的五斗櫃，每一個物件當初在哪買的，價錢是多少，陳阿姨都記得一清二楚，彷彿這些都是昨天才發生的事情一樣。然而讓人驚訝的不僅於此，隨後陳阿姨又告訴我們屋子的哪面牆壁什麼時候重新請人漆過，哪根梁木上的釘子又是什麼時候釘上去的，就好像這間屋子幾十年來大大小小的變遷，都是以天為單位存在她腦海裡似的。

「阿芬，汝去幫我跟之前那個人會一聲失禮好否？」陳阿姨忽然嘆了口氣。

「之前那個人？」

「就是三月份來我這，把我的碗打破的那個志工。我不是故意對他那麼壞的，是因為那個碗是當初結婚時，我跟阿平他阿爸一起去買的，用十幾年矣——」

22 習慣。

「敢無那個碗就不會吃飯矣？」許平在旁邊插嘴道。

「你很煩誒。」

我瞪了許平一眼。陳阿姨則是看向我來，滿臉愧疚的神色。

「再麻煩汝矣，阿芬。」

「好，我會跟他講的。」我說。

我們七點開動，八點用餐完畢。許平說他口渴，幫忙把碗盤拿到廚房後，就一個人帶著錢包，到附近的超商去買飲料。我和陳阿姨則是留在屋內，一邊收拾善後，一邊談起了前幾天去天母拜訪許添龍的事。

「阿龍看起來好否？」陳阿姨接過我洗好的碗盤，放到旁邊的架子上。

「不錯啊，聲音也很有元氣。」

「以前的逮事咧？有問出什麼否？」陳阿姨接著又問。

「我在想，那時候在廟口把許平拐走的人，可能就是李素珍。」許添龍那天後來有告訴我，他那位高中同學叫做高承漢，太太叫做李素珍。

「素珍？」

「汝敢對她還有印象？」

「當然也有。以前阮無閒[23]的時候，阿平都是素珍在幫阮照顧的。她跟阿平很親的，無可能是她做的！」

「但是犯案的應該是熟悉的人，不然許平應該會哭會鬧。」我的想法是，李素珍當時

---

23 沒空、忙。

發現陳阿姨注意力不在許平身上，或許就站在不遠處朝許平揮手，而許平因為認識她，就自己爬下車走過去也說不定。

「這很難講。」陳阿姨拿起掛在牆上的毛巾，擦了擦手。「就像汝講的，我那時候看人寫春聯看到出神，無定著[24]阿平看到什麼好玩的東西，自己走離開我身軀邊也有可能。而且，那時候是過年，四周圍吵到要死，有人在賣東西，有人在放炮仔，就算說阿平給無熟悉的人拐走，我也無一定可以馬上發覺。」

「若是無熟悉的人，他的目的是啥？」

「要錢吧。」

「但是他也無跟汝們聯絡啊。」

「可能因為阿平那時候才兩歲多，不知道家裡的電話。」

陳阿姨言下之意，就是綁匪就算想跟他們要錢，也不知道怎麼聯絡。

「再說，」陳阿姨把毛巾掛了回去。「素珍的目的若是要給阮夫妻倆難看，根本就無必要把阿平帶到暖暖山區去。」

「無必要？」

「嘿啊。她可以過幾個鐘頭就把阿平帶回來，說是在街仔路看到阿平走失就好矣。因為她若是把阿平丟在暖暖，無適好[25]給人送回來，大家不就知道是她將阿平帶去暖暖丟在那邊的？再說，阿平那時候可以活下來，是因為汝講那個育幼院的院長出來散步看到

2524 說不定。
25 不巧。

他，但是這完全是巧合。換句話來講，當時將阿平丟在山中，就等於放他一個人在那自生自滅。像汝講的，素珍那時候常常幫阮夫妻倆照顧阿平，對他也有感情矣，我怎樣都無要相信，她會做出這款傷害阿平的逮事來——」

陳阿姨話才說完，外頭突然傳來一陣急促的敲門聲。

「敢是阿平回來矣？」

「他應該有帶鎖匙才對啊。」

敲門聲這時又響了起來。我和陳阿姨於是趕緊到外頭去，幫許平開門。

「來矣啦——」

陳阿姨說著把門打開，我們倆瞬間倒抽了一口氣。站在門外的不是許平，而是鷹峰建設的王毅鐸跟他那兩個小弟。

「汝們又來做啥？」陳阿姨沒好氣地問道。

「來共汝探望一下啊。」

王毅鐸笑咪咪地說道。陳阿姨見狀想要關門，卻讓王毅鐸擋了下來。

「莫這樣啦，給阮入去坐一下。」

王毅鐸硬是把門推開，帶著兩個小弟走進屋裡，在客廳的椅子上大剌剌地坐了下來。看到他們這般無所畏懼的樣子，我的胸口又像那天一樣，好像給什麼龐然大物壓著一般，快要喘不過氣來。這些日子，我把心思都用來調查許平當年的失蹤案，壓根就忘了還有鷹峰建設這一幫人，對著陳阿姨的房子虎視眈眈。

「汝們再來幾回也是同款，我房子不賣就是不賣。」陳阿姨說。

「這件逮事，不是汝一個人可以決定的。」

「汝們是流氓乎！」陳阿姨一聽，整張臉都脹了起來。

「阿姨汝話莫講那麼難聽。一般的流氓是人見人打，但是阮無同款，市政府的官員也很支持阮的。咱做人，就要以大局為重啊——」

「我睬羞汝[26]！」

陳阿姨啐了一口。同一時間，大家往門口望去，原來是許平回來了。

看到屋裡的情況，許平顯得有些訝異，又有些困惑。

「怎麼這麼鬧熱[27]？」

「你是？」

王毅鐸打量著許平。我這才想了起來，那天去新北市驗DNA，我跟許平在檢驗中心底下的咖啡廳遇到王毅鐸一家人。

「啊，我們見過面！」許平似乎也想了起來。

「汝們見過面？」

陳阿姨在旁邊一頭霧水，我於是稍微說了一下那天的事。由於當時鑒定結果還沒出來，我只告訴許平王毅鐸並非善類，細節沒有多提。

「原來是你，又見面了。」王毅鐸站起身來，走過去和許平握了握手。

「是啊，真巧。你也認識我阿——」

---

26 管你去死。

27 熱鬧。

許平感覺要叫「阿母」又叫不出口，可是王毅鐸卻聽了出來。

「汝後生找到矣？」王毅鐸往陳阿姨看去。

「無汝的逮事。」

陳阿姨措辭強硬，可是聲音卻是害怕的。許平察覺到有些不對勁，走到陳阿姨身旁回過頭來，望向王毅鐸等人。

「啊現在是怎樣？汝們面色怎麼都怪怪的？」

「你阿母沒跟你講？」

王毅鐸看許平一臉茫然，也猜到他還被蒙在鼓裡，於是便帶著許平到一旁坐下，把上次跟我說的那一番道理，對著許平原原本本又說了一次。許平一邊聽著，一邊往我跟陳阿姨這邊望來，好像想要徵詢我們的意見似的。

「你說這筆生意不是對雙方都好嗎？」王毅鐸說到最後，又搬出這句話。

許平似乎有點動心，默默地低著頭，在盤算著什麼的樣子。

「陳阿姨早就決定不賣了。」我說。

「決定是可以改的啊。」

王毅鐸說著轉過身去，拍了拍許平的肩膀。

「你幫我勸一勸你阿母吧。」

眾人注意力都放在許平身上。但突然間，我察覺到一道朝我看來的視線，眼角餘光往旁邊一瞄，只見站在王毅鐸左後方的小弟正偷偷地看著我，注意到我的視線又撇過頭去。這個小弟長得高高瘦瘦，眉清目秀，上次來就是他提著禮盒。另一個剛好相反，身材不高，但頗為結實，之前就是他沉不住氣，吃了王毅鐸一記耳光。

「怎樣？」

王毅鐸又問了一次。許平像在思考又像在放空的樣子，半晌只見他聳了聳肩。

「這又不是我的房子，要賣不賣我都沒有意見。」

「你難道要你阿母下半輩子都住在這種地方？」王毅鐸追問道。

「她高興就好啦。」

王毅鐸一時間找不到臺階下，臉色十分難看。他身後那兩個小弟則是有些不知所措，都在等著王毅鐸發號施令。

「就這樣吧，你們可以打道回府了。」

許平站起身來，把王毅鐸三人往門口推去。王毅鐸退到門口，忽然間停下腳步，還想對著屋內的我們說些什麼的樣子，許平卻沒煞住力，繼續往前推，不小心把王毅鐸身旁個子較小的那個小弟推得一個踉蹌，跌倒在地。那個小弟整個惱羞起來，一起身就往許平身上猛力一撞，撞得許平往後跌去，腦袋撞到桌角。

「流血矣！」許平耳後滲出血來。陳阿姨一旁看了，連忙上前替他擦拭。

「小傷，藥膏抹抹就好矣。」

王毅鐸走上前去，蹲下來看了看許平的傷口。

「小個屁啦！很痛誒，不然你來撞看看！」許平沒好氣地回道。

「你們快走吧。」我說。

許平耳後的鮮血不斷流出，陳阿姨一臉天塌下來的樣子，連忙又去拿了幾張衛生紙替他止血，我們其他人說的話她完全沒有聽見。王毅鐸本來正要站起身來，看見陳阿姨那擔憂的模樣，眉宇間忽然閃過一絲詭異的神色。

「二十五年矣？」

「什麼啦？」陳阿姨眼也沒抬，專注地替許平止血。

「汝們母子也二十五年無見面矣，對否？」

「無汝的逮事啦。」

王毅鐸站起身來，像在找什麼東西似的，走到屋外看了一看又走了進來。

「汝應該無要汝後生出什麼逮事吧？」王毅鐸在陳阿姨身旁停下腳步。

「汝要做什麼？」陳阿姨這時才抬起頭來。

王毅鐸面無表情，從口袋拿出菸盒，點了根菸抽了一口。

「我再問一回，五百萬，要否？」

「你們煩不煩啊！」

許平掙扎著爬起身來，一手壓著耳後的傷口，另一手上前抓住王毅鐸的領子。

「手放開。」王毅鐸抽了口菸，往許平臉上吐去。

「幹，你們真的很雞巴！」

許平一用力，突然間啪的一聲，把王毅鐸的領釦扯了下來，指甲順勢劃到脖子，刮出一道三、四公分的傷口。

屋內的氣氛頓時凝結。王毅鐸身後那兩個小弟，眼睛瞪得老大，彷彿比我們幾個人還要緊張似的。王毅鐸本人則是不疾不徐，把香菸丟到地上踩熄，舉起手來抹了抹脖子上的傷口，一看上頭有些血跡，冷笑了一聲，接著抬起眼來，衝著許平直直地看去，看得許平猛地一愣，稍稍往後面退了兩步。陳阿姨一旁見狀，表情從方才的擔憂變成恐懼，連忙扶著地面站起身來，走到許平身旁攙著他的手。

「你們這是幹麼呢？」王毅鐸拿出條手帕，把手上的血漬擦拭乾淨。

「時間晚矣，阮要睡矣，汝們趕緊走。」陳阿姨說。

「走？汝後生把我抓到流血矣爾。」

王毅鐸說著一笑，脖子上的傷口又沁出血來，把領口都染紅了。

「阮也不是故意的。」陳阿姨站到許平面前，伸出手來往後護著他。「再說，阮把汝抓著傷，汝們也把阮用流血，無相欠矣！」

王毅鐸沒有理會陳阿姨，而是轉向身旁那個凶神惡煞的小弟。

「剛剛摔得不輕吧？」

那小弟聽了一愣。王毅鐸接著又點了根菸抽了起來。

「去吧，今天發生什麼，我都當做沒看到。」

「汝們莫亂來喔，不然我報警！」陳阿姨連忙跑到一旁，抓起電話。

「報不報警，今仔日的帳都是要算的。」

王毅鐸說完一個眼色，那個小弟立刻衝上前去，往許平臉上就是一拳。許平往後踉蹌幾步，對方又衝了上去，把許平撲倒在地，往他胸口頭上一輪猛打，打得許平哀嚎連連。我和陳阿姨見狀，想要上前阻止，立刻被王毅鐸擋了下來。他一隻手扣住陳阿姨，另一隻手把我反壓在牆上，一面又叫另一個小弟加入戰局，過去把許平的雙手扳開。我跟陳阿姨拚命地掙扎，但王毅鐸力氣實在太大，我們兩人都動彈不得，只能在原地乾喊，眼睜睜地看著許平倒在地上，被兩個小弟伺候得毫無還擊之力。

「莫再打矣！」

陳阿姨大叫道。許平眼角跟嘴角都滲出了血來。

「你們這麼做是犯法的。」我說。

「我也是逼不得已。」

王毅鐸說著回過頭去，示意兩個小弟停手。陳阿姨見狀衝上前去，抱著倒在地上的許平。許平本來被打得有些恍惚，一隻眼睛已經睜不太開，但此刻看見陳阿姨死命地護住自己，整個人忽然醒過來似的。

「你們可以走了吧？」我說。

「快了。」

王毅鐸往屋外走去。半晌回來，手上多了一顆石塊。

「汝想要做什麼？」陳阿姨驚愕道。

「給汝後生一些教訓。」

王毅鐸整張臉突然凶狠了起來。他一個眼神過去，方才毆打許平的那個小弟，立刻上前把陳阿姨從許平身旁拉開，另一個小弟則過來擋住我的去路。許平見狀，掙扎著想要起身，不料王毅鐸卻走了過去，一腳把他踩回地上，然後蹲下身來一手壓著他的肩膀，另一手拿著石塊比了一比，作勢要往他左手手腕敲去。

「汝這個禽生的，莫胡白亂來！」

陳阿姨嘶啞著喉嚨大喊道。王毅鐸卻恍若無聞，逕自將手中的石塊高舉過頂。而許平則是兩眼呆滯地倒在地上，似乎早已放棄了掙扎。

「別緊張，一下就結束了。」

王毅鐸對著許平微微一笑。霎時間，我全身寒毛都豎了起來。

「你瘋了——」我說。「你已經瘋了！」

「或許吧——」

王毅鐸說著將石塊重砸而下。

3

噹的一聲，電梯門打了開來。我最後一個進去，在我前面的是一名護理師和兩名病患。其中一人臂膀吊著點滴。

「幾樓？」護理師站在門邊，她看我手上提著東西，問道。

「六樓，謝謝。」

我向護理師道了聲謝，一面把塑膠袋從左手換到右手。那是我剛剛到便利商店買的東西。一罐一點五公升的礦泉水和幾包餅乾。

這裡是位於信二路上的署立醫院。我進電梯前看了一下牆上的時鐘，時間是午夜十二點二十五分。晚上在陳阿姨家，王毅鐸等人逞凶後揚長而去，我和陳阿姨立刻叫了救護車將許平送醫。當時照了X光檢查，醫生表示許平左手腕手骨斷裂，立即替他開刀處理。手術從晚上十點開始，一直到將近十一點時才終於結束。

「有順利否？」陳阿姨在手術室外心急如焚，看到醫生出來立刻上前問道。

「嗯，無問題啦，汝放心。」醫生脫下口罩說。

「手以後敢會怎樣？」陳阿姨接著又問。

「不會啦。汝後生還年輕，很快就會康復矣。」

聽醫生說完許平的狀況，我先跟陳阿姨陪許平來到院方安排的病房，隨後自己一人到外面的樓梯間，打了通電話給我之前跟陳阿姨提到的那個律師朋友。得知晚上許平遭人毆打的經過，我那朋友感到相當的詫異，好像不敢相信事情會發展到這個地步。不過他還是向我保證，說一切包在他身上，要我不要擔心。其實平時我很少求人，這次之所以會硬著頭皮找他幫忙，一方面因為我懂得法律的朋友沒有幾個，二方面是因為這位友人之前單身了很久，我介紹過一位女性朋友給他。兩個人雖然後來分手了，但在一起的時光似乎相當的愉快，我跟男女雙方每次見面的時候，對方都會提起這段回憶。而且男方今年年初結婚，老婆聽說再幾個月就要生了，現在正處於樂於助人的好心情。

「對了，你們應該報警了吧？」

我們當時電話講到一半，蔣大砲突然這麼問我。我那位朋友姓蔣，說起話來天不怕地不怕的，我們大家因此給他起了「大砲」這個別名。

「嗯，我們來醫院前就通知警方了。」

「警方的態度怎樣？」

「態度？」

「積極還是消極？有沒有想要息事寧人？」

「應該算是積極吧。」

稍早許平還在手術室的時候，警方有派人來找我跟陳阿姨做筆錄，事情始末問得相當詳細，因此我想應該稱得上「積極」。

「怎麼了？難不成警察會吃案？」我問蔣大砲。

「如果對方後臺夠硬，沒什麼是不可能的。」

聽蔣大砲這麼說，我突然有些擔心起來。我記得晚上在陳阿姨家，王毅鐸說過這次的開發案，基隆市政府是站在他們這邊的。而警察局隸屬於市政府底下，上頭如果真要替建商護航，他們也只能照辦。前幾年苗栗就出過這種例子。

「還有，要請醫生好好驗傷啊。」蔣大砲接著說道。

「手都斷了還要驗什麼傷？」

「身上總有些挫傷瘀傷吧？這些將來都會是談判桌上的籌碼，所以全部都要請醫院仔細檢查，開立證明。」

蔣大砲似乎是怕我掉以輕心，接著又跟我分享了一些他以前辦過的案子，證明他所言不假。而我當時聽他說完那些法庭上的腥風血雨，心得只有一個：有證據的事實不一定是事實，但沒有證據的事實，就肯定不是事實。畢竟現在的世道不一樣了，沒辦法指望每個法官都是包公再世，明察秋毫。

我一面回想著和蔣大砲通話的內容，一面回到許平所在的病房，時間剛好是晚上十二點四十分。我之所以下樓買東西，是因為方才許平動完手術，送到病房時說他嘴巴乾，陳阿姨本來要下去買，我一旁聽了趕忙說我去就好。而此刻許平卻似乎是睡著了，歪著腦袋躺在病床上，臉色有些慘白，耳後的血跡還乾涸在那。陳阿姨則是坐在一旁，趴在許平裹著石膏的手邊，一邊休息，一邊嘴裡輕輕地哼著鳳飛飛的〈心肝寶貝〉。我之前幾次週末到陳阿姨家幫忙，有聽過陳阿姨跟著收音機裡的歌仔戲哼個幾句，但都是些淒楚酸絕的小調，此刻的〈心肝寶貝〉，是我第一次從陳阿姨口中聽到那麼溫馨幸福的小品。而陳阿姨似乎是怕吵醒許平，刻意壓低音量，但又彷彿按耐不住心中的思念似的，一字一句唱得又深又沉，令我不知不覺停下了腳步。

月娘光光掛天上，嫦娥在彼住。
汝是印之，掌上明珠，抱著金金看。
看汝度晬，看汝收涎，看汝載學行。
看汝會走，看汝出世，相片一大疊。

陳阿姨臉朝向許平，沒有發現我進到病房，而我也不想打擾到她，於是輕輕地走到一旁，將買回來的東西放在電視機旁邊的櫃子上。

鳥兒風箏，攏總會飛，到底為何物？
魚兒船隻，攏是無腳，焉怎會徙位？
日頭出來，日頭落山，日頭于都去？

春天之花，愛吃之蜂，他是在都位？

「咳——」

許平突然咳了聲嗽，悠悠轉醒。陳阿姨見狀連忙坐起身來。直到這時她才發現我就站在後頭。

「現在幾點矣？」許平揉了揉眼睛問道。

「快一點矣。」陳阿姨看了一眼牆上的時鐘說。

「這麼晚矣？」

「嘿啊，汝手術結束就已經十一點多，適才又睡差不多點半鐘[28]。」

「是喔，我都不曉得。」

許平說著爬下病床，到病房內的盥洗室洗了把臉，半晌出來臉色感覺清爽了一些。

他看到櫃子上的礦泉水，想要拿來喝，但因為左手裹著石膏不方便，陳阿姨於是過去替他打開瓶子，插上吸管給他飲用。就在這時，許平看到陳阿姨手上剛才為了保護他造成的幾處擦傷，感覺有什麼話想說卻又吞了下去，然後像要掩蓋情緒似的，接過陳阿姨手上的瓶子，吸管也不用了，頭一仰，不到十秒就把一點五公升的礦泉水喝掉一半。

「汝喝太急矣！」陳阿姨在一旁擔心地說。

許平放下瓶子，用手背抹了抹嘴巴，然後看向我跟陳阿姨來。

28 一個半鐘頭。

「什麼時候開始的？」

「汝是說？」

「晚上那幾個人啊。」許平又看了一眼陳阿姨手上的擦傷。「他們從什麼時候開始來的？」

「四、五個月前。」

「他們前幾回來，有對汝怎樣否？」

「無啦。」

許平像要確認似的往我看來。我點了點頭。王毅鐸他們上次雖然也很強勢，但態度還算客氣。這次之所以會對許平動手，表面上是因為許平把王毅鐸抓傷了，但明眼人都知道，他們是想藉此要脅陳阿姨就範。

我們現在所在的這間病房有三個床位，但這會兒只有我們一組病人，因此說起話來也比較自由，不用顧忌太多。我一邊吃著剛才買的餅乾，一邊告訴他們稍早和蔣大砲通話的內容，許平聽了感覺有稍微放心一點，但陳阿姨眉頭仍然緊緊鎖著。我沒有問她原因，但大致上也猜得到一些。因為我剛和蔣大砲商量的，是晚上許平遭人暴力相向的事，但對於未來王毅鐸他們如果再有動作，我們該如何因應，這些對策就完全沒有著墨了。

「要來硬的，汝父也沒在怕的！」許平過來我這拿了片餅乾。

「你都被打成這樣了還逞強。」

「被打是因為我沒有準備，」許平把我手上的餅乾整包拿過去，喀滋喀滋地吃了起來。「我在外面也是有些朋友的，下次是誰送到醫院還不曉得咧！」

陳阿姨一旁聽了，呸呸呸了幾聲。

「莫講狂話。」

「我講真的啊，我有一些朋友——」

許平話沒說完，就被陳阿姨拍了一下頭。

「汝莫胡白亂來！」

「開玩笑的啦。」許平摸了摸頭，一面卻想到什麼似的，連忙把嘴裡的餅乾吞了下去。「不然訴諸輿論怎樣？」

「你說在網路上把事情攤開來講？」我說。

「嗯。反正對方也不會輕易放過我們，就讓他們嘗嘗正義魔人的厲害。」

這主意似乎不錯。我們勢單力薄，借助大眾的力量也許是條出路。

然而，陳阿姨對此卻有些猶豫。

「這樣敢好？」

「汝敢有什麼顧慮？」我說。

「我在想敢有需要把逮事搞到那麼大？」

「無搞大他們不怕啊。」許平說。

「他們那種大財團，敢會怕這種東西？」陳阿姨看向我來。

「多少也會。」我說。

「但是社會大眾敢會站在咱這邊？」

「不然敢會去站在他們那邊？」許平愣了一下說。

「我就是怕這樣啊。」

「無可能的啦！」

「敢無可能？現在的人心內只有經濟發展而已。只要死的是別人，大樓蓋愈多棟他們就愈歡喜。咱可以找社會大眾兜相與[30]，他們大財團更加可以操縱媒體，把咱抹黑成死要錢的釘子戶，到時是要怎辦？」

陳阿姨這一番話，有點出乎我的意料之外，好像這方面的事她之前就想過了一樣。的確，我們可以訴諸輿論，但對方同樣也能加以操作，屆時各式各樣的帽子一扣下來，風向可能就不一樣了。最後等時間一長，不管什麼喧騰一時的社會事件，也都會淹沒在新聞的滾滾洪流之中。換句話說，我們是可以把事情弄得全國皆知，但前提是要將對方一擊斃命，因為如果沒有成功，一直拖下去的話，對方反撲的力道勢必只會更加強大。

「若是會怕，咱可以詳細規劃，確保萬無一失。」我說。

「萬無一失？敢有可能？」

「我的意思是，只要咱事前想周全一些，逮事的發展就比較不會失控。另外，就像適才許平講的，他們絕對不會輕易放過咱，所以現在可以用來跟他們對抗的東西，咱都不行放棄，社會輿論就是其中一項。」

陳阿姨聽我這麼說，默默地低下頭去，一邊在思索著什麼的樣子，一邊又不時地往許平那邊看了幾眼。突然間，我覺得我知道陳阿姨在想什麼了。要是時光倒回三個月

30 幫忙。

前，王毅鐸他們像今天這樣逞凶鬥狠，以陳阿姨儼硬的個性，十之八九會跟對方奉陪到到底，縱使粉身碎骨也在所不惜。但是如今許平給牽扯進來，陳阿姨不再是孤身一人，開始會害怕，開始會擔憂了。王毅鐸今天就是算準了這點，才會藉機對許平下手。而陳阿姨此刻之所以裹足不前，恐怕就是擔心將來事情鬧大了，對方不曉得又會對許平做出什麼事來。想到這裡，我不禁覺得自己好像那些坊間的顧問老師，明明不瞭解別人的人生，卻一直大言不慚，要替別人決定未來的方向。

「這件逮事，咱過幾天再決定也可以。」我說。

「嘿啊，」許平附和道。「我猜他們這段時間應該不又再來矣。」

「不行用猜的啦。」

陳阿姨感覺仍有些顧忌。我想了一想，提出一個折衷的辦法。

「不然這樣好矣。咱暫時莫有什麼動作。這幾天就先集中精神，將以後若發生什麼逮事，要怎樣應對的計畫都想得周全。等將來王毅鐸他們若又像今仔日這樣欺人太甚，咱再來反擊回去。汝們講好否？」

「聽起來不錯啊。」許平說。

「汝覺得怎樣？」

我看陳阿姨沒有回應，又問了一次。

這時她才終於放心似的，輕輕地點了點頭。

「嗯，這樣也好。」

4

「TI BRUNCH」位於內湖科學園區，離西湖捷運站約莫十分鐘左右的路程。店門口，是一整面高達四公尺高、相當氣派的透明玻璃。店裡面的裝潢，則是鄉村跟工業的混搭風，粗獷中帶著一點溫馨。

一個小時前，我跟小雯在西湖捷運站集合，兩人一起走路過來。我們比訂位的時間早了十五分鐘到，店員帶我們到二樓靠近欄杆，一個視野非常不錯的位子就座。從那裡，不僅可以俯視一樓寬敞的用餐空間，還可以透過店門口那面宛如巨型螢幕的透明玻璃，欣賞外頭陽光照耀在街道上的樣子。

「TI BRUNCH」的招牌菜是太陽蛋吐司。烤得微酥的厚片吐司，配上一顆大大的太陽蛋，再撒上一些辛香料，嘗起來既滿足又不會膩。我和小雯當時各點了一份，餐點送上來後，我們一面不顧形象的享用，一面聊著公司同事的八卦，還有近來各自遇到的事情。小雯說，她朋友最近介紹了一個男生給她，人滿老實的，而且也很認真上進，搞不好之後真的會在一起。我當時看了一下對方的照片，感到有些意外。小雯以前交往過的男生，外型都相當時髦講究，可是這次的對象卻真的如她所言，滿「老實」的。我出於好奇，本來想追問他們之前約會的狀況，誰曉得話題才剛開始，小雯就接到一通公司的電話，是現在跟她一起做案子的協理 Brian 打來的。小雯昨天週五下班前把報告交上去，對方今天看了看，似乎覺得有問題，於是打過來確認。

「我出去一下啊。」

由於店裡太吵，小雯當時跟我說了一聲，便拿著手機下樓，往餐廳外頭走去。而我則是趁機去了趟洗手間，回來再繼續品嘗方才吃到一半的吐司，還有隨餐附上的兩片雞胸肉，以及一盤五顏六色的烤蔬菜。

今天是二十六號，十一月的最後一個禮拜六。離我跟小雯當初說好要來這裡用餐，已經快要三個月了。這期間我們各自有各自的案子，有時候週末也不得閒，再加上小雯約會很多，我六日又要挑一天到陳阿姨那裡，所以一直湊不出兩人都可以的時間。本來前兩個禮拜，我們已經約好了週末要來，可是王毅鐸卻在那一週殺到陳阿姨家裡，把許平的手都給打斷了。因此這十來天，我一有空都在聯絡蔣大砲，請他幫忙陳阿姨處理跟鷹峰建設的糾紛。好險這件事情後來發展得十分順利，順利到有些出乎我們的意料之外，我今天才終於得以騰出時間，到這來透一口氣。

「所以那件事情解決了？」剛才聊天時，提到王毅鐸打傷許平的事，小雯問道。

「嗯，昨天陳阿姨已經跟他們簽約和解了。」我說。

「好戲劇化喔，本來還以為你們會打官司打到天荒地老。」

「對呀，當初根本沒想到會走到這一步。」

就像小雯說的，王毅鐸那天打傷許平，我們本來已經做好了心理準備，這會是場近期可能看不到盡頭的戰役。誰曉得事發後兩天，下午我在公司上班，突然接到陳阿姨打來的電話，說鷹峰建設的趙總經理，親自帶著律師、王毅鐸和他那兩個小弟，五個人一起登門拜訪，表示想要和解。

我害怕鷹峰建設耍什麼手段，當時交代陳阿姨先請他們回去，和解的事等跟律師商量過後再作打算。當天晚上，我立刻把蔣大砲找了出來，和陳阿姨他們討論這個緊急狀況。蔣大砲聽陳阿姨說完白天的事情，一方面和我們同樣感到十分詫異，另一方面卻表示這也未嘗不是好事。因為打訴訟，我們能得到的頂多就是賠償金，而對方被判刑入獄。但如果談和解，就可以要求一些原本可能拿不到的東西。

「原本得不到的東西？」陳阿姨露出疑惑的表情。

「比如，咱可以將『不行再逼汝賣房子』設作和解的條件。」蔣大砲說。

「他們敢有可能答應？」

「要試看看才知道，他們不答應咱再來打算。」

就這樣，當天晚上在蔣大砲的協助下，我們總共列出了兩項和解條件。一是賠償金新臺幣二十萬元；二是從今而後，鷹峰建設不得再來騷擾陳阿姨，抑或強迫陳阿姨出售房子，若有違反約定之情事，第一次須支付陳阿姨二十萬元做為賠償，再犯則是三十萬元。我們當時一致認為，第一點賠償金對鷹峰建設不成問題，但中山一路那一帶的建案，就我之前查到的消息，鷹峰建設已經規劃了好一陣子，跟周圍的住戶都談妥了價錢，如果這時候放棄掉陳阿姨的那一塊地，等於之前的努力全都付諸流水。因此我們也都做好了心理準備，對方不可能在這點上輕易妥協。

誰曉得，事情接下來的發展又再一次出乎我們的意料之外。蔣大砲和我們討論完的當天夜裡，幫我們把和解條件寄給鷹峰建設，隔兩天就收到了對方律師的回信。信裡寫了很多制式的法律語言，大意是鷹峰建設同意我們的兩項要求，但有一個附帶條件，就是我們不得對外公布，雙方迄今為止的衝突糾紛。這一點對陳阿姨來說不成問題，因為她原本就不想要把事情鬧大。於是，我們便請蔣大砲擬定和解契約書，也順利地在昨天禮拜五的晚上和對方畫印和解，讓陳阿姨得以從眼前的泥淖解脫出來。事後回想起來，我們都覺得好像做了一個夢，夢中一直有個怪獸張牙舞爪追著我們，但就在我們被逼到窮途末路的最後一刻，怪獸突然消失，我們也醒了過來。至於那個怪獸為什麼會突然消失，鷹峰建設為什麼會全盤答應我們開出的條件，蔣大砲後來查到的結果，可能是因為他們目前在搶一個位於臺北市中心、價值近百億元的住商混合建案，競爭對手眾多，如果這個時候爆出醜聞，對他們的傷害會更大的緣故。

「妳發什麼呆呀？」

我回神一看，只見小雯已經講完電話，回到我面前的位子上坐了下來。我看了一下時間，再五分就中午十二點。我們剛剛來的時候，二樓只有三組客人，可是現在幾乎坐滿了，整個空間因而變得有些吵雜。

「報告怎麼樣了嗎？」我把盤子裡最後一塊吐司放進嘴裡。

「有一個數字我算錯了。」小雯拿起水來喝了一口。

「那現在怎麼辦？妳要回去加班？」

「沒那麼嚴重啦。只是跟我確認一下，數字他那邊已經改好了。」

聽小雯這麼說，我才終於放下心來。我們本來的計畫是，待會兒用完餐到河濱公園騎腳踏車，但剛才她接到電話出去的時候，我已經有了心理準備，小雯的下一站很可能不是河畔，而是辦公室。畢竟假日被召回去做事，不是沒有前例。

「剛剛看他們櫥櫃裡的蛋糕，感覺很好吃耶。」小雯把杯子放回桌上。

「什麼口味的？」

「什麼都有啊。有藍莓起司、黑森林，還有提拉米蘇！」

小雯說得神采飛揚。我忽然想到稍早談論到一半的話題。

「剛剛說的那個老實哥，你們下一次約會什麼時候？」我單刀直入地問道。

「妳猜。」小雯嘴角微揚，故作神祕地看著我。

「下禮拜？」

「明天。」

「真的假的？」我也笑了起來。「你們要去哪裡？」

「妳的地盤。」

「你們要來基隆？」

「嗯嗯，下午去和平島公園，晚上再去夜市那邊晃晃。」

「夜市啊。」我忽然想了起來，之前跟陳阿姨還有許平說好了，找一天一起到廟口吃個東西，但卻遲遲沒有成行。

「你們呢？下次約會什麼時候？」

「我們？」

我愣了一下才明白小雯的意思。許平把我跟他追查真相的行程稱作「約會」。這件事我之前跟小雯提過，她當時聽了呵呵大笑。

「是應該要動起來了，但之前調查遇到了一點瓶頸。」我說。

「什麼瓶頸？」

「我心目中的頭號嫌疑犯，被陳阿姨否定了。」

我拿起手邊的水來喝了一口，一面跟小雯大致說明了一下，前兩個禮拜陳阿姨告訴我的事情。簡而言之，就是陳阿姨非常肯定的表示，她不認為李素珍會把當時年僅三歲的許平獨自留在山中。一來，當時許平如果遇到好心人把他送回來，李素珍就等於事跡敗露，難逃法網制裁。二來，也是最關鍵的一點，李素珍將許平視如己出，不可能放他一個孩子在山裡自生自滅。這些說法我覺得都有道理，當時也找不到什麼可以反駁的點。我甚至一度以為，這條得來不易的線索要化為泡影了。

「『一度以為』？所以妳找到破解的方法了？」小雯一面切著吐司一面問道。

「我也不確定，反正就是一個新的假設。」

我感到有些口乾舌燥，把杯子裡剩下的水一口氣喝完。

「妳覺得犯人真的是李素珍的話，她把人帶走的動機是什麼？」我問小雯。

「不就是嫉妒嗎？」小雯用叉子挑起一朵花椰菜放入口中。

我搖了搖頭。

「我覺得李素珍的潛意識裡，渴望的是擁有一個完全屬於自己的孩子。」

「妳說她綁架小孩，是想據為己有？」

「嗯。」我點點頭。小雯則是噗哧一聲笑了出來。

「如果是這樣的話，那她當年應該拋下一切，帶著許平遠走高飛才對啊，怎麼會把他一個人丟在山裡，不聞不問？」

「前提是把許平丟在山裡的人是她。」我說。

「妳是說綁匪有兩個人？」

「嗯。但還有另一種可能，就是綁匪只有李素珍一個人，另一個人是無意間發現李素珍把許平拐走之後，瞞著對方把人帶到山裡面的。」

「誰會做這種事？李素珍的前夫？」

「很有可能。那天我跟許添龍見面，他提到高承漢跟李素珍是在許平失蹤的後一年，也就是民國八十一年，離婚的。我那時候本來以為，他們兩個之所以離婚，是因為高承漢發現了李素珍就是拐走許平的人。但是現在看來，高承漢自己恐怕也不是清白的。當年很可能就是他，基於某種原因把許平帶到山中，後來又因為良心不安，又或者要躲避法律的制裁，不得已才拋下臺灣的事業，移民到國外去。」

說完我拿起旁邊的水瓶，把杯子添滿。

「不對呀，高承漢發現許平，為什麼不把人送回去就好？」小雯問道。

「這樣李素珍擄人的事就曝光了啊。」

小雯皺了皺眉頭，感覺不太相信我的說法。

「就算這樣，妳剛說基於『某種原因』把人帶到山中，具體來說又是什麼？」

「也許他和許添龍有什麼糾紛。」

「大到要把人家小孩丟在山裡自生自滅，許添龍當初不可能沒有察覺這種糾紛吧？而且妳這個假設還是沒有解決一開始的那個疑問啊。不管是誰把許平帶到山裡，只要最後讓人送回來，幹的壞事就瞞不住啦！」

小雯所言不無道理。這點我的確沒有想到。

「也許妳根本就搞錯方向了。」

「搞錯方向？」

「對呀，」小雯才剛拿起刀叉，聽見我這麼說又放了下來。「妳一開始就把注意力都放在高承漢和李素珍身上，忽略了其他可能，這麼做怎麼想都有點危險吧？有可能許平當年會突然失蹤，跟他們夫妻倆真的就是沒有關係。剛才說的那些疑點，感覺每一個都是死穴啊。許平那時候不是已經會走路了嗎？搞不好他跟陳阿姨失散了以後，真的就自己走呀走的，走個一天兩天，走到暖暖那邊也說不定啊。」

小雯音量有點大，旁邊幾桌的客人都往我們這邊看了過來。

「不吃不喝的話怎麼有那個體力？在路上早就被人送到警局了。」我說。

「小孩子的潛能有時候是難以想像的。」

小雯說著拿了片雞胸肉，沾了沾醬汁放入嘴裡。

「還有一個方法可以確認，直接去找他們。」我拿起水來喝了一口。

「怎麼找？高承漢不是移民到印尼了？」

「嗯，但李素珍應該還在臺灣。」

「妳知道她住哪？」

「之前跟許添龍見面，他有提到過高承漢他們以前住在信義市場那一帶。我可以再去跟陳阿姨確認看看。」

「但李素珍八成不住在那裡了吧。」

「就算搬走了，我也想找找看他們當時的鄰居。」

小雯這時又皺起眉頭，露出一臉無法理解的表情。

「怎麼了嗎？」

「就覺得妳也太執著了。」

「執著？」

「妳花那麼多時間跟精力，調查那些跟妳無關的事情要幹麼？」小雯用叉子翻弄著盤子裡剩下的烤青菜。

「我就是想知道到底是誰、為什麼要拆散人家好好的一個家庭。」我說。

「妳是超人喔，那麼有正義感？」

「這不只是正義感的問題。許平現階段還有些猶豫，沒辦法接受陳阿姨這麼一個突如其來的母親。我想這或多或少，是因為他對於自己的過去完全不了解的關係。換句話說，如果弄清楚當年發生的事情，了解到今天的事情為什麼會是今天這個模樣，說不定許平就可以比較放心地走向未來。」

「這不是『時間』就可以解決的問題嗎？」

「萬一時間解決不了呢？」

「那也是他的事啊。妳都已經幫忙幫到這個地步，也算是仁至義盡了吧？」

小雯說著放下手上的叉子，看向我來。

「而且什麼『更放心地走向未來』，這只是妳的想像吧？」

「妳不覺得嗎？」

「當然啦，又不是每個人都那麼渴望親情。」

「但至少陳阿姨是渴望的。」

「她渴望妳就要滿足她？」小雯像聽到什麼荒唐的事情一般，翻了個超級大的白眼。

「妳去當義工，有幫助人的心是好事。但妳跟那個陳阿姨之間，是有一條界線在的。越過那條線，就是別人的家務事了。」

「我知道，我會有分寸的。」我看小雯有些認真起來，趕緊說道。

「最好是啦。妳上次也這麼說。」

「妳說鷹峰建設的事喔？」

「對啊，那時候妳去找律師商量對策，想要跟對方周旋到底。我說妳這樣下去可能會惹禍上身，然後妳說妳會有『分寸』的。」小雯故意強調「分寸」二字，然後用一臉我說話不算話的表情看著我。「結果呢？許平出現之後妳就越陷越深。一開始協調他跟陳阿姨做DNA鑒定還沒什麼，但後來居然扮起了偵探，說要調查什麼二十五年前的真相。最誇張的是前兩個禮拜，王毅鐸打傷許平，妳在公司一有空就忙著聯絡妳那個律師朋友。昨天甚至還請了半天的假，去幫忙處理和解的事情。」

「我總不能袖手旁觀吧？」我說。

「可是妳已經影響到自己本來的生活了。」

「這是我消磨時間的方式啊，我又不像妳有那麼多約會。」

「怪我囉？」

小雯說著又翻了個白眼，拿起手邊的水灌了一口。

「算了啦。如果妳已經下定決心要找出所謂的『真相』，我也不攔妳了。只是我覺得妳最好也要有心理準備。」

「妳說忙了半天沒有結果嗎？」我拿起一旁的水瓶，替小雯把水添滿。

「這樣還好，我怕的是真相太過殘酷。」

「太過殘酷？」

「對啊，妳本來是想找出當年的真相，幫助許平接納陳阿姨，但也有可能最後的真相非但沒有這個效果，還會讓他們關係決裂。」

「怎麼可能？又不是在演八點檔。」

「難說喔。真實人生往往比八點檔還要離奇，只是我們不知道而已。」

「如果真的那麼『殘酷』，我不要說不就好了？」

「憋在心裡很痛苦耶。」小雯摸著胸口，裝出一臉難受的表情。

「我可以跟妳講啊。」我說。

「跟我講沒用的。妳只要瞞著當事人，良心就會不安。」

「良心不安啊……」

小雯說的也不無道理。隱瞞當事人的確會良心不安。但這種說法有個前提，就是真相確實殘酷到我不得不保持沉默的地步。然而就算如此，比起將來「可能」因為隱瞞實情而受到良心譴責，在現在這個時點半途而廢，我還是比較無法接受。

「怎樣？妳有那個覺悟嗎？」

小雯傾身向前，眼裡閃爍著想要知道「真相」的光芒。

我聳了聳肩，給了一個我認為是真相的答案。

「有吧。」我說。

5

十二月十一日星期日，停頓了一段時間的調查再度展開。就像那天跟小雯提到的，我打算到信義市場找李素珍，就算她不住在那裡了，也可以問問看以前的鄰居，說不定可以打探到什麼有用的消息。

當然了，這事要行得通，首先得有高承漢夫妻兩人的照片。我上禮拜問過陳阿姨，她回房找了一下，最後只翻出幾張許添龍父子倆以前的相片。我那時本來有些苦惱，後來忽然想到許添龍保留了很多以前的相片，隔天打給他說明狀況，他回家確認後，當天晚上就傳了一張二十多年前，他和陳阿姨、高承漢、李素珍，四個人在基隆海港大樓外拍的照片過來。雖然不是很清晰，但要用來辨認身分應該不成問題。而那也是我第一次看到高承漢——我心目中另一個嫌疑犯——的樣子。

中午吃過飯，我和許平來到田寮河畔的信義市場。接下來的兩三個鐘頭，我們就拿著許添龍給的那張照片，挨家挨戶的詢問有沒有認識李素珍和高承漢的人。這期間大部分的住戶，都是聽我說了高承漢的名字，隨便看了一眼照片，就搖搖頭說幫不上忙，只有少數人家比較熱心，還去屋裡幫我們詢問家中的長輩。然而，這種事情不是努力就會有回報的，我們從街頭走到巷尾，厚著臉皮打擾了十幾戶人家，卻連一個認識高承漢夫婦倆的人都沒有碰到。到後來，不僅許平有些灰心喪志，我也發覺自己的想法過於天真，甚至有點一廂情願。不像之前去找許添龍，那是有個明確的目標，我只要去了，肯定就可以確認某些事情有或沒有。但今天這樣子四處走訪，我們完全不知道哪裡有認識李素珍和高承漢的人，說難聽一點就像是大海撈針，若要有所收穫，實在需要很大的運氣。

「最後一顆，妳要嗎？」

下午四點剛過，我們剛剛拜訪完第二十五戶人家，到附近的便利商店稍作休息。我買了一瓶礦泉水，許平買了一條金莎巧克力，我們坐在可以望向外頭馬路靠窗的座位。才一晃眼的工夫，許平手上的金莎就只剩一顆。

「要嗎？」許平拿著巧克力的手在我面前晃了一晃。

「你吃吧，我的胃要留給晚上用的。」

「哪差一顆巧克力啊。」

上個月在陳阿姨家，我們說好要找一天一起到廟口吃東西。剛好今天晚上大家都有空，我們便約好稍後在廟口碰面。

許平看了一眼手機上的照片，把最後一顆巧克力丟進嘴裡。

「如果他們記憶力再好一點就好了。」

「他們？」

「就我阿爸跟阿母啊，」許平滑著手機說，他現在稱呼許添龍和陳阿姨「阿爸阿母」，已經沒有之前那麼彆扭了。「要是他們還記得高承漢以前確切的住址，或是在哪一條路上都可以，我們就可以縮小範圍。拜託，信義市場附近的住宅有多少啊！我們現在簡直像瞎子摸象，找老婆搞不好都比這容易！」

許平說的沒錯，如果知道更確切的範圍，找起人來會容易許多。我想起那天我去找陳阿姨，她一聽我還緊抓著李素珍這條線索，感覺相當的無奈。當時我問：汝敢記得李素珍以前住哪？陳阿姨只是重複著許添龍先前告訴我們的資訊，說她只記得高承漢和李素珍當年住在信義市場那一帶。至於許添龍，後來我去向他要照片的時候，他想了想說了信義市場附近的三、四條路名，因為範圍很廣，所以幫助不大。倒是在那之前，他一聽我說我現在不僅懷疑李素珍，甚至覺得高承漢也涉入其中，感覺像聽到什麼滑天下之大稽的事情一般，奉勸我不要浪費時間在錯誤的方向上。我當時聽了只是笑了一笑。因為說實在的，我也不敢保證現在這條路可以通往真相。但因為沒有別的線索，也只能先順著眼前的路走下去，大不了最後發現錯了，再從頭來過。

「欸，妳聖誕節有沒有空？」

「嗯？」

「要不要去看這個？」許平把手機轉向我來。螢幕上是一張電影海報。海報中央是一道白色的光芒，左右兩側分別是女主角和男主角看著鏡頭、不苟言笑的臉孔。海報下方則是印著電影的中文譯名《星際過客》。

「到時候再說吧，我現在沒那個心情。」

「因為找不到人？」

「不然呢？」

「拜託，妳偶爾也要從『調查』中抽離出來，放鬆一下吧？」許平把手機收進口袋，搖了搖頭一臉苦笑。我本來打算反駁個幾句，但想了半天卻找不到什麼可以先說服我自己的隻字片語。我近來的心情，真的是隨著「調查」而上下起伏。尤其剛過去的那幾個小時，我們四處走訪卻毫無所獲，更讓我有點喪失了信心。

「不然今天有結果就去。」我說。

「如果今天問不出什麼東西來呢？妳打算怎麼辦？」

「就不去啊。」

「不是啦，我的意思是如果找不到我們要找的人，妳下一步打算怎麼做？」

「暫時休息一下吧。」

「好險妳不是說要殺去印尼。」

「你說去找高承漢？」我愣了一下才意會過來。

「對啊，以妳的『拚勁』，我想說天涯海角都攔不住妳。」

「聽你這麼說，我好像應該去一下？」

「真的假的？」許平明知道我在開玩笑，還是裝出一副被嚇到的樣子。

「真的啊。」我說。

半晌大概四點半，我和許平休息得差不多了，於是回到附近的住宅區，繼續稍早中斷的調查行動。下一戶人家住在一棟三層樓透天屋，我們過去時一樓的電燈是開著的，可以聽到有人在裡頭看電視的聲音。透天屋旁邊則是一間老舊的平房，此刻一個白髮蒼蒼的阿婆，正在門口整理花草。

我按了透天屋的門鈴，不久一個歐巴桑前來應門。我向她表明來意，一面拿了許平手機裡的照片給她看。那個歐巴桑感覺有些困惑，盯著照片看了一會兒，又去把屋內一個歐吉桑叫來外頭，兩個人囁囁嚅嚅地討論起來。這期間他們有問題，都是由我來回答，許平則是安靜地站在一旁。他之前被王毅鐸打斷的那隻手，石膏雖然已經拆掉了，但還是裹著紗布，而原本的一頭金髮，則是因為耳後的傷口全都剃掉了，現在變成一顆黑色的平頭，乍看之下有幾分道上兄弟的樣子。

「汝說這個人叫什麼名字？」歐吉桑問道。

「高承漢，承認的承，秦漢的漢。那個女的叫李素珍，素食的素，珍珠的珍。」

「他們二、三十年前住在這附近？」

「嘿啊。」

「阮是什麼時候搬過來的？」歐吉桑問站在身旁的歐巴桑。

「民國九十年。」

「啊現在是民國幾年？」

「一百零五年啊，汝看電視看到人戇去矣乎？」

歐吉桑被歐巴桑這麼一說，顯得有些不好意思，轉過頭來看著我跟許平。

「歹勢啦，阮那時候好像還沒搬來。」

「無要緊，多謝啦。」

我和歐吉桑道了聲謝，接著他和歐巴桑就又回到了屋裡去。

「汝們倆個——」

我和許平正杵在原地不知如何是好，突然旁邊有人喊了一下。我轉頭一看，是方才在隔壁門口整理花草的那個阿婆。

「汝們找李素珍要做什麼?」阿婆問道。

「阮有一些以前的逮事，想要找熟悉他們的人問一下。」我說。

「以前的逮事?」

阿婆一臉狐疑地看著我和許平。我於是把事情的來龍去脈解釋一遍。

「汝敢認識他們夫妻倆?」說完我問阿婆。

「當然囉。」阿婆抬起手來，指了指右前方一棟五層樓的公寓。「他們以前就住在那棟樓仔的三樓。」

找了半天的人，居然這樣子巧遇到，我跟許平都感到又驚又喜。但是為了慎重起見，我還是拿了手機裡的照片給阿婆確認，而阿婆也沒有讓我們失望，表示照片中的人的確就是她認識的高承漢夫婦沒錯。

「汝現在敢有閒給阮問一些逮事?」阿婆把手機還給我時，我問她道。

「老歲仔人最多的就是時間矣。」阿婆說。

外面日頭大，阿婆把整理花草的工具收拾了一下，帶著我跟許平進到屋裡，泡了壺茶請我們喝。我跟許平都覺得很不好意思，然而阿婆卻很豪氣地說沒有關係，她先生幾年前就走了，剩她一個人孤單，難得有人可以說話，她也很開心。今天早上她兒子跟媳婦雖然有來，但也是因為有事外出，特地把孫子送過來請她照顧，沒說上幾句話就匆匆離去。當時她孫子看爸媽走了，大哭大鬧了好一會兒，一直到半個小時前才終於安靜下來，現在正在後頭的臥室休息。

「汝孫子多大矣？」我問阿婆。她一提到孫子，神色都不一樣了。

「兩歲多快三歲。」

阿婆微微笑著，一面拿起茶來喝了一口。

「汝們懷疑當年是李素珍把汝拐走的？」

「嘿啊。這恐怕就是高承漢跟他太太離婚，移民國外的原因。」我說。

「無定著真的是這樣。他當年走得很急，六堵的工廠聽說也是便宜就賣人矣。」

阿婆這麼一說，我才想到高承漢以前是開工廠的。

「他移民後，敢都無跟這的厝邊頭尾聯絡？」我接著又問。

「無爾，但是他七、八年前好像有回來一趟。」

「回來做什麼？」

「好像是處理一些在臺灣的財產。阮這剛好有人在街仔看到他，聽說他現在在雅加達開一間『萬里書局』。」

「萬里書局？」

「嘿呀，就金山旁邊的那個萬里。」

這是一條重要的線索。我連忙把書局名字記了下來。如果網路上找不到消息，我有一個同學嫁到那裡，可以請她幫忙打探。

「阿媽！」

後方的臥房突然傳出聲響。我們大家轉頭一看，只見阿婆的金孫抱著隻快跟他一樣大的玩偶從裡頭出來，看到我跟許平待在客廳，似乎有些害怕。

「你嚇到人家了。」我拍了拍許平的手臂。

「怎麼可能，我長得這麼和藹可親。」

許平說著擠出個笑容，但金孫卻自顧自地東張西望，像在找什麼東西似的。

「他要吃奶嘴仔啦。」

阿婆到餐桌旁拿了個奶嘴，金孫接過來塞進口中，頓時整張臉都笑了起來。許平也按捺不住寂寞似的，走上前去一下子扮豬臉，一下子扮猴臉，逗得金孫樂不可支。我不知道許平他那麼喜歡小孩，一旁看了也覺得好笑。

「她以前也很愛囡仔，可惜就是不會生。」阿婆說。

「汝說李素珍？」

「嘿啊，她以前看到人在抱囡仔，感覺都很欣羨！」

「你對他做了什麼事？」我問許平。

阿婆話才說完，金孫就笑著跑了過來。

「就搔癢啊。」

許平說完手又往金孫肚子搔去，金孫笑得亂叫起來，整個人撲到阿婆懷裡。

「小志怕癢啊，阿媽也來給你抓。」阿婆用華語說。

「不要啦。」

小志亂笑一陣，跑到許平面前。許平要搔他癢，他又笑呵呵躲了開來。

我喝了口茶，把話題拉回到李素珍身上。

「汝以前有聽李素珍講過她朋友的逮事否？」我問阿婆。

「朋友？」

「就是適才講的許先生跟陳阿姨。」

「是無印象啦。但是素珍在民國八十年左右仔，確實變得怪怪的，然後就跟她先生離婚矣。現在看來，可能就是汝講的原因。」

「變得怪怪？什麼意思？」

「瘋瘋癲癲，看到水就會怕。聽人講她把她家的浴桶都敲敲掉矣。」

「浴桶敲掉？」

「不單這這樣，她看到路邊的積水也會怕，我有一回看到她在街上突然間胡白亂叫，心臟病險些發作起來！」阿婆模擬當時的情景，雙手在半空中亂揮一通。同一時間，小志似乎是玩累了，過來她腿邊趴著休息。

「怎麼聽起來有點恐怖。」許平說。

「就是說咩。無多久他們夫妻離婚，她先生把房子給她，自己去外面住。素珍她一開始還會出來跟阮這些厝邊頭尾講一下話，但是後來都把自己關在家裡，住她隔壁的歐巴桑有一回跟阮講，素珍常常在家裡哭，叫門她都無要應。後來我在街仔路遇到素珍，問她到底發生什麼逮事，她也無要講，只說這都是報應。我那時候就在想，素珍的精神狀況很危險，誰知道無過幾年，遂給我猜到，她真的起痟[31]矣！」

「起痟？」

「嘿啊，有一天她帶一個人回來家裡，隔天整個人就痟去矣，人都不認得矣。」

31 發瘋。

「帶誰回來？」我連忙問道。

「我不知爾，這也是聽人講的。」

「幾歲的人？查甫[32]還是查某[33]？」

「跟素珍她歲數差不多，有人講是查甫，也有人講是查某。」

「這是什麼時候的逮事？」

「民國八十七、還是八十八年，不太記得矣。」

許平民國八十年失蹤，高承漢夫婦則是隔一年，民國八十一年的時候離婚。在那之後，李素珍就一個人住在對面那棟公寓裡。陳阿姨說她跟李素珍二十多年沒有聯絡，不曉得她們最後一次見面是在什麼情況之下？陳阿姨那時有察覺到李素珍的轉變嗎？她們之間的互動又是什麼樣子？

這些問題姑且不論，我原先的假設似乎正在慢慢地成形。李素珍到底是不是當年在廟口把許平拐走的人，我本來只有三四成的信心，但聽完阿婆剛才的話，現在把握提升到了五六成。而這其中的關鍵，就在於李素珍如果不是綁匪，那她為何要告訴阿婆，她當年之所以跟高承漢離婚，之所以喪失心神，都是報應？接下來的問題是，民國八十年三月間把許平帶到暖暖山區的人，真的像我想的一樣，是高承漢嗎？如果是的話，動機又是什麼？這件事跟高承漢直接確認最好，但他人在印尼，不知道聯不聯絡得上，眼前要解開這個謎團，恐怕還是得要找到李素珍。我一面這麼想著，一面問阿婆李素珍是什

---

32 男。

33 女。

麼時候搬走的，有沒有她的聯絡方式。

「嘎？」

阿婆一臉詫異地看著我，好像我說了什麼荒唐可笑的事情一般。

「汝敢知道李素珍現在住哪？」我又問了一次。

「無啦！」

阿婆突然一喊，趴在她腿上的小志有些嚇到了。阿婆見狀，一邊安撫著小志，一邊往我和許平這邊靠來，壓低聲音說道：

「她已經不在矣啦。」

「不在？汝說她已經過身[34]矣？」我感到一陣晴天霹靂。

「嘿啊。」

「什麼時候的逮事？」

「就她帶那個人回來無幾個月，有一天在外面——」

阿婆說著抬起手來，往田寮河那頭指去。

「給車撞死的。」

6

【基隆清晨死亡車禍／記者段志強報導】

34 過世。

今日清晨四點二十分左右，一名李姓婦人（43）穿越○○路路口時，遭一輛附近家具行的貨車當面撞擊。李姓婦人身上多處骨折，送醫前已經沒有呼吸心跳。警方正調閱附近監視器畫面，釐清肇事原因。

晚上七點，我們和陳阿姨在愛三路上的大麥當勞[35]會合，之後到廟口一邊吃晚飯，我一邊把下午聽來的事告訴陳阿姨。陳阿姨不敢相信這是真的，許平於是上網查了一下，找到一篇十七年前的報導。雖然沒有刊登全名，但時間地點等資料都與阿婆的描述相符，因此我們認為該位死者應該就是李素珍沒錯。

「怎麼會這樣……」陳阿姨看著手機中的報導，一臉茫然。

「嘿呀，我跟阿芬聽到也嚇一跳！」許平說。

半晌吃完飯，我們一面聊著當年的事情，一面往愛四路那頭的攤位慢慢晃去。事實上，下午在信義市場，那個阿婆提到李素珍多年前車禍身亡的事時，我和許平都以為是椿意外，不料阿婆接著卻說，當時有人目睹是李素珍看到路上有車開來，自己衝上前去給車撞的。這件事當年的新聞沒報，報紙也只有社會版名片大小的篇幅而已，根本還來不及喧騰起來，世人就已經遺忘殆盡。阿婆說當時他們一些鄰居，由於聯絡不到李素珍的親人，便自己湊了些錢，替李素珍草草辦了後事，屍體最後埋在南榮公墓的山坡上，已經沒有人記得確切的位置了。

「這樣啊。」陳阿姨聽到李素珍的下場，輕輕地嘆了口氣。

35 基隆市區有兩間麥當勞，位於廟口的那間當地人稱「大麥當勞」，另一間為「小麥當勞」。

「那個阿婆還有說，李素珍那時候突然變得很怕水。」我們彎到愛四路上，許平走在前方，我挽著陳阿姨的手臂跟在後頭。

「怕水？」

「嘿啊，看到路邊的積水會怕，家裡的浴桶也都敲掉矣。」

「李素珍她敢會泅水[36]？」許平回過頭來問道。

「印象中是會啊。」陳阿姨說。

因溺水而怕水，這個假設似乎有點太理所當然。

「除了怕水，李素珍後來帶一個人回來家裡，無多久就起痟矣。」我轉述下午從阿婆那裡聽來的話。

「帶人回來就痟矣？」

「嘿啊，但是那個人是誰無人知。」

「查甫還是查某也不知？」

「一定是查甫的啊，帶查某回來要做啥？」

許平露出一臉欠揍的表情。我和陳阿姨都裝作沒有聽見。

「汝敢還記得，跟李素珍最後一回見面時的情形？」下午聽完李素珍的事，這個疑惑就一直盤踞在我的腦海裡。

「情形？」陳阿姨似乎不太明白我的問題。

「她那時候敢有怪怪的？」

36 游泳。

「不記得矣。他們夫妻離婚前阮就無啥聯絡矣。」

「因為許平的關係？」

「嘿啊。那時候我也快起痟矣，一天到晚只知道哭，什麼人都無要見。後來我跟阿龍離婚，無多久他們夫妻倆也拆散去矣。印象中那段時間我有去找過她一回，但是她好像無想要跟我見面，我在外面叫門她都無要應。」

許平雖然是當年誘拐事件的主角，但對圍繞著他的那些人事物卻沒什麼興趣，我跟陳阿姨在談論這些往事的時候，他只顧在一旁找吃的，偶爾才會插上個一兩句。半晌他相中愛四路上一家賣章魚燒的攤販，前去排隊，我跟陳阿姨於是就在旁邊一家賣手機殼的攤販一邊等他，一邊隨便看看。印象中自從智慧型手機興盛起來，走到哪都有人在賣這些東西，我雖然沒有在用，但偶爾還是會看上一看，嘗個新鮮。

「這兒的東西怎麼都這麼恐怖？」陳阿姨指著一個骷髏頭造型的手機殼說。

「也有古錐[37]的啊。」我拿起一個熊本熊造型的蘋果手機殼來。

「這隻是什麼？」

「日本的熊本熊。」

我回頭一看，許平買完章魚燒回來，站在我們身後熱呼呼地吃著。

「汝講叫什麼熊？」陳阿姨問道。

「熊——本——熊——」夜市太吵，許平又說了一次。

---

37 可愛。

「好趣味的名字，倒過來讀也同款[38]？」

攤販老闆旁邊聽了，一直在憋笑。我把手機殼拿給陳阿姨看。

「汝看，他的目珠、耳仔都圓圓的。」

「嘿啊，臉也圓圓的。」

攤販的架上還有另一個熊本熊的手機殼，我順手拿了起來。剛剛那個是呆愣的表情，而現在這個則是瞇起一隻眼睛，一臉淘氣的模樣。

「這個也古錐，汝敢有喜歡？」

「喜歡啊。」

我話才說完，陳阿姨就掏出錢包來，跟老闆說我們兩個手機殼都要。

「等一下、等一下。」我趕忙阻止。「我看看而已啦。」

「用看的哪有意思？阿姨買來給汝用。」

「免啦，這個手機殼仔我也無法度用啊。」

「無法度用？」

「這是美國蘋果公司最新的智慧型手機仔的殼，但是阿芬的手機仔是古早人在用的那種好像便當盒仔、可以闔起來又打開的愚笨型手機，所以無法度用啦。」許平一邊吹著章魚燒，一邊說道。

「敢不行像穿衣服這樣硬擠入去？」

「這樣手機仔殼會裂開啦。」

38　一樣。

「是唷。」陳阿姨把錢包收了起來，露出一臉失望的表情。

手機殼探索之旅結束後，我們繼續沿著愛四路往前逛去。陳阿姨似乎心意已決，今天一定要買個東西送我，半晌來到一個賣飾品的攤位，她把攤販桌上一個個花花綠綠的飾品，都拿到我身上比了一下，問我喜不喜歡。這讓我想起小時候阿母帶我去逛街，也是這樣看到什麼她覺得好看的東西，就往我身上套來。那時候我年紀還小，什麼都不懂，只要看到新鮮的東西都覺得喜歡。也因此常常跟阿母出門一趟回到家中，整個人就變成一株掛滿吊飾的聖誕樹一般，阿爸看了好幾次都笑彎了腰，說阿母太誇張了。

「這個汝覺得怎樣？」陳阿姨拿起一只耳環，擺到我耳邊問道。

「稍些太花矣。」

那是只水滴型的耳環，表面彩虹的七種顏色都有。

「是喔，這個咧？」

陳阿姨拿起了另一只耳環。攤販老闆一旁見狀，連忙謳嘐起來。

「有眼光喔！那個是阮這賣最好的！」

我看了一看鏡子，還不錯，形狀顏色都好看。

「人婧[39]，戴什麼都適合啦。」

老闆推銷攻勢一波接著一波而來。陳阿姨則是又拿起另一副耳環，讓我試戴。

「這個也讚！」

「汝感覺咧？」陳阿姨沒有理會老闆的話，自顧自地問我。

39 漂亮。

「不錯啊。」那是一副圓形寶藍色的耳環。

「汝看阿芬戴這個有媠否？」

陳阿姨回過頭去要問許平，不料許平卻不在身後。

「人咧？」

我四處看了一下，都沒有許平的蹤影。

「可能去買東西吃。」我說。

「怎麼都無跟阮講一聲？」

我看陳阿姨有些緊張起來，便把耳環還給老闆，拿出手機打給許平。然而電話響了十幾聲都沒人接，最後直接轉成語音信箱。

「無接？」陳阿姨看我掛上電話，急忙問道。

「我再打一次看看。」

我說完又打了一次，但結果還是一樣。陳阿姨見狀整個人都焦急了起來。

「怎會這樣？人是走哪裡去矣？」

「免煩惱啦，他應該連鞭[40]就回來矣。」

「我來去找他好矣——」

我們又等了一會兒，還是不見許平回來。陳阿姨這時終於按捺不住內心不安的情緒，決定自己去找許平。

「阿平！」

---

40 等會、等一下。

陳阿姨匆匆忙忙離開賣飾品的攤販，在雜沓的人群裡大聲地喊著許平的名字。而我怕許平待會兒回來，換成陳阿姨不見就不妙了，於是趕忙跟了上去，和陳阿姨沿著兩旁的攤位，四處找尋許平的身影。

說老實話，我本來以為許平應該不會走遠，但半晌我們把附近的攤販都繞過了一次，卻還是沒看到許平的蹤影。最後回到原來的地方，我拿出手機一看，從剛剛到現在快要二十分鐘了，照理講許平回來沒看到我們，應該會打電話給我才對，可是我手機上卻連一通未接來電也沒有。突然間，不只是陳阿姨，就連我也有些著急了起來。我告訴自己要冷靜，但周遭人群的嬉鬧聲、小販的叫賣聲、混濁嗆鼻的油煙味、路口來來往往的車輛、此起彼落的喇叭聲，還有陳阿姨扯著喉嚨，對著四面八方的人群喊著許平名字的聲音，都像是火上加油一般讓我覺得更加的不安。一些路過的民眾看到我們站在那裡，都不自覺停下腳步，交頭接耳，議論紛紛。

「阿姨，汝冷靜一下。」我看四周人群越聚越多，連忙安撫著陳阿姨。

「阿平又不見矣啦！」

「許平應該連鞭就回來矣。不然我又打一回電話，好否？」

我正要拿出手機，旁邊兩位巡警忽然朝我們走來。

「發生什麼事嗎？」

「囡仔搞丟矣啦。」旁邊幾個歐巴桑嘰嘰喳喳地說道。

「男的還女的？多大的孩子？」

「不是孩子啦——」

「阿平？」

我話沒說完，陳阿姨突然往仁三路那頭望了過去。我跟著一看，只見許平正拿著串烤魷魚，一邊吃著一邊往我們這邊走來。

「汝是走哪裡去矣？」陳阿姨和我連忙趕上前去。

「買東西啊。」

「陳阿姨以為你走丟了。」

「走丟？」

許平以為我在開玩笑，看了一看四周的群眾，這才發現大家都是一臉莫名其妙的表情。不過這也怪不得他們，要是我在街上看到有人那麼慌張，結果在找的是一個年近三十、智能正常的成年男子，應該也是一樣的錯愕。

所幸看熱鬧的人潮來得快，散得也快。半晌我拉著許平，跟兩位巡警說了聲不好意思，一回頭身邊的人群都散得差不多了，只剩下我們三個人還站在原地。陳阿姨由於方才耗費了太多心神，此刻雖然不再恐慌，但神情顯得相當的憔悴，我於是帶著她沿著仁二路往夜市的外緣走去，那裡人潮較少，待著比較不會壓迮。至於許平，大概是知道自己不告而別惹出了那麼大的風波，這會兒感覺有些愧疚，一個人一邊吃著他剛才買來的那串烤魷魚，一邊默默地走在我們身旁，沿路上一句話也沒有說。

「那家魷魚就那麼好吃？」我們走到愛三路等紅燈時，我問他道。

「不錯啊，妳要試試看嗎？」

許平把魷魚拿到我面前，我想也沒想就撇過頭去。

「不吃就算了，那麼冷漠幹麼？」

「你才冷漠吧？一聲不響就跑去買魷魚。」

「誰跟妳說我買魷魚的？」

「不然你手上的是什麼？水母嗎？」

「人平安無逮事就好，汝莫再共他㥏哂[41]矣。」

陳阿姨看我們互不相讓，連忙打著圓場。許平則是繼續啃著他那串烤魷魚。

「啊汝東西有買到否？」陳阿姨問道。

「有啊。」

許平把手伸進褲子口袋，窸窸窣窣拿出一條金鍊子來。

「你戴太娘了吧？」

「漂亮吧？」

許平手中的鍊子十分的秀氣，不太適合男性戴。

「誰說是我要戴了？」

許平說著繞到陳阿姨身後，替陳阿姨把項鍊戴了上去。

「汝有喜歡否？我適才經過銀樓看到的。」

「這樣我哪看得到？」

陳阿姨低著頭，想要看項鍊的樣子。我於是拿出手機替她拍了張照。

「媠喔。」我說。

41 取笑。

「嘿啊，阿平的眼光不錯。」

陳阿姨看著我手機裡的照片，眼眶又有些紅了。

「我來幫汝們照張相。許平，你站到你阿母身邊去。」

「汝無要一起來？」陳阿姨問我。

「這樣就無人拿手機仔矣。」

「免煩惱，我有這個。」

許平說著像變魔術一樣，從背後掏出了根自拍棒。因為我的手機是折疊式的，沒辦法用，許平於是把自己的智慧型手機裝了上去。

「這該不會也是你剛才買的？」

「是啊，一根一百五。」

許平說完正要設定手機，陳阿姨卻在一旁哭了出來。

「啊現在是怎樣？」

「無啦，」陳阿姨抹了抹眼淚。「就風飛沙飛入去目珠。」

「風飛沙飛入目珠？汝是在扮戲乎？」

「莫吵啦，快來照相。」

這時行人號誌剛好轉成綠燈，等紅綠的行人紛紛走過斑馬線，只有我們三個還站在原地，沒有移動。後方的行人看到我們當中有人在哭，有人在笑，和不久前看到許平買完東西回來的那些民眾一樣，都是一臉莫名其妙的表情。幾個國中生更是偷偷拿出手機，把我們的樣子給拍了下來。

這個場面雖然也有些尷尬，但我的心情卻和剛才完全不同。我不在乎旁人異樣的眼光，逕自過去挽著陳阿姨的手臂，等著許平按下快門的那一剎那。我想起以前我們全家出去郊遊，阿爸總是一股勁地替我跟阿母拍照，自己卻鮮少入鏡，每次都要我跟阿母再三央求，他才會過來和我們拍上一張。那是個沒有手機，沒有自拍棒的年代，一般民眾要自己拍張全家福，掌鏡的人就要把相機架在腳架上，對好焦距，設定好時間，自己再趕來家人身旁。阿爸說過，這些都是有訣竅的。時間如果設得太短，常常人還沒就定位快門就按了下去；時間如果設得太長，大家不是等得腰酸背痛，就是笑容不知不覺就僵掉了。阿母因為性子較急，常常叫阿爸動作快點，而阿爸則因為要求完美的性格使然，時間總是設得相當充裕。他的口頭禪就是：如果等待就會有結果，為什麼要錯過呢？好在阿母天生笑容就是那麼燦爛，不管在鏡頭前等上多久，最後洗出來的相片，她永遠永遠都是我們全家最亮眼的一個。

「要拍囉，要拍囉！」

許平舉著自拍棒嚷嚷起來。他站在陳阿姨的右手邊，我站在另外一側。

「等一下，我目屎[42]又流出來矣。」陳阿姨說。

「無要緊啦。」

「不行啦，這樣照起來不好看。」

陳阿姨擦了擦眼角的淚水，重新掛上笑容，看向鏡頭。

「好矣未、好矣未？」

42 眼淚。

「好矣啦。」

「妳呢？可以拍了嗎？」許平看向我來。

「嗯。」

「那就拍囉。」

許平說著也看向鏡頭，笑了起來。

「一、二、三！」

第三章　警告

1

「你看！」一進到廣場，走在我前面的一個男生忽然指著遠方。

我抬起頭來，只見夕陽一半落入地平線，天空好像一幅漸層的畫作一般，由橘黃色過渡到帶點混濁的紫紅色。以前聽一個有在攝影的朋友說過，他們把每天日落前這短短幾十分鐘絢爛的景象，稱作「魔幻時刻」。

「哇！」站在男生旁邊的女生驚呼一聲，連忙拿出手機。「幫我拍照。」

「要拍直的還是橫的？」男生接過手機問道。

「都可以啦，你決定就好。」

今天是十二月二十五日星期天，現在的時間是傍晚五點半。我此刻所在的地點，是大直美麗華商場五樓的露天廣場。前兩個禮拜在信義市場，我答應過許平如果當天有打探到消息，聖誕節這天就跟他去看電影。由於今年的聖誕節適逢週末，我怕市中心人擠人，就決定來這個稍微「郊區」一點的地方。我們看的是之前提到的那部《星際過客》。電影三點半開始，剛剛結束。許平因為看電影時喝了一大罐飲料，一散場就跑去排廁所；我則是覺得有點悶，於是走到外面的廣場透一透氣。

我上一次來到這個地方，已經是大四那一年的事了。和我記憶中的一樣，這裡的廣場雖然不大，但十分的「多采多姿」。入口正前方是電子遊樂場跟餐廳；右邊靠近山巒的那一側，有一個小型的舞臺，再旁邊另外有一座看起來像是裝置藝術、又像是給小朋友玩的遊樂設施。至於入口的左手邊，則是整座商場的重頭戲——據說是北臺灣最大、全臺第四大的摩天輪。這會兒剛好是一天當中天空最為美麗的時刻，摩天輪的售票亭前已經有好些人在排隊買票。剛剛那對男女，拍完照後排在隊伍的最後面，他們似乎看了跟我同一場的電影，只見兩人一邊排隊，一邊在討論電影的劇情。那是一部講述在星際間漂流的故事。一艘飛往遙遠星球的太空船中，男女主角因為休眠艙故障而提早九十年醒來。兩人就在這樣的背景下，互相陪伴扶持，克服各種難關。

「誒誒誒，妳不覺得那個地方不太合理嗎？」男生問道。

「還好吧。」女生自顧自拿起手機，拍了幾張摩天輪的相片。

「真的嗎？妳有沒有認真看啊？」

「有啊。」

「那妳說說看為什麼……」

男生似乎有個地方一直繞不過去，急著想要跟女友討論，但對方卻不太搭理他。不過說老實話，那個男生講的一些細節我也不太清楚，因為剛才看電影的時候，有那麼幾個瞬間，我的心思飄到了別的地方。事實上，這禮拜的最後兩個工作天，我上班常常都沒辦法專心。我只要有意識地強迫自己集中精神，思緒就會一點一點轉移到禮拜三——也就是五天前——的那件事情上。

最近這幾個禮拜，本來一切都順順利利的。一方面，鷹峰建設確實有遵照和解合約的規定，沒有再來打擾陳阿姨；另一方面，我們也從信義市場那個阿婆口中，得知李素珍在許平當年失蹤時變得不太尋常，最後甚至還「疑似」自殺身亡的消息。然而就在禮拜三，這看似順遂的一切突然間起了波瀾。那天早上，我剛進公司就接到一通陳阿姨打來的電話，說她八點多起來的時候，在大門底下發現一封信，告誡她不要再調查許平當年失蹤的事情。我當時聽了，感到有些疑惑又有些擔憂。到了晚上，我下班後趕過去一看，只見那是個土黃色的直式信封，上頭沒有郵戳，也沒有寄件人和收件人的資訊。而信封裡就裝著一張對摺起來、看似從筆記本撕下來的紙張，上頭刻意用方方正正的字跡，寫著「許平失蹤的事，不要再查了」幾個大字。

「要報警嗎？」許平當時也在陳阿姨家，和我一起看著警告信上的字跡。

「這上面沒有什麼恐嚇的字句，警方不會理我們的。」我說。

「對啊。」

陳阿姨在一旁附和道。稍早我問她發現這封信的時候，外面有沒有什麼可疑的人物。陳阿姨說她當時沒有特別留意。

「李素珍已經死了，那就是高承漢了。」許平說。

「可是高承漢人在印尼。」我說。

「還是他回來臺灣了？」

「我們開始調查，高承漢就回來臺灣，這個時間點未免也太巧了？」

許平聽我這麼說，反過來表示高承漢也有可能是知道我們在調查過去的事，才回來臺灣的。我當時雖然沒有百分之百的把握否定這個說法，但心裡還是覺得不太可能。畢竟高承漢人在國外，就算我們找到當年的真相，對他應該也沒什麼影響。我實在不覺得他有必要為了這件事情。「特地」趕回臺灣警告我們。

那天離開陳阿姨家後，我和許平在回到市區的路上又討論了一會兒。我們的結論是，不管拿警告信來的是何方神聖，有兩點是可以確定的。第一、對方知道我們正在調查當年的事情；第二、對方知道陳阿姨住在中山一路上。其中知道我們在調查過去的事，很可能是因為之前我和許平在信義市場四處問人，消息因此傳開來。至於知道陳阿姨住所的人，我首先想到的是高承漢。只不過就算他真的在這個時間點回來臺灣，也碰巧知道我們在調查許平當年失蹤的真相，他真的還記得陳阿姨住在哪嗎？還是說有人跟蹤我和許平，找到陳阿姨家裡來的？這一連串的疑問，把我當時的思緒攪得紛亂不堪，我甚至一度懷疑自己說不定是走錯了方向。但後來我換個角度思考，才發現實情或許剛好相反。正因為這封信的關係，我們現在可以很肯定地說，一直以來我們都走在通往真相的道路上——當年把許平拐走的人，十之八九就是李素珍沒錯。若非如此。「那個人」這會兒也不會被逼了出來，警告我們不要再查下去了。

「原來妳跑到這來啦——」

我一回神，只見許平也來到了廣場。他今天穿了件牛仔外套，肩上背著一個帆布背包。看見我在這裡，朝我揮了揮手快步走來。我低頭一看，這才發現包包裡手機螢幕是亮著的，有兩通許平的未接來電。

「歹勢歹勢，沒聽到。」

「哇，原來摩天輪近看是這個樣子啊！」

許平走到我身旁，四處張望了一下，最後視線落在我們左手邊的摩天輪。這會兒天色比剛剛暗了一些。「魔幻時刻」眼看就要結束了，但廣場上的男男女女卻幾乎多了一倍。旁邊摩天輪的售票亭，排隊要買搭乘券的人一直延伸到接近廣場中央，方才那對在討論電影劇情的情侶則是剛買到票，正要往搭乘摩天輪的隊伍走去。我聽見旁邊幾個小女生突然發出驚呼的聲音，抬頭一看，只見摩天輪整個亮了起來，發出綠色的光芒。我這才想起摩天輪上好像裝了霓虹燈管，每到晚上都會有燈光秀。

「你之前沒來過？」我問許平。他跟我一樣抬頭看著摩天輪。

「嗯，妳呢？」

「大學來過一次。」

我看著隊伍後方剛剛那對小情侶的背影，又想起幾分鐘前縈繞在我心頭的事。

「誒，你元旦有空嗎？」

「幹麼？妳要約我？」許平回過頭來。

「嗯，要不要去暖暖一趟？」

「暖暖？」許平先是一愣，隔了幾秒鐘才恍然大悟。「妳該不會是要去我以前待的那家育幼院吧？」

「對啊，我想去拜訪一下院長。」

「怎麼突然想去？」

「也不算突然吧，之前不是就提過了？」我記得十月我說要調查當年的事情時，就跟許平提過我想去拜訪當年育幼院的院長，他那時候也跟我說了那家育幼院的名稱叫做

「松柏育幼院」。這件事情我現在會想起來，自然是想要乘勝追擊，因為禮拜三那封警告信，讓我覺得自己正一步步地逼近真相。

「院長有可能退休了，我已經好幾年沒過去那邊了。」許平說。

「可以先打電話問啊。怎樣？元旦去走一趟？」

「好啊，但是有個條件。」

許平說著看了一下旁邊的售票亭，我忍不住苦笑起來。

「你要搭摩天輪？」

「嗯嗯。」

所謂「以其人之道，還治其人之身」，指的大概就是這個吧。那天許平找我來看今天的電影，我開了個「當天調查要有結果」的條件。而今天我們倆互換了角色，我變成了「被開條件」的那一方。

我心想反正離晚餐還有一些時間，趁著空檔「上去」看一下夜景也不錯，便和許平到一旁的售票亭排隊。然而由於等候的人很多，我們一直到過了六點，天色已經完全暗了下來，才坐上了摩天輪。許平感覺相當的興奮，一直貼著車廂的玻璃往外望。他說小時候有一次放寒假，育幼院的院長帶他們到現在已經拆掉的明德樂園，那時候他們也有去坐摩天輪。我這才想了起來，念小二的時候阿爸阿母也帶我去過一次明德樂園。那裡的摩天輪，每個車廂我記得都漆成不同的顏色。

「明德樂園現在不知道變成怎樣了？」

許平從背包裡拿出一瓶礦泉水，咕嚕咕嚕地灌了一大口。

「好像改建成私人藝術品收藏室的樣子。」我說。

「是喔，我以為會拿去蓋什麼住宅大樓。」

「好像是土地使用有限制的關係吧。」我記得前幾年在網路上看過相關的報導。

「這種東西不是財團跟政府『喬一喬』就ＯＫ了？」

「啊知？」

我聳了聳肩。許平則是突然想到什麼似的，彈了一下手指。

「對了，上禮拜王毅鐸有來我打工的超商找我。」

「又為了房子的事？」

我們當初和鷹峰建設簽訂和解契約書，上頭只有提到鷹峰建設不可再來陳阿姨中山一路的住處騷擾陳阿姨，至於其他相關人等，比如我跟許平，並沒有包含在內。鷹峰建設八成就是算準了這點，才派人來找許平的。

「嗯，他要我再勸勸看我阿母，還說嫌五百萬少的話，他們可以再加錢。」

「你怎麼說？」

「當然是叫他去吃屎啊。」許平把礦泉水放回背包裡。

「然後他就走了？」

「我們超商有三支監視器，他要是敢打人就是自找麻煩。而且我想他大概是被上面釘得很慘，感覺有點落魄，跟以前簡直判若兩人。」

「是喔。」

我忽然想到前幾個月在檢驗中心一樓的咖啡廳遇到王毅鐸一家人，那時王毅鐸說他壓力很大，上頭交代的事情沒辦成，丟了工作，會連累到老婆和小孩。

「他這個一家之主做這種工作，他家人感覺也滿可憐的。」

「那也是他自己的選擇啊。」

許平說著望向窗外，沉默了一會兒忽然嘆了口氣。

「為什麼我阿母那時候沒有說要讓出房子？」

「什麼時候？」

「就我第一次回到家裡的那天啊。」許平回過頭來，轉了一轉他已經康復的左手手腕。「那時候王毅鐸拿石塊要打我，我阿母為什麼沒有說要把房子賣了，而是眼睜睜地看著我在那邊受苦受難？」

「所以你希望你媽當時把房子賣了？」

「我覺得我阿母太執著於過去了，說不定換個地方住對她反而比較好。」

「那你去跟你阿母講啊。」

許平一副「我哪敢」的表情，一面又拿出剛才的礦泉水喝了一口。好巧不巧的，就在他把瓶子放回去的時候，一個東西從他背包裡滑了出來。「砰」的一聲掉在了車廂的地板上。我順手撿起來一看，感到有些意外。那正是前幾個禮拜，我們和陳阿姨在廟口逛夜市時，看到的那個熊本熊的蘋果手機殼。

「你手機不是安卓的？」我把手機殼還給許平。

「買來送妳的啊，我看妳那天好像很喜歡的樣子。」

「我的手機不能用，你又不是不知道。」

「所以我也順便買了這個。」

許平從背包裡拿出個盒子，我一看，是最新一代的蘋果手機。

「你中樂透囉？還是借高利貸？」

「怎麼可能，我又不是智障。」

許平說著轉了一轉左手手腕。我這才想到他不久前發了一筆意外的小財。

「你拿和解金去買的？」

「是啊。」

「謝謝你的好意，不過我要的話自己會去買。」

「妳也該從那段過去走出來了吧。」

我們所在的車廂，這時上升到約莫一半的高度。許平指了指一旁我的包包裡，那支折疊式的手機。

「你前男友都離開妳那麼多年了，妳也是時候離開他了吧？」

「誰跟你說是他離開我的？」

「所以是妳把他甩了？」

許平愣了一下，接著像個小屁孩一樣，吵著要我把細節說給他聽。

「如果妳覺得吃虧的話，我可以先跟妳說我的故事。」

「我沒興趣。」

我覺得我已經說得很清楚了，許平卻還是自顧自地把他前段情史娓娓道來。大意就是他跟他前女友從高中就開始交往，上大學後雖然分隔兩地，但依然是如膠似漆，每逢假日，不是許平南下臺中，就是他前女友北上臺北。可是後來出了社會，他前女友開始上班以後，兩人的感情就漸漸變質了。

「她移情別戀？」

「應該說她覺得我女人緣太好，沒有安全感吧。」

「偷吃就偷吃，還說那麼多。」

「我沒有偷吃啦。」

許平著急地想要解釋，而我則是隨隨便便地敷衍過去。他到底有沒有偷吃，說實話我並不在乎，我只是突然想到前幾個月，我在市府轉運站碰到許平，後來陪他買衣服時，遇到他戴著鼻環的那個朋友過來搭話，言談間提到許平的「需求」十分特別。我並沒有以貌取人的意思，只是鼻環男當時摟著一個比他小了至少十歲的小妹妹，我看了渾身的雞皮疙瘩都起來了。而且感情這種事，一個巴掌是拍不響的，許平的前女友之所以會離開他，搞不好跟他在外面的朋友也有關係。不過不管怎樣，這都是許平的私事，我也沒有立場多說什麼。

「發什麼呆？換妳了。」許平伸手在我眼前晃了一晃。

我猶豫了一下，心想這雖然不是什麼光彩的過去，但說出來其實也不會怎樣。

「我們會分手，是因為他媽媽的關係。」我說。

「什麼鬼？」

「我們從大一開始交往，畢業後本來打算結婚，可是他媽媽卻要他再考慮一下，說我從小無父無母，家教不知道有沒有問題。我一聽，心整個都冷掉了。結婚是兩家人的事，我不喜歡他的家人，所以沒辦法跟他結婚，就提分手。」

「然後他就答應了？」

「他要我再給他點時間，讓他回去勸勸他媽。」

「結果呢？他媽還是無動於衷？」

「嗯，他媽立場非常的堅定，甚至還幫他介紹朋友國外留學回來的小孩。」

「妳前男友的反應是什麼？」

「他不肯，但我叫他就聽他媽的話，去認識看看。」

「為什麼？」

「女朋友再找就有了，但父母親不是。畢竟他媽媽也是為了他好，我總不能叫他離開自己的家人吧？」

摩天輪慢慢地上升，不知不覺來到了頂點。那種感覺像站在針尖上一樣，有些飄飄然，有些危險，又有些不踏實。我往車廂外望去，只見此時一輛捷運列車轟隆轟隆地從西湖站駛來，然後慢慢減速，接著停了下來。

「我爸媽當年跟李素珍一樣。」

「什麼一樣？」許平順著我的視線，往捷運站望去。

「他們也是車禍過世的。」

「妳上次說，是在妳唸國小的時候？」許平小心翼翼地問道。

「嗯。那天是我阿公的七十大壽，我們整個家族約好當天晚上，在圓山飯店替阿公慶生。」

「所以是發生在臺北？」

「在基隆，而且就在我的學校門口。」

「那時妳也在現場？」

「嗯。」我點點頭，感到車廂緩緩地下降。「那天是星期五，下午放學後我在校門口等阿爸阿母來接我。大概四點半的時候，我看到阿爸的車從對面路口開來，由於校門口的馬路有些狹窄，車子不好迴轉，阿爸就搖下車窗，朝著我比了比手勢，叫我到對面的人行道等他。我看了一看，兩邊沒有車子，很快地走到了對面去。然後意外就發生了，就在短短的一瞬之間。」

這些事情，大學畢業以後我只跟小雯提過而已。我本來以為這輩子我不會再對別人說了，不料此刻我卻在這個本應載滿歡樂的摩天輪車廂裡，毫無保留地對許平傾吐出來。我告訴他，就在我越過馬路的那一瞬間，突然一輛油罐車從後方開來，沒注意到阿爸的車子已經減速了，砰的一聲撞了上去。阿爸大概方向盤沒抓穩，車子一歪，衝向了對面的車道，碰巧這時另一輛車從反方向駛來，直接把阿爸的車撞到了一旁的電線桿上。

這些事情發生的時間，大概只有短短的五、六秒而已，可是對我來說就像一輩子那般的漫長。當時路上的行人，聽見聲響都停下了腳步，學校的老師跟警衛也都衝了出來，慌慌忙忙地打電話叫救護車。我聽不見他們到底說了什麼，只覺得耳朵一直嗡嗡作響，周圍的人影變得模糊不清，整個世界接著開始扭曲變形，旋轉了起來。我吞了吞口水，走到對向的車道，只見阿爸那輛車好像揉成一團的廢紙一般，整個車頭都變形了，冒著陣陣的黑煙。從破碎的車窗裡看去，阿爸頭壓在方向盤上，左手臂微微地在抽動著，阿母則是靠在椅背上，歪在腦袋，額頭上插了兩三片碎玻璃，鮮血汩汩冒出，直流而下，把她原本美美的妝都給弄糊了。

「阿母！」

我大叫一聲。阿母看見我站在車外，對著我笑了一笑，好像想說什麼似的。我把耳朵湊了過去，聽見阿母用她那虛弱的聲音掙扎地說道：

「這裡危險，到旁邊去。」

「可是——」

「乖，聽阿母——」

阿母話還沒說完，車頭突然冒出了火花。我還沒反應過來，就讓趕來的學校老師強行架著，往後頭拉去。我感到阿母還想對我說什麼，可是我完全聽不到，我離阿爸阿母越來越遠，越來越遠。

「放開我！放開我！」

我大叫道。就在這時，阿爸的車又傳出了爆炸聲響，原本只是車頭起火，現在整輛車都陷入了火海，滾滾黑煙直衝天際，一旁圍觀的人都尖叫了起來。我跪在地上，已經喊不出聲音了，我望著眼前的大火越燒越旺，阿爸阿母就在裡面，可是我卻無能為力。濃煙夾帶著熱氣，往我臉上身上陣陣刮來，不一會兒我也支撐不住了，整個人倒在地上。朦朦朧朧間，我聽見消防車跟救護車的聲音從遠方而來，接著好像有人把我抬到了救護車上，往附近的醫院送了過去。

那天之後，我成了孤兒，寄宿在阿姨家中。阿姨跟姨丈對我視如己出，沒有半分異樣的眼光，我跟表弟表妹也都相處得相當融洽。但我明白那不是我真正的家，也不好意思一直麻煩阿姨他們，上了高中我就搬回原本和阿爸阿母住的那間公寓。即便後來大學在臺北唸，出社會後也在臺北上班，我始終都不願搬離現在的家。因為對我來說，那間公寓不只是個遮風避雨的地方，而是載滿了我和阿爸阿母一家三口共同的回憶。我想陳阿姨也是一樣的，她之所以不願意搬離現在那間平房，不是因為鷹峰建設開的條件太差，而是那個外人看起來殘破不堪的家，裡頭滿滿的都是她和她先生跟兒子的回憶。但是儘管如此，我和陳阿姨還是有一個不一樣的地方。那就是我的阿爸阿母已經回不來了，而陳阿姨卻還能夠懷抱著一絲絲和愛子重聚的希望。而老天爺也沒有辜負陳阿姨日日夜夜的期盼，終於讓她等到了和兒子團圓的這一天。

「這些事我阿母知道嗎？」許平問我。

「知道我爸媽已經不在了而已，其他的我沒有跟她說。」

八月陳阿姨把她的身世告訴我的那天，我也向她提起了我爸媽已經不在人世的事情。但我只是點到為止，細節一概沒有多提。因為我怕我一旦又鑽到那些往事裡去，情緒會壓抑不住。

這些年來，我一直以為那些記憶會隨著時間淡去，沒想到事實卻剛好相反，我想要忘掉的事情，一天比一天還要清晰，有時候我彷彿可以看見那天阿母癱坐在車上，驚惶的瞳孔裡映著我滿臉恐懼的倒影。一開始，我只是醒著的時候會想起這些事，到後來就連睡覺的時候，我腦中都在重演著那天傍晚阿爸阿母身陷火海，我在一旁號啕大哭、最終被人從旁邊拖走的情景。就像之前我跟小雯講的，這個噩夢已經糾纏著我十幾年，變成我人生中無法擺脫的一部分。

「每天都做同一個夢？」許平接著又問。

「沒有到每天。有時候連續做兩三天，有時候一個月才一次。」

「那有去看醫生嗎？」

「嗯，醫生叫我轉移注意力。」

「所以妳才對我當年失蹤的真相那麼感興趣？」

「搞不好我潛意識裡真的是這麼想的，而且現在回想起來，這一兩個月我好像都睡得還不錯，沒有再做那個夢了。」

「真的假的？」許平一臉狐疑地看著我。

「騙你幹麼？而且你不說我還沒注意到呢。」

「這下謎團終於解開了。」

「謎團？」

「就妳為什麼那麼執著的原因啊，原來是潛意識作祟。」

「倒不完全是這樣。」

我靠在椅背上，把之前和小雯提過的論點跟許平說了一遍：我認為弄清楚過去的事，可以幫助他走向未來。

「走向未來？」

「嗯，可以幫助你接納和陳阿姨這段突如其來的親子關係——」

「如果我說我已經接納了，妳就會罷手？」

這個問題我一時間也不知道如何回答。在我看來，許平和陳阿姨的感情雖然比之前好很多了，但我總覺得雙方還是有一些說不出的隔閡，尤其是許平，他有時候像是在強迫自己扮演陳阿姨兒子的角色，而不是真心認同了這個身分。我向許平說出我的感受，他先是沉默了半晌，最後也同意我的看法，說他到現在信念還是沒有改變。他已經習慣沒有父母的日子，對親情也一點都不會感到渴望。

「妳還記得我之前說過，國一有個同學嗆我沒有爸媽、我超不爽的事嗎？」

「嗯。」我點點頭。許平當時還說那是他唯一思念過父母的時刻。

「那個小屁孩他爸媽後來離婚了。」

許平嘴角露出一抹無奈的冷笑，說他那同學老爸外遇，有人在街上看到他老媽跟小三在他老爸面前扯著頭髮打架。他老爸勸架不成，一巴掌往他老媽臉上甩去，許平那同學當時好像也在旁邊，看到老媽被打，哭得稀里嘩啦的。

「我印象中，在聽說那件事情之後，我就沒有想過自己的爸媽了。」

「所以你不希望我繼續調查下去？」

「再查有什麼意義？」許平反問我道。

「我想搞清楚為什麼有人那麼狠心，要把好好的一個家庭硬生生地拆散掉——」

「然後呢？現在的一切會有什麼不一樣嗎？」許平感覺有些著急，眼神迫切地看著我道。「妳爸媽過世了，這種感覺我懂，我從小也就沒有爸媽。但是就像妳之前告訴我的，船到橋頭自然直，唉，我也不知道怎麼說啦，我只是想要妳開心一點。妳還有我跟我阿母啊，我們就是妳的家人！」

許平好像也沒料到自己會說出這番話來，一回神看我沒有反應，眼神開始四處亂飄，一下看看車廂的天花板，一下往外望去，一下又拿出今天戲分很多的礦泉水，一口氣喝得一滴不剩。阿俊，我之前論及婚嫁的那個前男友，就連他也沒有對我說過這些話。他怕尷尬，他怕一旦觸及我心中最柔軟的那塊地方，我不小心崩潰痛哭，他會不知所措。那天我們也是來到美麗華看電影，看完電影也一樣來搭摩天輪。就是在那時候跟我轉述了他媽媽的那些話。那天從出門開始，他的神色就怪怪的，我就知道他有事要跟我說，只是沒想到是這麼殘忍的事。而此刻摩天輪已經開始下降，下降了好一段時間了，眼看車廂就要落到平面，旅程就要結束了。方才那種處在針尖上飄飄然的感覺，如今已然不復存在。我們回到了現實。我們墜入了凡間。

「兩位，要下來囉。」

工作人員看我們還坐在車廂裡頭，輕聲地催促道。我跟許平起身走了出去，剛好一陣微風迎面而來。冬天的風，但卻帶著春天的氣息。

「晚餐就在這裡吃如何？」許平指了指廣場旁邊的餐廳。

「好啊。」

說著我正要往前走，許平卻站在原地，把肩上的背包卸了下來。

「這妳就收下吧。」

他拿出剛才的蘋果手機，遞到我的面前。

我笑了一笑，輕輕地接了過來。

「謝啦。」我說。

2

「林怡芬妳終於換手機了！」

「怎麼突然開竅？該不會是交男友了？」

「很有可能喔！」

隔天禮拜一，早上我一進公司，小雯和坐在我後面的箱子哥咚咚地湊了過來，看著我桌上的新手機議論紛紛。我心想也沒有什麼好隱瞞的，就說我昨天跟許平去看電影，手機是他拿給我的。

「他送妳手機？」小雯跟箱子哥異口同聲地問道。

「我會再給他錢啦。」我打開電腦，一面說一面接上分機。昨天晚上吃飯的時候，我跟許平說我要把手機的錢匯給他。許平雖然堅持不用，但我不肯退讓，最後他拗不過我，只得乖乖把銀行帳號交了出來。

「你們昨天看哪部電影呀？」小雯拉了張椅子到我身邊。

「《星際過客》。」

「第一次約會看這個？很不吉利耶。」箱子哥說。

「不吉利？」

「嗯，男主角不是騙了女主角嗎？」

「所以呢？」小雯露出跟我一樣疑惑的表情。電影裡，男主角從休眠艙提早醒來，因為受不了寂寞，對女主角做了一件幾乎可以說是毀掉對方一生的事；女主角最後發現實情，幾近崩潰。但這些又跟「吉不吉利」有什麼關係？

「人家說第一次約會看的電影，會變成之後發展的寫照。」箱子哥說。

「你是親身經歷過喔？」小雯說。

「我跟研究所的女友第一次約會去看一部講外遇的電影，結果就被劈腿了。」

「巧合啦，那去看《驚聲尖叫》怎麼辦？」

「哇，那就慘了！」

箱子哥呵呵地笑了起來。小雯見狀翻了個白眼，轉向我來。

「啊你們下次見面什麼時候？」

「今天晚上。」

「這麼等不及？」

「不是啦，我們要陪陳阿姨去海邊。」

稍早我在前來臺北的客運上，忽然收到許平的訊息，說昨天他回到家，陳阿姨打電話跟他說，今天晚些時候想到外木山去。我那時才想了起來，陳阿姨先前說過她每個月都會準備些碎肉，到外木山那邊去餵魚。一開始還是我先跟許平提議，說要找機會陪陳阿姨一起去，沒想到時間一久，竟然就忘掉了。

「下季的部門聚餐確定了！」箱子哥在旁邊看著手機，忽然驚呼起來。

「辦在哪？」小雯問道。

「B&B，慶城街的一家美式餐廳。」

「是喔，沒聽過。」

「肋排跟牛排都不錯，麵食普通，飲料也普通。」箱子哥說。他的興趣是吃東西，對全臺北市的美食都瞭若指掌。

我打開祕書寄出來的郵件，部門聚餐辦在二月底的連假前。

「妳會來吧？」小雯用手機搜尋餐廳的資料。

「幹麼這麼問？」

「接下來是連假，怕妳要約會啊。」

「約妳的頭啦。而且那跟去不去聚餐有什麼關係？」

我話才說完，一旁剛接上去的分機忽然響了起來。看號碼是坤哥打來的。

「喂？」我接起電話，小雯跟箱子哥都適時地安靜下來。

「妳過來我辦公室一下。」

「喔，好。」

我掛上電話，小雯一臉訝異地看著我。

「老闆找妳？」

「嗯，坤哥要我過去一趟。」

「不會又是那種一週出 valuation 報告的案子吧？」箱子哥說。

「啊知，去就知道了。」

我說完站起身來，帶著筆記本往坤哥辦公室的方向走去。坤哥算是老闆中最善解人意的一位，知道禮拜一大家剛收假回來心情不好，要找人做事一般都是下午來電。如果是早上打來，就代表事情無敵緊急，印象中上次接到這種電話的同事，當週每天都加班到十二點才離開公司。

「坤哥，我是阿芬。」來到坤哥辦公室外，我敲了敲門。

「請進。」

聽到坤哥的聲音，我打開門走了進去，只見坤哥正坐在位子上講電話。我正想說應該要迴避一下，坤哥卻對我招了招手，示意我在一旁的位子坐下。而我坐下之後，不是故意的聽了一會兒，才發現坤哥原來是在跟所長講電話。他們好像在談什麼正事，坤哥一直允諾他會把事情辦好，要所長不用擔心。

坤哥能力出眾，手段圓滑，不到四十就升上了合夥人，辦公室裡不像其他已婚的合夥人一樣，擺滿了老婆小孩的照片，我放眼望去，書架上盡是一本又一本講述金融市場、財務模型的原文書籍，彷彿我再放盒面紙上去，整個書架就會垮下來似的。我剛進來公司聽一個一起做案子的協理說過，坤哥年輕時是個證照搜集狂，臺灣跟美國的會計師執照都有，另外還一邊工作，一邊去考了美國特許財務分析師，三關都是一次就過。那張印著「Chartered Financial Analyst」的巨幅證書，此刻就擺在他身後的玻璃窗前，把外頭廣場的景致都遮蔽住了。這點，我倒是覺得有些可惜。

「不好意思，讓妳久等了，所長突然打電話來。」

五分鐘後，坤哥掛上電話，換上他那招牌的微笑。我想說真的是等得有點久，但又不能以下犯上，只好回說不會啦，然後默默地傻笑。

「聖誕節有去哪裡玩嗎？」坤哥問道，臉上仍然保持著笑容。

「跟朋友去看電影。」我說。
「哪一部啊？」
「《星際過客》，一部美國的科幻片。」
「聽起來好像不錯。」
坤哥擺出一副頗感興趣的樣子，接著往後靠在椅背上。
「對了，聽說妳平常有在做義工？」
「就週末沒事的時候，會去一些人的家裡幫忙。」
「真是好孩子，我就沒妳這種情操。」
「坤哥有家人要陪啊。」
我隨口敷衍過去，一面猜想坤哥今天找我進來，葫蘆裡到底賣什麼藥。
「是有什麼新案子嗎？」我直接問道。
「也不是案子。」
坤哥微微一笑，拿起祕書幫他泡的茶來喝了一口。
「這週末有什麼計畫嗎？」
「嗯？」
「是這樣的，」坤哥把茶杯放回桌上。「禮拜六有個客戶約了幾個老闆吃飯，我們想說妳沒事的話就一起去。」
「為什麼找我？」
「放輕鬆，只是吃個飯而已。」

「可是為什麼找我？」

我又問了一次，只見坤哥從名片盒拿出一張客戶的名片擺在桌上。

「還記得這個客戶吧？」

大俊工具機，前幾個月我才整理過適合他的併購標的。

「客戶很喜歡妳推薦的標的，對妳讚譽有加。」

「我就只是整理資料而已……」

「資料整理得好也是門學問啊，不是誰都做得來的。而且妳不要小看這個客戶，他們野心可大呢，不只工具機，事業版圖橫跨金融、生技、醫療、地產，所長現在想方設法，就是要把他們集團底下的審計工作，都拉到我們事務所來。」

「所以剛剛跟所長講電話，就是為了這件事？」

「是的。」

「等等。」我突然覺得心裡毛毛的。「他們事業版圖有『地產』？」

「對對對，這麼重要的事竟然忘了說。」

坤哥說著又拿了張名片出來。我一看，整個人都傻住了。

「鷹峰建設？」

「是啊，妳應該也跟他們接觸過吧？我上禮拜跟他們董事長吃過飯。」坤哥指了一指桌上的名片，他們董事長姓丁，單名一個朗字。「他們是近幾年才成立的建設公司，在雙北蓋了不少住宅大樓，風評都很不錯。現在好像把目標轉到了基隆，新的建案聽說要蓋在車站附近，在那個什麼路上——」

「中山一路。」

「對對對，就是中山一路。妳去做義工的那個太太，聽說也住在那裡？」

「那個丁董事長跟你說的？」

「是啊。他說他們最近收購土地碰到了一些麻煩，有戶人家似乎因為感情因素，不想離開現在住的地方——」

「陳阿姨本來就沒有義務配合他們。」

「我知道，我知道，要是我應該也很難割捨。」坤哥面露微笑，完全沒有因為話被我打斷而顯得不悅。「那天的飯局上，丁董事長侃侃而談，說該房子的屋主本來都是一個人，最近跟久別的兒子重逢了，而且週末固定都會有一位女性志工到那邊幫忙。我聽丁董事長描述那位女志工，說是基隆人，姓林，年紀大概三十上下，外表乾乾淨淨的，在臺北的會計師事務所上班，做的是企業併購的工作。我記得以前聽人說過，妳平常有在做志工，當時跟丁董事長確認了其他細節，心想就是妳了。」

「然後對方就要坤哥你來安排飯局？」

「嗯，丁董事長想要跟妳談談那位太太的事。」

「他要我去說服對方？」

「應該是吧。」

坤哥說著喝了口桌上的茶，等我回話。我不知道該說什麼。當初明明說好了，陳阿姨房子賣或不賣，一切依我們的意願為主，可是現在鷹峰建設居然要這種手段，動用關係來逼迫我。更奇怪的是，他們怎麼知道我在臺北上班，而且還是在事務所做企業併購的相關工作？難道他們有請人暗中調查？真的有必要做到這種地步嗎？

「那公司的立場是？」我接著問道。

「公司沒什麼特定的立場，一切依妳的意願為主。」

「真的？」

「當然是真的。難不成妳不去跟丁董事長吃飯，我們就要扣妳獎金嗎？」

「可是我不去的話，公司是不是有些案子就拿不到了？」

「是會變得比較棘手啦。」

「我之前聽說公司最近的業績不太好？」

「是比較差一點沒錯。但是妳不要擔心這個，業務是我們做老闆的要去開拓，不應該落到你們肩膀上來。這個案子做不到，那就去搶別的案子啊。天底下沒有說這筆錢沒賺到就會死的，重要的是要對得起自己的良心。」

說到這，坤哥稍微停頓了一下，表情跟著嚴肅了起來。

「如果，那位太太覺得房子留著比較好，那就別賣，緊緊守著。如果妳也那樣覺得，那週末的約當然就不要去了，別浪費那個時間。但是如果妳心裡有一點猶豫，開始懷疑起一直以來堅守的信念，那我覺得或許是時候靜下心來，好好地把整件事情重新想一遍，看看是不是有什麼該考慮的點遺漏掉了，進而影響到最後的決定。總歸還是那句老話，深思熟慮後再做決定，做了決定後就義無反顧，不要回頭。」

「可是你不是答應所長了？」我想起坤哥方才向所長允諾，他會把事情辦妥。

「這妳不用擔心，我會再想辦法——」

坤哥話沒說完，祕書忽然敲了敲門，探頭進來。

「九點四十的客戶已經到了，在樓上等。」

「啊，我都忘了。」

坤哥看了看手錶，站起身來，一面穿上西裝外套，一面順手打了通電話給要一起去見客戶的協理，叫他準備一份文件。

「那我先出去囉？」我看是時候飄走了，於是也站起身來。

「再麻煩妳考慮一下了，剛才那件事情。」

「什麼時候給你回覆？」

「星期三下班前，可以嗎？」

「好。」

我比了個OK的手勢，正要往辦公室外頭走去，坤哥突然又把我叫住。

「記住啦，還是剛才那句老話。」

我回頭望去，只見坤哥又掛上了他那個招牌的微笑。

「深思熟慮，義無反顧。」

3

晚上七點，雖然天空已經完全暗了下來，但外木山這一帶卻還是相當的熱鬧。我一下車，就看到旁邊有人在慢跑，有人在烤肉。沿岸彎彎曲曲的道路，在街燈的照耀下，就好像黑夜中的一抹銀河一般。

方才來的路上，我打電話問許平他們人在哪裡。許平跟我說了一會兒我還是搞不太懂，他忽然靈機一動，說我現在有智慧型手機了，就把他的位置傳來給我，要我按照手機地圖上的指示走。半晌，我走到代表目的地的紅色圓點附近，只見旁邊有幾個攤販，有的賣小吃，有的賣咖啡。底下岩石區則是好大的一片，每個地方都有三三兩兩的釣客聚集在那，就算仔細看也不知道陳阿姨他們身在何處。

「喂？」

我又打了通電話給許平。他一下就接了起來。

「我在上面了，你有看到我嗎？」我朝著下方的岩石區揮了揮手。

「妳今天穿白色衣服？」

「嗯。」

「這邊啦，我看到妳了，妳往左邊看。」

我往左邊一望，只見許平跟陳阿姨待在一塊平緩的岩石上。陳阿姨一看見我，也跟著許平舉起手來揮了一揮，大聲地喊了我的名字。

「阿芬，阮在這啦！」

「嗯，我看到矣！」

我四周看了一看，觸目所及都是崎嶇的岩塊，沒有可供人行的步道。

「你們那邊要怎麼下去啊？」我問電話另一頭的許平。

「妳要下來嗎？我們收拾收拾就要上去了。」

「你們要回去了？」

「沒啦，我們要到旁邊的熱炒店吃個東西，妳也一起來吧。」

「嗯嗯，那我在上面等你們。」

搭了一個多小時的車，再走上剛才那一段路，嘴巴也有些渴了。半晌我掛斷電話，看到旁邊賣小吃的攤販也有在賣飲料，就走了過去。

「這怎麼賣？」那是個賣烤香腸的小販，旁邊一個箱子裡擺著些冷飲。

「水一罐十塊，其他的一罐二十。」

「我買一罐水。」

我伸手拿錢包，老闆則是幫我把礦泉水拿起來，擺在攤車上。

「汝認識那個歐巴桑？」

「嗯？」

「就在下面飼魚仔那個啊，汝適才跟她揮手。」老闆接過我手中的零錢。「我看她常常來這飼魚仔。」

「她每個月都會來一回。」我說。

「嘿啊嘿啊，而且每回來都是在那個所在，十幾年矣都無變過。」

「十幾年矣？」

「嘿啊，我民國八十五年開始在這裡賣吃的，過兩三年仔就看她每個月都會來這飼魚仔。以前只有她一個人，今仔日頭一回有人陪她。」

「那個人是她後生。」

「莫怪，我看他們兩個很親——頭家汝要什麼？吃的還是喝的？」

老闆看見旁邊有個客人來了，連忙轉過身去招呼。

「一罐水。」

「這樣剛好十塊。」

老闆說著又從箱子裡拿了罐礦泉水起來，那位客人則是掏出十塊交給老闆。我本來想去旁邊等許平他們上來，不料才剛要走，那位客人突然喊了一聲。

「林小姐？」

那位客人嘴上叼了根菸，看見我回過頭來，連忙把菸取下。

「是我啊，之前在天母見過面。」

「許先生？」我仔細一看，眼前的人是許添龍。

「你跟秋琴一起來的嗎？」許添龍問道。

「沒有，我是來找陳阿姨跟許平的。」

我話才說完，一旁就傳來陳阿姨的聲音，叫許平走路小心點，不要滑到。

「不會啦，我腳步踏很穩的。」

許平一邊說一邊扶著陳阿姨上來。我跟許添龍雙雙走上前去。

「阿芬汝現在來剛好，咱一起去吃熱炒，很好吃的。」

「好啊，我肚腹也餓矣——」

「阿龍？」

陳阿姨猛然看見許添龍在我身後，整個人都傻住了。而許添龍看見陳阿姨就在眼前，彷彿也有些恍惚，隔了半晌才回過神來，輕輕喊了一聲陳阿姨的名字。

「好久無見矣，阿琴。」

熱炒店位在大武崙沙灘的斜前方，走過去大概三分鐘左右的路程。半晌我們到那邊吃東西，許添龍由於還沒用餐，也跟著一起過來。原來他下午來基隆找朋友，離開後想說跟陳阿姨很久沒見了，就開車到中山一路他們以前住的地方看看，不料陳阿姨剛好不在家裡。那時他敲了幾聲門，都沒有回應，正準備離開，碰巧隔壁一個鄰居從外頭回來，告訴他陳阿姨可能在外木山這一帶的海邊。他於是就開車過來碰碰運氣，沒想到一下車就在路邊遇到我。

許添龍當時跟那個鄰居聊了一會兒，得知前陣子鷹峰建設來找麻煩，許平手骨遭人打斷的事。半晌菜上來了，我們大家一面吃著，許添龍一面關切起事情的始末，陳阿姨於是把來龍去脈稍微說了一遍，但大概是怕許添龍擔心，說得十分籠統，末了則是一直強調他們現在已經和解了。我一旁聽著聽著，忽然想到早上坤哥跟我提到的週末和鷹峰建設丁董事長的飯局。他們現在雖然不再來騷擾陳阿姨，但卻從旁邊的關係人下手，先是要王毅鐸拜託許平說情，現在又把腦筋動到了我身上。如果我早上的假設沒錯，鷹峰建設有派人暗中調查陳阿姨周遭親友的事，難保他們下一個目標不會是許添龍。我本來想把這件事情說出來，但轉念一想，還是決定先暫時擱著。一來我沒有明確的證據，二來陳阿姨和許添龍久別重逢，應該多聊點開心的事情才對，那些亂人心神的紛紛擾擾，就留到以後再說吧。

「以後他們若是又來，千萬要跟我講一聲！」

許添龍聽完鷹峰建設那些惡形惡狀，氣得咬牙切齒，一邊交代著陳阿姨，一邊重重地將筷子放在桌上。

「就說免煩惱，阮已經簽和解契約書矣，他們若是又來，是要罰錢的。」

「建商最多的就是錢啊。」

許添龍拿起手邊的烏龍茶喝了一口，接著看向我來。

「對了，之前那件事妳查得怎麼樣了？」

「應該是李素珍把人拐走的沒錯。」

許添龍既然主動提起這件事，我便把這陣子調查的結果大致說了一遍。許添龍一聽到李素珍已經不在人世時，顯得相當的驚訝，又向我確認了一次。

「素珍已經死了？」

「嗯，民國八十七、八十八年那時候出車禍的。」

「漢仔不知道曉不曉得？」

「他應該是知道才對，因為他七、八年前有回來一趟。」許平從後面冰箱拿了罐汽水回來，聽到我們在談李素珍的事，順口說道。

「回來臺灣？怎麼都沒跟我說一聲？」

「他回來辦一些私底下的事情，好像也不想讓太多人知道。」我說。

「不曉得他在那過得怎樣？」許添龍從胸前的口袋拿出菸盒。

「聽說是開了一家書局。」

「書局？還真不像他會做的事情啊。」

那天從信義市場的阿婆口中，得知高承漢在雅加達開了一間「萬里書局」，我因為網路上查不太到，就託我幾年前嫁去印尼的一個大學同學，她剛好就住在雅加達，請她有時間幫我打探一下。只不過目前為止都還沒有消息。

除此之外，高承漢當年賤價出售六堵工廠一事，這陣子我趁著週末沒去陳阿姨住處幫忙的那一天，自己私下去調查了一番。我本來想過找許平一起去，但後來還是覺得自己來就好，不想占用他太多時間，也沒有告訴他。我的目標是找到原先接手的買家，但因為那塊地這十幾年來轉賣了好幾次，追溯起來不是那麼容易。

「汝的手？」許添龍拿出一支菸正要點燃，忽然看到陳阿姨手腕上的疤痕。

「無啦，就以前的逮事。」

陳阿姨說著翻過手腕，目光落在許添龍指尖上的菸。

「汝以前不是很不喜歡菸味？」

「嘿啊，但是這幾年仔壓力大。」

「工作？」

「工作也有，家裡也有。」

許添龍大概知道陳阿姨在擔心自己，便把香菸收了起來。

「妳剛才說素珍當年帶一個人回來後就瘋了？」許添龍啜了口茶，看向我來。

「嗯，你有想到什麼嗎？」

「不是什麼重要的事情。我只是好奇她為什麼要把人帶回來家裡。」

「有一些事情在家裡做比較方便啊。」許平說。

「你說她帶男朋友回來？」許添龍笑問道。

「嘿啊，素珍以前很愛她先生的。」

「敢是這樣？」我感到十分震驚，向陳阿姨確認道。

原本的朋友圈，生活中只剩漢仔一個人而已。」

「這應該講是一個願打，一個願挨。素珍那時候也很順從她丈夫的，婚後漸漸就脫離

「李素珍都沒反抗？」我問。

「她那些朋友好像很愛出去玩，漢仔無安全感。」

「他沒明講，但是就是那個意思。」

「繼續來往會怎樣？」許平夾了顆蒜頭，配著牛肉放進嘴中。

「什麼意思？他不讓李素珍繼續跟她的朋友來往？」

「就漢仔管他太太管得太嚴。」

「有發生什麼事情嗎？」

「但是跟漢仔結婚以後，就好像沒再聯絡了。」許添龍尷尬地笑了一笑。

「但是什麼？」我看許添龍欲言又止，連忙追問。

「朋友是有啦，但是……」

「這也有可能喔，李素珍以前敢有什麼比較好的朋友？」許平問道。

「汝們莫在那胡白亂猜，無定著素珍是在路上遇到朋友，帶回來家裡坐。」陳阿姨說。

「李素珍也可以去男朋友那啊。」

「男朋友會只帶回來一次？」我說。

「嗯嗯。」

「妳在懷疑她那些朋友？」許添龍問我。

「有這個可能啊。」

「阿芬是偵探，什麼人都要懷疑一遍。」

許平嘴裡的東西還沒吃完，就急著說話。我沒有理他，繼續向許添龍打探消息。

「李素珍結婚前的朋友，你們認識嗎？」

「不認識，我只在漢仔他們結婚那天，見過那幾個人一次而已。」

「阿姨也同款？」

陳阿姨聽我這麼問，輕輕地點了點頭。

「嘿啊，後來都無再見過矣。」

久未聯絡的朋友，在路上偶遇，接著帶回家中敘舊，這似乎也說得過去。但是李素珍當時精神狀況已經不太正常，真的會把人帶回家中？更重要的是，李素珍為什麼在那之後就瘋掉了？是那個「朋友」說了什麼刺激到李素珍的話？那些話又和當年許平失蹤的事件有關嗎？如果有關，那個「朋友」是怎麼知道的？還是說李素珍跟那些朋友表面上不再往來，其實沒有真的斷絕聯絡？

這些問題我只是在心中想著，並沒有說出口來。剩下的時間，我們大家一邊吃著桌上的魚肉飯菜，一邊聊著些無關緊要的事，半晌快要九點的時候，許添龍的太太打電話來叫他回去，而我們由於也吃得差不多了，就決定起身離開。許添龍說難得相聚，堅持這頓飯由他請客，買單之後，我們四個人一起過馬路走到對面的步道，再往前方公車站牌的方向漫步而去。此時天色雖暗，但天空清朗無比。沒有雲，滿天的星斗，再加上彎彎的月亮懸在天邊，看上去相當的神清氣爽。沿路上，我來時看見的餐車都還在那裡，人潮也沒有退去的跡象。散步的依舊散步，喝咖啡的依舊喝咖啡，談天說地的依舊談天說地，彷彿他們的一天永遠都不會結束似的。

「這裡還真熱鬧啊。」許平邊走邊看，像出來逛街似的。

「嗯，外木山大概是基隆少數除了廟口以外，晚上還可以這麼熱鬧的地方。」

「我也來擺個餐車好了，當個陸上的討海人。」

「可以試試看啊，生意應該不錯。」

陳阿姨和許添龍走在我們前方，我和許平說話時，他們倆也在聊天。雖然我聽不到他們說話的內容，但想必是在聊什麼愉快的話題，陳阿姨有時候會捂著嘴笑，我很少看見她那麼放鬆的樣子。

「他們倆其實還滿配的耶。」許平說。

「所以才會結婚啊。」

「我的意思是，我阿母小小隻的，我阿爸身高也不高，走在一起恰恰好。」許平像在測量似的，舉起手來，讓左右手的手掌分別對齊前方兩人的高度。「妳想想看，如果我阿爸如果一百八十幾公分，」許平忽然把右手抬高。「那還得了？看起來不像七爺八爺出巡，也像爸爸帶小孩出門吧？啊？怎麼了嗎？」

我忽然停下腳步，許平見狀也跟著停了下來。

「有種奇怪的感覺。」我說。

「跟我剛才說的話有關？」

「應該吧，就突然想到什麼，但我又說不出來。」

「七爺八爺？」

「不是。」我搖搖頭。

「爸爸帶小孩出門？」

「也不是。」

「啊？我剛剛就打了這兩個比喻而已啊——」

「汝們兩個在那做啥？」

我和許平抬頭一看，只見陳阿姨和許添龍已經走到了前方的公車站牌。陳阿姨看我們沒有跟上，舉起手來揮了一揮。

「無想要回去啊？」我們走上前去，陳阿姨笑著說道。

「阿芬突然靈感噴發。」許平說。

「靈感？」

「無啦，莫聽許平亂講。」我看陳阿姨一副丈二金剛摸不著頭腦的樣子，趕緊把話帶開，因為我自己也不知道要怎麼解釋。這時遠方一道海浪打上岸來，激起三、四公尺高的浪花，在我們身旁等公車的人群發出一陣驚呼。

「我載汝們回去好矣，我的車就停在頭前。」許添龍說。

「免啦，公車連鞭就來矣。」陳阿姨看了看手錶，婉拒許添龍的好意。

「我載汝們回去比較快，也比較舒適。」

「真的免啦。」

許添龍看陳阿姨心意已決，也沒有再堅持下去。但就在他跟我們說了聲再見，轉身正要離開時，陳阿姨突然朝著他的背影喊了一聲。

「對矣——」

許添龍回過身來，陳阿姨顯得有些躊躇，隔了半晌才又開口。

「那張信，汝敢有收到？」

「信？」

陳阿姨看許添龍一臉茫然，連忙解釋說四年前許添龍寄了封信給她，她有回信，但之後都沒有許添龍的消息了。我這才想了起來，陳阿姨指的是先前許添龍從天母寄來，向她致歉的那封信。我這次就是憑著信封上的地址，才找到許添龍的。

「敢無印象矣？」陳阿姨問道。

「我有收到啦。但是我怕共汝打擾到，就無再寫信給汝矣。」許添龍說。

「這樣唷。」

陳阿姨好像終於了悟了什麼似的，輕輕地點了點頭。

「汝們真的不用我載？」許添龍問道。

「免啦。」

陳阿姨說著擺擺手，叫許添龍趕快回去，不要讓家人擔心了。

「好啦，我來走矣。」

許添龍又跟我們說了聲再見，接著便獨自一人往前方的停車場走去。而我們要搭的公車，也剛好在這時候開了過來。

「慢慢仔來——」

我扶著陳阿姨排隊上車。不一會兒輪到我們，陳阿姨忽然回頭一望，我跟著看去，只見陳阿姨的視線落在遠處許添龍的身影上。

「快喔。」公車司機在車上催促道。

「來來來。」許平先上車，然後轉過身來扶著陳阿姨。就在這時，我耳邊忽然響起許平稍早說的那句話：「我阿母小小隻的，我阿爸身高也不高，走在一起恰恰好。」我站在門邊，上車前又朝許添龍已經有點模糊的背影看了一眼。

「那個人該不會就是——」

剎那間，我終於明白方才那個感覺從何而來。

那個「奇怪的感覺」。

4

松柏育幼院位於接近山頂的一片空地上，外頭是一道約兩公尺高、漆成白色的石牆。石牆左側靠近路口的地方，是育幼院人車共用的出入口，旁邊立著一塊招牌，上頭寫著「松柏育幼院」幾個大字。

招牌的斜後方，是育幼院大概一坪大小的警衛室。

「好好好，我了解……」

年紀大概四十多歲的警衛，掛斷電話後抬起頭來，推了推滑到鼻翼上的眼鏡。

「連院長待會出來，你們裡面稍等。」他指了指一旁的會客室說道。

「好，謝謝。」

我和許平向對方道了聲謝，接著往警衛室旁的會客室走去。

今天是二〇一七年的元旦。上個週末，我和許平說好這天要到育幼院來，向院長打探當年在山區發現他時的情形。我們跟院長約了上午十點見面，一個多小時前我和許平在市區會合，稍微吃了點東西後，兩人叫了輛計程車往暖暖山區開來。但由於時間抓得不是很準，稍早到的時候才九點半而已。

昨天禮拜六，是和鷹峰建設丁董事長那個飯局的日子。那天坤哥告訴我這件事，說實在的，我本來是覺得看在公司的面子上，去一下也無所謂，不要承諾什麼就好；但後來又想，如果讓對方有所期待，接下來可能會有斷不了的麻煩，還是趁早劃清界線比較妥當。於是隔天上午，我一進公司就去找坤哥，告訴他禮拜六的飯局我決定不去。而坤哥似乎早就料到我會這麼說，聽完之後只是笑了笑，說他知道了。我則是覺得自己好像做了什麼虧心事，那天一整天心裡都不甚平靜。

除了和鷹峰建設的飯局，這禮拜還有一項工作之外的事情要辦，就是聯絡育幼院的院長。我事先在網路上查了一下，松柏育幼院成立於民國六十八年，現任院長叫「連艾才」。我問過許平，他說他小時候的院長的確姓「連」，但名字叫什麼就沒有印象了。為了不要白跑一趟，我禮拜三午休的時候打電話過去確認，結果很幸運的，那位連艾才院長的確就是當年在山區發現許平的人。不僅如此，他對許平的印象還十分深刻，一聽到許平的名字，就問我說是不是腰後面有個胎記，很愛調皮搗蛋的那個孩子。我當時聽了又驚又喜，連忙說就是那個許平沒錯，另外也把陳阿姨母子倆重逢的事告訴了他。連院長一得知此事，在電話那頭激動萬分，一直向我追問細節；而我也因為有過去的事情要向他請教，於是便跟他約了今天上午在育幼院碰面。

「院長來了——」

我聽見許平的聲音，抬頭一看，透過會客室的玻璃窗，只見一個穿著夾克的人正從育幼院裡頭走了出來。我和許平站起身，打開會客室的門出去，對方看見我們，一面揮著手，一面加快腳步走了過來。

「林小姐？許平？」連院長看了看我，又看了看許平。

「嗯。」我和許平點了點頭。

以前的刻板印象，總覺得育幼院的院長應該長得慈眉善目，和藹可親。然而此刻站在我們眼前的連院長，外表卻頗為慓悍，雖然已過耳順之年，眼睛還是十分有神，再加上四四方方的臉型，飛張的眉毛，乍看之下有點讓人難以親近。不過這些都是我多餘的想像，當連院長在會客室門口看到許平的那一剎那，身上那股驃悍之氣頓時間蕩然無存。只見他走上前來，先是一陣噓寒問暖，接著一把握起許平的手，紅著眼眶恭喜他終於和母親團圓。許平感覺起來雖然有些尷尬，但整體來說還算是自在的，不像和陳阿姨相認時那樣為難。不過這也難怪，畢竟這裡才是許平度過童年的地方，而連院長才是那個陪伴著他成長的人。

「真的是好久沒見了。」連院長摘下眼鏡，擦了擦眼角的淚水。「我想想，你上次回來是什麼時候？剛上大學那個暑假？」

「應該是吧，我也忘了。」許平尷尬地搔了搔頭。

「後來怎麼都沒回來了，課業太重？」

「對啊對啊。」

許平這很明顯是在說謊，但連院長心地善良，並沒有戳破他，而是面帶笑容，繼續帶著我們往育幼院裡頭走去。

這是我第一次到育幼院來。半晌穿越一道長廊，只見外頭是一片黃土操場，有許多孩童正在那裡奔跑嬉戲，充滿活力的笑鬧聲不絕於耳。年紀較大的孩子，大多待在操場左邊的籃球場上，再過去有一些盪鞦韆、溜滑梯之類的遊樂設施，年紀較小的孩子就在那邊玩耍。另外還有些小朋友，樣子看起來是小學生，分成兩群站在操場前後兩側，拿著網球你丟我接，也是玩得不亦樂乎。

許平許久沒有回來，驟然看見這些充滿他童年回憶的地方，感覺好像十分激動的模樣。連院長本來要帶我們到院長室去，一察覺到許平躁動的情緒，就提議帶我們四處走走，看看育幼院的環境。我們於是先到二樓，看了看院內孩童用餐的地方，接著又繼續往上爬，那裡是一些教室，假日會有志工過來幫忙輔導孩子，再往右邊走去則是一個小型的圖書館，此刻館內有的孩子坐在椅子上，有的孩子坐在地上，各自拿著喜歡的書本翻閱著，完全沒有發現外頭有人走過。而連院長大概是怕打擾到他們，刻意放輕腳步，帶我們從旁邊的樓梯下去，一面走著，一面也問起了許平和陳阿姨重逢的經過。我於是把事情的始末，還有那天電話中沒提到的細節都說了一遍。

「所以是因為腰上的胎記而相認的？」我們回到一樓，連院長問道。

「對，後來驗了DNA也證實是親子沒錯。」

操場左手邊的空地上有一座涼亭，連院長帶著我和許平往那裡走去。涼亭後方是一片叢生的雜草，旁邊停了兩輛工程車。

「這涼亭是新蓋的乎？我記得以前沒有。」許平說。

「對呀，這裡以前是私人土地，前陣子才捐給育幼院的。」

「那片草地之後是要蓋什麼嗎？」我問連院長。

「籃球場。」

「籃球場不是已經有了？」許平說。

「但是不夠啊。大家常常為了球場吵來吵去，有幾次甚至還打了起來。」

「蓋籃球場要花不少錢吧？」我說。

「是啊，不過這次算我們運氣好，去年夏天有個企業家一捐就是一百萬，我就趁機把育幼院整頓整頓，室內一些漏水的地方，也都一併修復。」

「哪位企業家啊？」

「對方為善不欲人知，我就不方便講了。」

連院長一面說，一面在涼亭的石凳上坐了下來。

「我們來談談正事吧。那天妳在電話裡說，想要知道我當年在山中遇到許平的詳細情況？」

「嗯，院長你還有印象嗎？」

「印象是有，但是我還是覺得很驚訝，妳那天說許平當時是被人拐走的？」

「應該是，不然他一個小孩子，不太可能自己走到這裡來。」

我跟許平也坐了下來。那天在電話中我沒有說得很詳細，因此連院長對於這一連串的事情也只是略知梗概。我於是趁著這個機會，把目前的假設從頭到尾說了一遍。這期間連院長一直專注地聽著，直到半晌我解釋完李素珍擄人的動機，他才又接過話頭，告訴我們當年是怎麼發現許平的。

「那天我記得是晚上六點多快七點，我吃完晚飯，一個人到後山去散步。那時候天色已經暗了，我帶著手電筒從旁邊的小徑下去，走沒多久，就聽見前方的樹叢裡有些窸窸窣窣的聲音。這一帶山區常常有些野貓野狗，有時候會攻擊人類，我本來想加快腳步過去，沒想到才剛經過方才發出聲音的那個樹叢，裡頭竟然傳來哭泣的聲音。那個聲音我很確定是人類，當下撥開附近的雜草一看，就看見當時不到三歲的許平，全身上下都是泥巴，一個人抱著膝蓋縮在那裡。我問他爸爸在哪，他搖搖頭說不知道，問他媽媽在哪，他也搖了搖頭說不知道。那時候我年紀還輕，不太會處理事情，正感到慌亂的時候，許平突然起身衝了過來，抱住我的大腿說他肚子餓，一邊說一邊哭，越哭越大聲。我於是趕緊把他帶回育幼院，請廚房阿姨熱了些飯菜給他。」

「當時附近有什麼人嗎？」我問連院長。

「許平的周圍是沒有，不過再遠一點的地方我就不確定了。」

「再遠一點是哪裡？」

「那一帶有條登山步道，偶爾會有民眾上來散步。」

「那院長你帶許平回去的途中，有遇到什麼人嗎？」我接著又問。

「有是有，但並不是附近的居民。」

「幾個人？男的還是女的？」

「印象中是一個男的。」

我連忙拿出手機，打開之前我們在信義市場用來找人的那張照片給連院長看。先前照片是存在許平那邊，現在我因為換了手機，也複製了一張過來。

「是身高最高的這個嗎？」我指著照片中的高承漢。

「我看一下。」

連院長接過手機，仔細地看了一會兒。

「怎樣？是照片中的人嗎？」

「年紀或許是差不多，但長相我就沒有把握了。」

「是解析度的問題嗎？還是說要把照片放大一點看看？」

「不是解析度的問題。」

連院長搖搖頭，把手機還給我。

「是我對那個男的長相本來就是模糊的。畢竟那時候也晚上了，附近又沒什麼燈光，人的五官很難看得清楚。」

「那對方的神色呢？有特別慌張嗎？」

「應該是還好。不過我那時就當他是來散步的民眾，也沒有特別注意。」

連院長說著看向許平，他從剛剛就一直沒有說話。

「怎麼你自己的事，人家比你還要關心？」

「她是偵探，我只是她的小助手而已。」

「不好意思——」

操場那頭突然傳來一個孩子的聲音，我們抬頭一看，只見一個小男孩正追著一顆在地上滾的網球，往我們這邊跑來。

「可以幫我撿一下嗎？」那孩子看見涼亭有人，揮著手對我們喊道。

「我來我來。」

這時網球剛好滾到了涼亭前的臺階。許平走到外頭將球撿了起來，接著擺出一副棒球選手投球的姿勢，對著小男孩喊了一聲「接好囉」，咻地一聲將球丟了出去。小男孩站在二、三十公尺遠的地方，看見球從空中飛來，也擺出了接球的姿勢，而那顆綠色的網球就好像被磁鐵吸過去一般，在藍天下劃出一道弧線，最後砰的一響，落入了小男孩的手中。我在涼亭裡看著看著，忽然想到有件事情還沒跟連院長確認。

「對了，許平那時候身上有戴著玉佩嗎？」我問連院長。

「玉佩？」

「嗯，綠色的玉佩，上頭刻著觀世音菩薩的雕像。」我看連院長有些困惑，把玉佩的樣子描述給他聽。

「妳說許平失蹤時戴著那塊玉佩？」

「嗯，那塊玉佩是他媽媽去龍山寺求來給他的。院長你有印象嗎？」

「我不記得了，」連院長搖了搖頭。「但我想應該是沒有才對，不然那麼貴重的東西，我肯定會幫他保留起來的。」

「會不會是掉在山裡了？」

許平這時剛好回到涼亭裡，聽見我跟連院長在談玉佩的事。

「應該吧。」連院長說。可是我卻想到另一個假設。

「也可能是有人把玉佩拿了下來。」

「妳說李素珍？」許平問道。

「高承漢也有可能。」

「動機呢？那又不是什麼值錢的東西。」

「跟錢無關。綁匪擄走肉票後，通常都會從肉票身上拿下某樣物品寄給家屬，而當時你身上最顯眼的東西，恰巧就是脖子上的那塊玉佩。」

「可是李素珍當年把我帶走又不是為了勒索。」

「是不是勒索沒差。我想他們只是要讓你爸媽擔心，才拿下玉佩的。」

「那為什麼後來又沒有寄給我爸媽？」

許平雙手一攤。連院長坐在旁邊，也是一頭霧水的表情。

「應該是發生了什麼在他們計畫之外的事。」我說。

「比如？」

「目前還不清楚。但我想當年就是因為那件『意外』，」我望向前方塵土飛揚的操場。「你才會被人帶來這裡的山區『放生』。」

5

「妳會不會想得太複雜了啊？」

坐上回市區的公車，我把稍早在育幼院想到的事情記錄在筆記本上。許平坐在我旁邊，表情看起來有些無奈。

「你說玉佩的事？」我一邊寫字一邊回道。方才在育幼院，我們和連院長談到了將近中午十二點，連院長說要到食堂看孩子們打飯，我和許平於是先行告辭。由於山區來往的車輛較少，連院長本來要替我們叫計程車，但我後來想想反正也不趕時間，便和許平步行到育幼院附近的站牌，搭乘前往市區的公車。

「嗯，玉佩應該就像我剛才講的，掉在山裡不見了。」許平說。

「又沒有證據。」

「妳說的『意外』啦、『放生』啦，不也只是假設？」

「姑且不論證據，你覺得不合理嗎？」

「至少我想不到那件『意料之外的事』會是什麼，這點目前就連假設也沒有。」

「假設啊……」

我低頭看著手中的筆記本，喃喃自語。我和許平這幾個月來調查的足跡，都記錄在這本筆記本上。一開始是去年十一月份，我們去天母拜訪許添龍，得知了高承漢和李素珍這兩號人物。後來為了深入了解李素珍的狀況，我們到信義市場走了一個下午，最後從阿婆口中得知李素珍已經不在人世、而且生前的精神狀況有些不太正常的消息。而今天我們又趕來了暖暖山上，向連院長打探當年發現許平時的詳細情形，也才知道那時附近山區有一位陌生的男性，還有許平原本配戴在脖子上的那塊玉佩，當年不知何故不翼而飛。其實，那件「意料之外的事」可能是什麼，我不是完全沒有想法，只是我一直猶豫要不要告訴許平。不過現在看來，或許是時候了。

「可能是高承漢發現了什麼李素珍的祕密。」我闔上手中的筆記本。

許平本來拿出手機正要玩，聽我這麼說又放了回去。

「什麼樣的祕密？」

「夫妻最容易因為什麼樣的祕密失和？」

「私房錢？小三？」許平忽然睜大眼睛。「李素珍外遇？」

「不無可能。」

「李素珍還能跟誰搞外遇？」

「她當年生活中有一個男性友人。」我說。這時公車剛好開到山腳下，在等前方雙線道的紅綠燈。

「男性友人？」許平沉吟片刻，接著突然叫了起來。「我阿爸？」

「嗯。我覺得李素珍當年帶回家裡的人就是你阿爸。」

「妳說李素珍瘋掉之前見的那個『友人』？」

「對。禮拜一在外木山，我不是跟你說我有種『奇怪的感覺』？我後來想到為什麼了。我們一直糾結當年李素珍帶回家的人是誰，卻忽略了另一個重要的問題。李素珍帶了個人回家，看到的鄰居有人說是男的，有人說是女的，這是為什麼？有什麼原因會讓人乍看之下，難以判斷性別？」

「因為我阿爸的身高？」

「嗯，你阿爸長相秀氣，加上身形以男性來說略為矮小，不認識的人乍看之下，會誤認為女性也不無可能。」我把手機拿出來，打開稍早給連院長看的那張照片，裡頭由左至右分別是：許添龍、陳阿姨、李素珍、高承漢。其中最高的是高承漢，可能超過一百八十公分，其次是李素珍，應該在一六五上下，再來就是許添龍和陳阿姨，許添龍比李素珍稍微矮一點，至於陳阿姨則是連一百六十公分都不到。「如果當年李素珍帶回家中的人就是你阿爸，之前那個困擾我很久的問題也就說得通了。高承漢當年之所以那麼狠心，把你帶到山上，放你一個人在那裡自生自滅，說不定就是因為發現了李素珍跟你阿爸有什麼不可告人的關係，想要藉此報復。」

把許平帶到山裡的人是高承漢，這個假設我當初第一個跟小雯講，後來也跟許平和陳阿姨提過。他們的反應跟小雯差不多，認為其中有些地方不太合理。

「如果是這樣，我阿爸那天的反應也太怪了吧？」許平說。

「你說在外木山那天？」

「嗯。他那時候主動問起當年的『那個人』，難道不怕我們起疑？」

交通號誌在這時轉成綠燈，公車緩緩地往前開去。

「完全不好奇反而不自然吧？」我說。

「你的意思是我阿爸在演戲？」許平往後靠在椅背上。

「如果我的假設是對的話。」

許平點點頭，不一會兒忽然叫了出來。

「不對啊。李素珍怎麼會跟我阿爸搞外遇？她那麼愛高承漢——」

「一開始或許是這樣沒錯。」

「一開始？」

「嗯。李素珍起先一定是深愛著高承漢的，婚後才會甘願放棄自己原本的生活。但後來相處久了，我想她或許是發覺兩人世界沒有想像中的美好，想要重拾過去的人際關係，可是又沒辦法再融入先前的朋友圈中。」

「然後我阿爸就趁機介入？」

「也可能是李素珍主動的。」

許平看起來還是不太相信。我於是接著解釋，夫妻間感情再好，難免都還是會有些摩擦。而李素珍因為脫離了原本的朋友圈，壓力日積月累，最後能夠傾訴的對象就只剩許添龍和陳阿姨，這兩個高承漢當年時常往來的友人而已。至於為什麼會找許添龍，而非陳阿姨傾訴，我想是因為女人間雖然有些事情可以暢所欲言，但卻也容易彼此嫉妒，尤其處於弱勢的一方，往往不會輕易示弱。但是在男人面前，有的女人可以放下自尊，她們貪圖的是那種讓男人捧在掌心上，細細呵護的感覺。我不清楚那時候許添龍和陳阿姨的感情如何，但許添龍對李素珍或許本來就有些好感，畢竟李素珍原先可是要當電影明星的，這樣子的女人投懷送抱，又有誰抗拒得了？

「妳覺得我阿母知道嗎？」許平聽我說完，嘆了口氣。

「應該是不曉得吧。」

「我也這麼覺得，不然就太切心了。」

「其實我本來也在猶豫，要不要把這個『假設』告訴你的。」我說。

「為什麼？」

「他們一個是當年把你拐走的嫌疑犯，另一個是你的親生父親。兩人如果真有什麼不可告人的關係，我想說對你的打擊應該……會不小吧？」

「還好啦。就算妳說的是真的，那也是他們的感情世界，跟我沒有關係。」

「你看得還真開。」

「我還可以看得再開一點，妳看。」

許平說著裝出了個鬥雞眼，接著又把眼球往兩旁拉去。

「你很煩耶。」

我撇過頭，忍不住笑了出來。就在這時，公車開到循環站前的紅綠燈，許平外套口袋裡的手機也剛好響了起來。

「我阿母打來的。」許平拿出手機，上頭的來電顯示是陳阿姨家。

「應該是要你多加件衣服，以免感冒。」

「妳還真瞭解她。」

許平說著接起電話。陳阿姨知道我跟許平今天早上有事外出，現在大概是打來問我們在哪，只見許平對著電話說我跟他現在在公車上。

「又拿東西來矣？」

陳阿姨不知道說了什麼，許平臉色突然大變。

「好好好，汝莫緊張，我跟阿芬連鞭就過去汝那邊。」

「怎麼了？」許平一掛上電話，我立刻問道。

「那個人又拿東西來了。」

「那個人？」我先是一愣，但隨即就了悟過來。「你說警告信？」

「不只是警告信，他們這次還拿了別的東西來。」

「別的東西？」

許平靠在椅背上，重重地嘆了口氣。

「嗯，一隻小雞的屍體。」

「那個人有夠夭壽！」

我和許平本來要在循環站下車，因為陳阿姨的這通電話，臨時改變地點，一直往前搭到港西街上的公車總站。在那裡下車後，我們急急忙忙往陳阿姨住處趕去，而陳阿姨因為知道我們要來，老早就在門口等了。

我和許平還來不及說話，就被陳阿姨拉進屋裡，帶到客廳角落的茶几旁。那裡擺著一個邊長大概十公分的白色紙盒。我探頭看時，只見裡頭裝著一隻不到半個掌心大的小雞，羽毛都還有些稀疏，頭顱和身體幾乎是對折的，應該是剛出生不久就遭人扭斷脖子。紙盒底下另外壓著一張紙。我拿起來一看，跟上次的警告信一樣，寫著「許平失蹤的事，不要再查了」幾個方方正正，不想讓人辨認出字跡來的大字。

陳阿姨在一旁坐了下來，花了幾分鐘的時間跟我們解釋剛才發生的事情。簡而言之，就是稍早大概十一點半左右，陳阿姨出去吃午餐，順便採買一些日常用品，十二點多一回來，就看到家門口擺著我們眼前這個白色的紙盒。她本來以為那是路過民眾隨手丟棄的垃圾，要拿進去家裡丟，沒想到一撿起來，發現盒子裡似乎裝著什麼東西，打開來一看，除了小雞遭人扭斷脖子的屍體外，下方還壓著我剛才看到的那張警告字條。

由於這一帶有許多野貓野狗，陳阿姨心想那個人把盒子放在家門口後，或許沒有馬上離開，而是躲在附近監視，以免裝著小雞屍體的盒子讓貓狗叼走。然而她當時在四周看了一下，並沒有什麼行跡可疑的人物。後來向附近的鄰居詢問，大家也都沒有看到那個時間點前後，有什麼人在他們那一帶徘徊逗留。

「路口那支監視器，不知有拍到什麼否？」許平指了指外頭道。

「那個早就壞去矣啦。」陳阿姨說。

「汝怎麼知道？」

「就前陣子那裡出車禍，結果監視器畫面調出來一看黑漉漉，什麼都無。」

「無定著現在修好矣。」

這時廚房傳來「噹」的一響。許平起身往廚房走去，一會兒端著個盛著吐司的盤子出來。現在是下午一點半，我們兩人都還沒用餐。剛才陳阿姨在說明事情經過的時候，許平一邊到廚房覓食，最後找到了吐司。

「就算修好矣，也要警察來看，他們敢有那種時間？」陳阿姨說。

「這回算是恐嚇，他們一定要處理的。」我說。

「還有『虐待動物罪』，他們若是不管，動保團體會出來抗議的。」許平拿了一片吐司，把手上的盤子遞給了我。「不過這次也太巧了。我們前幾天才說要去育幼院，他們今天就拿這個盒子來，是不是請了徵信社跟監啊！」

「徵信社敢會做這款違法的逮事？」陳阿姨看了看我，又看了看許平。

「看人家給他多少錢啊。」許平說。

「敢若有錢，什麼都做得出來？」

「當然囉，汝無看一些退伍的將軍，都跑去替阿共做逮事？」

「說到徵信社……」

「怎樣？」許平看我突然喃喃自語，轉過頭來問道。

「鷹峰建設應該有在跟監我們。」我說。

「鷹峰建設？」

「嗯，這禮拜他們……」我稍微解釋了一下鷹峰建設找上所長「談生意」，透過坤哥向我施壓的事。我跟鷹峰建設的人只見過幾次面，對方連我姓什麼都不知道，居然找得到我工作的地方，這肯定是請了人暗中調查。

「汝怎麼都無跟阮講？」陳阿姨著急地問道。

「這也不是什麼了不起的逮事啊。」

「不可能是他們啦。」許平咬了一口手上的吐司，抹了抹嘴巴。「鷹峰建設要的只是這間房子，就算我們不再調查當年的事情，對他們也沒有好處啊。」

「那你還有別的人選嗎？」

「高承漢啊，只剩他有動機。」

「你說怕真相曝光？」我也咬了一口盤子裡的吐司。

「對啊，如果當初真的是他把我丟到山裡的話。」

「可是就像上次討論的，高承漢人在國外，我們找到真相對他也沒有影響吧？」

「搞不好他有潔癖，就是不想讓人知道他當年幹過什麼事情。」

許平說著大嘴一張，三兩下啃掉手上的吐司，接著又去廚房裡拿了一片。不過這次並沒有烤，應該是等不及了。

「先不管警告信是誰拿來的，我們接下來要怎麼辦？」許平問道。

「報警吧，這次做得太超過了。」我說。

「這樣敢好？」陳阿姨一臉擔憂地說。「萬一對方知道咱報警矣，警察又抓他不到，他下回不知又會做出什麼款的逮事來？」

「頂多就拿一隻更加大隻的雞仔來啊。」許平說。

「汝莫開玩笑啦。」

「我是講認真的。不然他們還可以做什麼？來把咱家燒掉？」

「敢無可能？汝不是說他們什麼都做得出來？」

「殺人放火就太譀[43]矣啦。」

我也覺得殺人放火這種事應該不會發生，不過陳阿姨卻還是不太放心的樣子。

「我看咱還是先莫報警好矣。」

「我無意見。妳覺得呢？」許平問我。

「好啊，咱先莫報警，反正以後調查小心一點就好矣。」

「汝還要繼續調查以前的逮事？」陳阿姨問道。

「嗯，我覺得真相就要找到矣。」

「真相不就是汝之前講的，李素珍當年因為嫉妒把阿平拐走，高承漢再將阿平帶到山

43 誇張、荒誕。

裡面去？」陳阿姨焦急地向我看來。

「是這樣沒錯，但是動機——」

「動機還能怎麼調查？有關係的人都聯絡不到矣。」

我和許平互看了一眼，都沒有說話。陳阿姨所言某種程度是對的。李素珍已經不在人世，我們自然沒有辦法向她查明真相；高承漢身在國外，聯絡上他的機率也是微乎其微。但許添龍和李素珍的關係，是可以確認的。只不過這目前僅是推論，缺乏證據。不適合對陳阿姨說明，和許添龍直接攤牌也不見得妥當。

我正這麼想著，只見陳阿姨嘆了口氣，起身走到客廳角落的茶几旁。

「不管真相如何，我只希望可以平靜過日子。」

「汝想太多矣啦。」許平走到陳阿姨身旁，我也跟了過去。

「想太多？」

「嘿啊，逮事不會那麼嚴重啦。」

陳阿姨沒有答話，而是將目光落在茶几上的紙盒。

「這個我等下拿去丟掉好矣。」許平說。

「丟掉啊……」

陳阿姨感覺面有難色，最後搖了搖頭。

「這樣太可憐，埋起來好矣。」

「要埋在哪？」

「後院應該還有一些所在。」

廚房後頭那個用矮牆圍起來的院子，除了是陳阿姨曬衣服的地方，靠著圍牆的一小塊區域，是裸露的土壤，陳阿姨在那種了一些花草。

「現在埋？」許平問道。

「晚一點我再來用，反正那裡的花草本來也要整理矣。」

陳阿姨說著雙手合十，對著盒子裡的小雞喃喃自語，拜了一拜。

「歹勢，害汝變作這樣。」

「又不是咱害的。」許平說。

「跟咱敢真的沒關係？上回就是無要無緊[44]，這回才會這樣。」

「哪有無要無緊，我們也很認真——」

「敢是這樣？當時因為那張信上面沒啥威脅的字句，咱稍些想一下可能是誰寄的，有什麼疑點，就煞煞去矣，最後還因為那張信證實汝們目前的方向沒有錯，暗自慶幸，根本都無想到繼續這樣下去的後果——」

「咱敢應該要妥協？」我對陳阿姨的話感到有些詫異，忍不住說道。

「我也不知。但是逮事變成現在這樣，我是無願看到的。」

「咱可以報警——」

「我講過矣，無想要把逮事搞得那麼大。」

陳阿姨擺了擺手，一面將茶几上的紙盒蓋了起來。

44 懶散、不當一回事。

「那個人今仔日殺雞，明仔載[45]不知會做出什麼逮事來？他若是對汝們動手怎麼辦？真相什麼的，敢真的那麼重要？」

「汝免煩惱啦，」許平說。「我會保護自己的啦。」

「保護汝的頭啦！」

陳阿姨往許平頭上拍了一下，眼眶裡瞬間堆滿淚水。許平見狀嚇了一跳，連忙扶著陳阿姨到旁邊的藤椅上坐下，一面輕輕地替陳阿姨拍著背，要她不要把事情想得這麼極端。我則是到一旁拿了衛生紙，給陳阿姨擦眼淚。

「我看還是先停一下好了？」許平等陳阿姨情緒稍微平復下來，對我說道。

「你也覺得不該再調查下去？」

「我是沒差啦，但我阿母會擔心啊。」

「我知道汝的出發點是好的，但是這世間壞人很多。」

陳阿姨把剛才擦眼淚的衛生紙抓在手中，抬起頭來看著我。忽然間，我想到兩個月前王毅鐸打斷許平的手骨，我們在醫院討論接下來要如何反擊，我和許平本來想說借助輿論的力量，讓鷹峰建設知難而退，可是陳阿姨卻擔心我們把事情鬧大，對方會對許平不利。這次的狀況又何嘗不是如此？雖然對手不見得是鷹峰建設，但陳阿姨心中的牽掛卻是與日俱增。這種親情的羈絆，我久沒體會已逐漸忘卻，但陳阿姨如今的一舉一動，卻都由它深深地支配著。對我而言，追究當年的真相或多或少，是為了滿足我自己的正義感與好奇心。但對陳阿姨來說，真正重要的事情只有一件，就是許平已經平安歸來。

45 明天。

「嗯，我了解矣。」

我回到原本的位子上，心裡感到有些失落，同時又有些羨慕。如果阿爸阿母還在的話，碰上一樣的事，應該也會這樣護著我吧？——

我一面這麼想著，一面拿起手邊已經冷掉的吐司咬了一口。

「調查的逮事就先停下來。」我說。

6

筆電螢幕上的字突然變得模糊。我揉了揉眼睛，再看一次還是一樣，那些數字好像紙上的油墨沾到了水，整個暈了開來。這已經是今天第三次了。我不得不閉上眼睛，按摩一下眼窩讓周圍的肌肉放鬆。

「阿芬姐——」

「嗯？」我張開眼睛，坐在我旁邊的 Vivian 正在叫我。

「妳現在有空嗎？我有一個問題……」

「怎麼了？」我拿下耳機，在專案室裡我習慣邊工作邊聽音樂。

「我的資產負債表一直弄不平……」

聽 Vivian 這麼說，專案室裡的人——包括坐在我對面的小雯——都抬起頭來看了一下。Vivian 被大家行了這麼一個注目禮，顯得有點難為情。

「我檢查過三遍了。」她小聲地說。

「嗯，沒關係，我看看。」

Vivian 現在做的是標的公司一家轉投資企業的價值評估，剛剛把三大財務報表的預測建在 excel 裡。我把她的筆電轉過來一看，只見表中第一年的總資產金額，比負債和股東權益的加總多了將近一百萬美金。我以前碰到這類問題，就是把資產負債表各個項目前後兩年度的差額，對照該項目在現金流量表上的數字，這樣就可以大致找出癥結所在。此刻我也如法炮製，一邊檢查數字，一邊跟 Vivian 說明當中的邏輯。

「這邊啦。」我看了一下，指著螢幕說。「折舊跟應收帳款都不一樣。」

「對乎，我忘記加回去了。」

「那就這樣囉，剩下妳知道怎麼做了乎？往後的年度也要記得改。」我拿起耳機，戴上之前和 Vivian 再確認一次。

「嗯，我瞭解了。謝啦。」Vivian 說。

今天是一月四日星期三，現在時間是晚上九點零五分。我和包括小雯在內、負責同個專案的五位同事，此刻都還在公司的專案室裡，努力趕著下禮拜要交給客戶的報告。去年八月，凱文老闆得知國內某金控想要進軍東南亞的銀行業，託我跟小雯調查了當地適合該客戶的標的銀行，這個案子客戶董事會上禮拜終於拍板定案，決定委任我們公司擔任這次併購邀約的財務顧問。而我跟小雯因為是當初整理資料的人，對標的的狀況最為了解，昨天一進公司，雙雙都被抓進了這個案子裡。

這次案子的時程相當趕，初版報告下禮拜五給客戶，這表示禮拜三之前就要先給老闆看過一遍，我們實際能工作的天數，包括週末也就只有八天。這對大家來說都是不小的壓力，對小雯而言更是宇宙霹靂無敵大的壞消息，因為她之前認識的那個老實哥跨年那天才跟她告白，兩人現在正在熱戀當中，一進這個案子等於連假日都不能約會。我們幾個比較熟的同事，星期一早上聽到老實哥跟小雯告白，當時的場景就像聖誕節過後那一天，大家看到我新手機時一般的熱鬧。小雯坐在休息區的椅子上，表情又害羞又甜蜜的告訴我們，跨年那天她和老實哥吃完晚餐去看電影，電影散場後到國父紀念館看一〇一的煙火，就在煙火結束的那一剎那，老實哥結結巴巴地表示想要交往，她大概矜持了五秒鐘就答應了。箱子哥那時候也和我們在一起，他很好奇小雯跟老實哥看了什麼電影，小雯說了一部愛情片的名字，箱子哥當下就得意了起來，又重複了一遍他之前那個第一次約會看什麼樣的電影，就會有什麼樣結局的論點。

「有空嗎？要不要下去買個喝的？」

耳機裡傳來「噹」的一響，我回神一看，只見螢幕上彈出一個視窗，是小雯傳來的訊息。我抬頭看了一下，小雯若無其事地繼續打字，不一會兒又是噹的一聲，這次是一連串「累爆了」加上「討拍」的表情圖案。

「好啊，現在嗎？」我打完字按下傳送鍵，立刻就收到小雯的回覆。

「嗯嗯，但我先去一下廁所，待會兒電梯口見！」

小雯傳完訊息，拿了桌上的識別證跟手機，起身走出了專案室。我怕大家以為我們是要一起去偷懶，假裝忙著工作，一面看著螢幕上的時間，等過了三分鐘左右才跟著離開。大樓的電梯在辦公室出去的正前方。我到那邊的時候小雯已經在一旁等了。她手上拿著手機，劈里啪啦地傳著訊息。不用說，對象一定是老實哥。

「我剛快睡著了。」小雯看見我來，呼了口氣。

「我也是，今天不知道大家打算幾點下班。」

「我想要十一點前走。」

「好啊。」小雯走我就得跟著走，因為這兩個禮拜我都要借住她家。

電梯這時來了，我們一起走了進去。

「Vivian 那邊還好嗎？」小雯把手機收進口袋裡，按下「1」的樓層按鈕。

「沒問題啦，第一次建模型，總會遇到那些問題。」

Vivian 是去年九月才進公司的新鮮人，第一次接觸這類的案子。

「倒是我自己有點 delay，資料一直抓錯。」

「我是忘記存檔了，弄了兩個小時的東西瞬間化為泡影。」

「天啊……」

「嗯，我剛跟老實哥講的時候，還差點哭出來！」

電梯很快到達一樓，我們出去後沿著旁邊的樓梯往地下室走去，那邊有一家便利商店。小雯想要提神，買了杯現沖的咖啡，我則是到旁邊的保溫櫃，拿了一罐玻璃瓶裝的巧克力牛奶。由於我們兩個現在的精神都沒辦法集中，半晌結完帳也沒有馬上回去辦公室，而是在便利商店靠窗的高腳椅坐了下來。小雯也一如我預期的，屁股還沒坐熱就迫不及待地掏出手機，跟老實哥報告我們兩個現在的所在位置。

「你們該不會下個月就說要結婚了吧？」我忍不住調侃道。

「說不定喔，未來的事誰曉得啊。」

小雯拿起桌上的咖啡啜了一口，向我看來。

「妳呢？跟那個姓許的發展得怎麼樣了？」

「我們還能怎樣？」我握著手中的巧克力牛奶取暖，一面給了小雯一個白眼。

「我覺得你們很配啊。」

「哪裡配了？」

「至少認識他以後，妳經歷了很多以前沒有經歷過的事情啊。」

「妳說像是親眼看見脖子被人扭斷的小雞嗎？」

「這就有點驚悚了……」

小雯尷尬地笑了一下。禮拜一我告訴她元旦那天發生的事情，她一聽到盒子裡裝著小雞的屍體，直接在茶水間大叫出來。

「不過到底會是誰啊，你們有討論過嗎？」小雯又啜了口咖啡。

「有是有，但不管是誰，動機好像都沒有說服力。」

我把我們那天的討論大致跟小雯說了一遍。鷹峰建設基本上可以確定有找人跟監我們，但沒有阻止我們繼續調查下去的動機。而高承漢雖然很可能就是當年把許平帶到山中的人，但畢竟已經移民國外多年，應該沒有必要蹚這趟渾水。

「我這幾天還想到另外一個人。」我喝了口巧克力牛奶，接著說道。

「喔？」小雯放下手中的咖啡。「誰啊？」

「許添龍。」

「那個陳阿姨的前夫？」

「嗯，他有可能是怕外遇的事情曝光。」

我看小雯一頭霧水，於是告訴她許添龍當年很可能和李素珍有外遇的假設。

「這還不簡單，直接攤牌不就好了？」

「可是沒有證據啊。他可以不承認，這樣反而打草驚蛇。」

讓我猶豫的原因其實還有另外一個。就像高承漢已經移民國外，那些往事就算曝光對他影響應該也不大，許添龍都已經跟陳阿姨離婚那麼多年，而且還另組家庭了，當年的婚外情被人知道又會怎樣？真的有必要拿死雞來，做到這種程度嗎？再說，許添龍如果不想要我們調查以前的事，當初在咖啡廳就不應該讓我們看到李素珍的照片，這樣我和許平現在十之八九還在瞎子摸象，根本不知道下一步該怎麼走。

「那接下來呢？」小雯拿起咖啡，輕輕搖了一搖。「真的就不再調查了嗎？」

「應該吧，也沒有什麼線索了。」

我說著閉上眼睛，按摩了一下兩邊的眼窩。

「妳待會兒要不要點個眼藥水啊？我那邊有。」小雯說。

「謝啦，但我是因為睡眠不足的關係。」

「噢？昨天不是九點多就下班了？」

「就算六點下班也一樣，我又開始做之前那個夢了。」

就像先前跟許平說的，我已經幾個月沒有夢到阿爸阿母當年車禍的慘況。但這兩天那個夢又捲土重來，我只要一睡著，時光就會倒流到那個瞬間。

「該不會是因為調查停下來的關係吧？」

「或許吧。嗳，其實我覺得報警根本不會那麼嚴重。」我說。

「話是這麼說沒錯，但陳阿姨擔心你們啊。」

「『你們』嗎？」

「當然了，」小雯就像我肚子裡的蛔蟲，馬上知道我的思緒往哪邊飄去。「妳跟許平不管是誰，如果因為調查出了什麼事，陳阿姨肯定都會傷心難過的。」

「可是我們最近的關係變得有點奇怪。」

「怎說？」

「我們平常就算沒事也會互相聯絡，可是這幾天就好像斷了音訊一樣。」

我拿出手機，我和陳阿姨的最後一則訊息在上禮拜六傳的。

「在冷戰喔？」小雯說。

「我也不知道，我沒有聯絡她，她也就沒有聯絡我了。」

「在乎的話就打個電話過去啊。」

「要講什麼？」

「就說天冷了記得加件衣服啊。還有，妳之前不是說陳阿姨每個月都會去海邊餵魚？妳就問她下次什麼時候，需不需要幫忙準備東西之類的啊。」

「說到這個，陳阿姨上次去也沒有找我。」

「是嗎？」

「就上禮拜一啊，我應該有跟妳說吧？陳阿姨前一天晚上打給許平，說隔天想要去外木山。要不是許平當天問我要不要一起去，我壓根就不曉得有這個行程。」

「妳這是在吃醋嗎？」

「好像有一點。」

「幼稚誒——啊，妳有訊息。」

小雯指了一下我擺在桌上的手機，訊息提示燈正一閃一閃地亮著。

「是Vivian……」我點開訊息，是Vivian 傳來的Line。

「怎樣？又有問題了嗎？」

「她說Brian 有事找我討論，好像很急的樣子。」

Brian 是我們現在這個案子的專案經理，做事十分仔細。去年在內湖吃早午餐，打電話來跟小雯確認事情的也是他。

「該不會又要大改什麼東西吧。」小雯露出有點同情我的表情。

「希望不要，不然我乾脆睡公司好了。」

我看了看時間，九點三十八分。我跟小雯已經出來「放風」差不多半個小時，也是時候回去把今天的工作收尾一下。我們把剩下的東西喝一喝，垃圾拿去一旁丟掉，接著跟便利商店的店員打聲招呼，就到外頭等上樓的電梯。

「待會兒回去買個滷味吃好不好？」站在電梯前，小雯忽然這麼提議。

「這麼晚了，會胖死。」

「一頓宵夜而已，妳好久沒來我那了，就當慶祝一下啊。」

「哈，這真是讓我無法拒絕的藉口。」

電梯來了，我和小雯一邊說一邊走了進去。

「妳還記得第一次住我那的時候嗎？」小雯問道。

「記得啊，那次我們加班到一兩點，回去還一直聊天，結果隔天睡過頭了。」

「都是妳那個老爺爺的故事太搞笑，一說就說到天亮。」

「妳說腿受傷的那個？」

「嗯，妳說他有一次把洗面乳當成牙膏，發現的時候已經滿嘴泡沫，還問妳要不要叫救護車。」

「對呀，我那次真的是嚇到了。」

「然後妳說他後來跑去跟隔壁的一個大嬸結婚？」

「嗯，這個劇情超展開的。那個老爺爺原來一直有在跟隔壁的一個太太來往，只是那段時間兩人剛好吵架，互相不理對方。我是後來某天到老爺爺家裡，發現客廳多了一個人，一問之下才知道這段故事。」

「夾在『新婚』夫婦之間很尷尬吧？」

「就像個電燈泡啊。而且那個老爺爺身體還算硬朗，腿好了就不需要人照顧，再加上他太太做起事來手腳相當俐落，我在那邊也沒有什麼幫得上忙的地方，所以後來就慢慢沒有再過去了。那大概是七年前的事吧。我才剛開始做志工，不太會拿捏跟人的距離，搞得最後離開那個老爺爺家的時候，還在車上默默的哭了出來——」

「妳現在有很會『拿捏距離』嗎？」

「嗯？」

「就陳阿姨啊。跟人家冷戰，然後還吃許平的醋。」

「妳很煩耶。」

電梯這時來到公司所在的樓層，我跟小雯一前一後走了出去。由於早過了下班時間，走廊上一個人影也沒有。

「這裡的空氣好沉重啊。」小雯說。

「再撐一下吧，十一點就走了。」

「我覺得我等不到十一點，現在就想閃了。」

小雯說著拿出手機，傳訊息跟老實哥報告說我們要回去上班了。我也下意識把口袋裡的手機拿出來，然後發現上頭的訊息提示燈又一閃一閃地亮著。

「天啊，有那麼急嗎？」小雯看到我的手機，嘖了一聲。

「不是Vivian，啊——」

我點開訊息，一瞬間煞住腳步。

「怎麼了？」小雯看我愣在那邊，也停下步伐。

「聯絡上了。」

「誰啊？」小雯走上前來。

我壓抑著內心激動的情緒，把訊息又看了一遍，過了幾秒才抬起頭來。

「高承漢。」我說。

7

『誒，那個萬里書局我知道在哪了。老闆聽說是個臺灣移民，聯絡資訊在名片上，我拍照給妳……』

去年得知高承漢在雅加達開了一間「萬里書局」，我拜託一位嫁到那裡的同學幫我打聽一下。這件事過了兩個月都沒有回音，我本來差不多放棄了，沒想到對方卻在這時捎來這封宛如震撼彈一般的訊息。

「確定是高承漢？」隔天中午我打給許平，他得知後比我還要驚訝。

「嗯，年紀什麼的都符合，應該是他沒錯。」

我那位同學在訊息裡說，前幾天她在市區看到一家「萬里書局」，老闆據說是個六十多歲姓高的臺灣人，二十多年前移民到印尼來。由於種種特徵都跟我先前的描述相符，她於是幫我拿了張名片，上頭印有書局的聯絡電話和電子信箱。這個大消息，我本來昨天就想告訴許平，只是那時候 Brian 急著找我討論事情，再加上時間也已經晚了，所以拖到隔天午休快要結束的時候，才打電話給他。

「妳現在打算怎樣？直接打電話過去嗎？」許平問道。

「我想先寫信過去確認一下，但在那之前想問問你的意見。」

「我的意見？」

「嗯，畢竟之前已經答應過你阿母，不會再去管過去那些事情了。」

「那就不要管啊。」

「所以你也不希望我再調查下去？」

「我都沒差，只是搞不懂這麼辛苦到底是為了什麼。」

許平語氣聽起來有些無奈。我忽然想到聖誕節那天我們也討論過這個問題。我當時說釐清過去的真相，可以幫助他接納和陳阿姨這段闊別已久的親情，許平立刻反問我說，如果他已經接納了這段關係，我是不是就會罷手。

「我有個同事，她之前說我把我媽媽的影子投射到你阿母身上。」

「所以呢？這就是妳對調查這麼投入的原因？」

「嗯，老實說我本來也是這麼認為的。可是後來我漸漸發現，這不是所謂的情感投射那麼簡單。我之所以跟你阿母覺得特別親近，是因為我們經歷過的事情是那麼的相似，我們都在應該享受天倫之樂的時候，突然跟自己的至親分開。我們唯一的不同，在於我阿爸阿母當年的車禍純粹是場意外，沒有理由也沒有原因，但你從你阿母身邊消失卻是人為的悲劇。我雖然沒有辦法追究阿爸阿母當年為什麼會離我而去，但卻可以找出那個拆散你們一家人的冷血凶手。這幾個月來，我隱隱約約覺得，或許釐清了當年事件的經緯，我就有機會和過去做個了斷，從那個長年的夢中醒來。」

我說到這，電話那頭，沉默了半晌的許平突然噗哧一聲笑了出來。

「妳的小劇場很瘋狂誒。」

「我是說真的。我這一兩天又開始做之前那個夢了。」

「是喔。」

「而且這兩天的夢，比之前的感覺都還要真實。」

「嗳，妳如果真的那麼在意，那就繼續吧。」電話那頭傳來許平的苦笑聲。

「所以你不反對囉？」

「我反對有用嗎？問題是妳想不想啊。」

「那你阿母那邊怎麼辦？我們已經答應她了——」

「妳偷偷來，我阿母也不會知道啊。我是覺得小心一點就好。那個藏鏡人又不是總統，可以指揮檢察總長監聽妳講電話。再說，如果這次又有人拿死雞什麼的來，我們至少可以確定是高承漢幹的了。」

「沒想到你還滿機靈的嘛。」我笑了一笑，心裡感覺也踏實了一些。

「開玩笑，我之前只是故意裝傻，讓妳表現而已。」

和許平有了共識之後，下一步就是聯絡高承漢本人。當天晚上，我趁著在公司吃晚飯的空檔，寫了封電子郵件到萬里書局的信箱。接著我等了五天，終於在下禮拜二的早上十點收到了對方的回覆。高承漢一聽我說許平回到了陳阿姨身邊，似乎相當的驚訝，主動表示想要跟我約個時間，詳談細節。

我看了一下公司當時的狀況，那個東南亞銀行的投資案，初版報告禮拜五下班前給客戶，接下來暫時有幾天喘息的時間，於是我就跟高承漢約了隔天禮拜六，臺灣時間下午四點的時候，由我撥網路電話過去給他。由於當天已經是禮拜二了，換句話說再四天就要跟高承漢正面交鋒，我於是又趁著午休打了通電話給許平，跟他討論禮拜六和高承漢交涉的策略。但許平卻有些意興闌珊，直說他對我有信心，要我憑著感覺往前衝就是了。我當時聽了正感到失望，許平突然又話鋒一轉，說他有兩張皇冠大樓某家火鍋店的餐券，月底到期，想要找我禮拜六晚上一起去吃。

「要不要改天啊，我跟高承漢講完電話不知道幾點了。」我說。

「沒差啦，不然我們先約個六點半，妳好了打電話給我？」

「好啊，這樣也是可以。」

許平聽起來興致十分濃厚，我於是也就答應了下來。就這樣，原來要談正事的電話，結論竟然變成去吃火鍋。但往好處想，就算到時候和高承漢交涉失敗，至少結束後還可以飽餐一頓，也算是種另類的慰藉。

接下來的幾天，我依然每天都在公司加班，晚上就借住小雯那裡。這樣的生活一直持續到禮拜五，那天報告寄給客戶後，下班我終於回到位於基隆的家，洗完澡躺到床上立刻沉沉睡去。隔天醒來，已經將近下午一點，我先是吃了點東西，整理一下一個多禮拜沒打掃的家裡，然後把待會兒和高承漢通話要用到的電腦和耳機準備就緒。最後等到快四點的時候，我打開好一陣子沒使用的通訊軟體，看到高承漢上線之後，先是傳了封訊息過去，接著再戴上耳機，按下螢幕上綠色的通話鍵。

高承漢沒有馬上接起電話。而我在等待的時候，一邊又在腦中把待會兒的策略演練一遍。高承漢那天收到我寄去的信，大概也知道當年的事情已經瞞不住了，所以我也沒有必要裝作什麼都不知道。我只是比較好奇，高承漢為什麼會主動表示想要和我詳談，他大可在信中否認自己的身分，我也拿他無可奈何。我目前能想到的理由，就是事件曝光對他的影響比我認為的還要嚴重，換言之這兩次的警告信就有可能是他拿來的了。有鑑於此，我等下打算讓高承漢誤以為許平對當年的事情還有記憶，知道是誰把他從廟口帶走，又是誰把他帶到暖暖山區，然後以不公開此事為交換，讓他說出事件的真相，尤其是他當年為什麼那麼狠心，把許平帶到山中，放他一個人在那裡自生自滅。事情會如何進展我無法預測，但我還是想要放手一搏。成功了當然最好，失敗了我也可以就此斷了這個念頭，不再讓陳阿姨擔心了。

「喂？聽得到嗎？」

撥號聲戛然而止，耳機裡傳來高承漢清晰到不太真實的聲音。

「嗯，很清楚。」我對著懸在嘴邊的麥克風說。

「我這邊也很清楚。」

高承漢大概是在書店裡講電話，我聽到他那邊傳來客人詢問書籍的聲音。

「你要先去忙嗎？」我禮貌性地問道。

「不用不用，有我太太顧著。」

高承漢說他來印尼的第六年，認識了一個華人。兩人婚後育有一子一女，小女兒去年上大學，他太太比較有時間了，就過來書店幫忙。

「阿龍跟秋琴，這些年來過得還好嗎？」高承漢問道。

「許添龍很早就再婚了，現在住在天母。」我說。

「開餐廳嗎？」

「嗯，你知道？」

我感到有些訝異。高承漢於是解釋說，開餐廳一直以來都是許添龍的夢想。

「秋琴呢？有再結婚嗎？」

「沒有。陳阿姨現在還是一個人住在以前那個地方。」

「這樣啊。」

高承漢嘆了口氣，接著問起陳阿姨和許平重逢的經過。這些細節我在之前的郵件裡只是稍微提及，沒有說得很清楚。如今既然高承漢問起，我也就趁著這個機會，把我們是怎麼遇到許平的，還有許平身上胎記等等的事情大致解釋一遍。

「兩人為親子的機率接近百分之百？」

高承漢聽到ＤＮＡ鑑定的結果，感覺相當詫異，又跟我確認了一次。

「嗯，我們知道後也都不敢相信。」我說。

「然後呢？許平對當年的事情還有記憶嗎？」

果然如此，高承漢在意的是這個。

「他記得是個阿姨把他從廟口帶走的。」我故作平靜地說。

「哪個阿姨？」

「這許平就說不出來了。」

「這樣啊。」耳機裡傳來高承漢鬆了口氣的聲音。

「不過連院長倒是還記得一些事。」

「連院長？」

高承漢似乎是愣了一下，我於是把許平在暖暖山區獲救的經過，還有連院長當時在附近看到一位陌生男性的事情說了一遍。我本來以為高承漢聽到這些消息多少會有些驚訝，可是他的呼吸聲卻沒什麼起伏，感覺十分鎮定。

「所以你們認為就是那個男的把許平帶到山裡面的？」高承漢問道。

「嗯。」

「除此之外，還有什麼線索嗎？」

「許平當時配戴的玉佩不見了。」我說。

「玉佩？妳是說那個刻著——」

高承漢大概因為離開臺灣已久，一時想不起來玉佩上的雕像要如何稱呼。

「觀世音菩薩的玉佩。」我說。

「對對對，就是觀音的雕像，我以前看許平戴過。」

「我想綁匪拿下玉佩，是想要寄給陳阿姨，證明孩子在他們手上。」

「可是阿龍他們後來也沒收到綁匪寄來的東西，不是嗎？」

「或許是兩個綁匪起了紛爭，就沒動作了。」

電話那頭，高承漢突然笑了一下。

「這有什麼證據嗎？」

「證據是沒有，但這是一種可能的情況。」

我看一眼螢幕上的時間，已經過了半個鐘頭，是時候加快腳步了。

「你跟李素珍當年為什麼會突然離婚？」我問高承漢。

「原因很多，但一言蔽之，就是我想要小孩，但素珍沒辦法懷孕。」

「那為什麼要移民？」

「就想要出去闖闖看，沒別的原因。」

「可是你當時感覺很想要趕緊離開臺灣，連六堵的工廠都隨隨便便就賣了。」

「妳連這個都打聽到了？」

「你跟李素珍以前在信義市場的鄰居告訴我的。」

那天從信義市場離開後，我一面託我同學幫忙打探一下萬里書局的消息，一面則是趁著假日有空的時候，自己去找當初接手高承漢六堵工廠的買家。這件事雖然進展緩慢，但也不是完全沒有斬獲，目前已經聯絡上中間幾手的買家。

「那個阿婆還說李素珍跟你離婚之後，突然間變得非常怕水。」我說。

「這我倒沒有聽說過。」

「你跟李素珍離婚後就都沒有聯絡了？」

「嗯，當年網路還沒有很發達，我們很快就斷了聯絡。」

「連一封信也沒有寄過？」

「或許一開始有吧，但後來我因為忙著在這邊重新開始，跟她就漸漸疏遠了。」

「那你知道李素珍後來跟某個人見面之後，就瘋掉了嗎？」

「瘋掉？我只聽說她是車禍過世的。」

高承漢上次回來處理資產，大概過於匆忙，很多細節都沒有時間、也沒有意願搞清楚。我於是趁這個機會，把從阿婆那聽來的事都跟他說了一遍，到最後直接挑明了講，說我認為那個人就是許添龍。

「妳覺得阿龍跟素珍有一腿？」

「難道沒有嗎？」

「不太可能。妳說當時跟素珍見面的是阿龍，這我還相信，畢竟老朋友二十多年沒見了，突然在街上偶遇，敘敘舊也不是什麼大不了的事。但妳說他們以前背著我有所往來，這就萬萬不可能了。一來，阿龍跟秋琴的婚姻幸福美滿，不可能到外頭找別的女人；二來，素珍也不可能背叛我，因為——」

「你們的婚姻也一樣幸福美滿？」

我話才說完，就聽到高承漢一聲長嘆，接著笑了起來。

「妳想說素珍不孕的事？」

「不只這個，李素珍還因為你，跟以前的朋友都斷絕了往來。」

「妳想證明我跟素珍的婚姻不順，然後呢？」

「然後她的心態就漸漸扭曲了。」

我一面說，一面腦中又浮現了許添龍手機裡，那張李素珍抱著襁褓中的許平，站在中正公園大佛底下的照片。

「李素珍渴望孩子，卻又無法懷孕，心靈本來就比一般人脆弱一點。但她卻還要強顏歡笑，在許添龍跟陳阿姨出去玩的時候，幫忙他們帶孩子，然後等他們回來，再眼睜睜地看著自己辛辛苦苦照顧的孩子，那樣理所當然地離開自己。就在這樣反反覆覆，一次又一次的折磨之下，李素珍終於崩潰了。然後二十五年前的那天傍晚，她一個人在廟口遊蕩，突然看到陳阿姨帶著許平出門，而陳阿姨當時又正好在看路旁的小販叫賣東西，注意力沒有放在許平身上。李素珍內心裡長久以來的渴望與嫉妒，恐怕都在那一瞬間變成了瘋狂，於是她決定將孩子占為己有——」

「然後就直接過去把許平抱走？」高承漢沒等我說完，就逕自笑了起來。

「直接抱走不太可能。」我說。「應該是許平自己走過去的。」

「因為許平認識素珍？」

「嗯。許平當時已經會走路了，李素珍只要讓許平看到自己，再招招手讓許平自行爬下嬰兒車，往她那邊走去就行了。」

「事情真的可以進行得那麼順利？」

「順不順利我不敢說，但李素珍這麼做可以說是完全沒有風險。」

「完全沒風險？」

「嗯。李素珍因為不是陌生人，所以就算陳阿姨中途察覺到許平不在身邊，她只要佯稱自己看到許平爬下嬰兒車，再把許平抱回去就沒事了。再說，也正因為李素珍是許平親近、信賴的人，所以她就算把許平從人群中帶走，也不會引起太大的騷動，周圍的人說不定還以為是媽媽帶著小孩出來看熱鬧。」

我話一說完，耳機裡就傳來高承漢不疾不徐、略帶調侃的聲音。

「妳的推論很有道理，我差一點就要讓妳給說服了。」

「你想說把許平帶走的人不是李素珍？」

「不是我想說，而是我不得不這麼說，因為真的不是素珍把他帶走的。」

高承漢看來打算否認到底，我也不得不使出最後的手段。

「可是許平還有印象，他記得當初是一個李阿姨把他帶走的。」

「然後他說我把他帶到山裡？」

高承漢的呼吸聲瞬間變得沉重起來。

「他說是一個姓高的叔叔，常常跟那個李阿姨在一起。」

「三歲小孩懂這麼多？」高承漢感覺不太相信，聲音裡帶著微微的笑意。

「不然人海茫茫，我怎麼會找上你？」

「然後呢？妳現在說這些，是要我承認我跟素珍做了那些事？」

「我想知道真相。」

我吞了口口水，把麥克風拉近嘴邊。

「許平當初不到三歲，你把他一個人丟在山裡，難道不怕他出什麼意外？就為了報復許添龍，你那麼狠心——」

「所以妳覺得我是因為發現了阿龍跟素珍有外遇，才那麼做的？」

高承漢突然了悟什麼似的，打斷我的話道。

「難道不是嗎？」

「當然不是。我可以跟妳打包票，阿龍跟素珍是清白的。」

「那為什麼你要把許平——」

「如果我說把許平帶到山裡的人不是我，妳相信嗎？」高承漢反問我道。

「不是你還會是誰？」

高承漢沒有回答，我們之間陷入一陣沉默。剛好就在這個時候，他那邊突然傳來一位女性的聲音，詢問一些店裡存貨的事情。

「前兩天進的那本《銀河傳說》在哪裡，有客人要。」

「收銀機後面的櫃子啊，旁邊還放了一些書商寄來的信，沒有嗎？」

「沒看到啊。」

「怎麼會?我早上還……」

高承漢和對方溝通了一會兒。聽語氣和內容，那人似乎是高承漢的太太。我忽然想到，之前許平說高承漢搞不好有潔癖，不想讓人知道自己當年的所做所為。若是如此，他到底是怕誰知道呢?我心想這或許是個突破口，可以賭賭看。

「不好意思，剛才店裡有點事。」我正想著，耳機又傳來高承漢的聲音。

「書籍不見了?」

「嗯，有位客人訂的書找不到，我太太過來問我放在哪裡。」

「當年如果不是你把許平帶到山裡，還會是誰?難道是李素珍?」我繼續剛才被打斷的話題。

「我沒辦法回答妳這個問題。」

「你應該也不想要這些事情傳開來吧?」

「妳在要脅我?」高承漢聲音突然緊繃起來。

「我只是想知道真相。」

「知道了真相，然後呢?我有我的苦衷，那些往事我沒辦法跟妳解釋。我只是覺得都過了二十多年，大家都有了各自的生活，而且最重要的是小孩也已經找到了，妳現在又來追究這些事情有什麼用?」

「當事人有知道的權利!」

「這樣只是在大家的傷口上灑鹽而已。」高承漢嘆了口氣，聲音裡滿是無奈。「妳要說我跟素珍對不起阿龍、對不起秋琴，我都接受。妳要把素珍以前做的事情公諸於世是妳的自由，我不會阻攔，也沒有立場阻攔。但妳這麼做，會影響到的人不只是我，還有秋琴、還有阿龍、還有許平。現在的網路世界有多麼恐怖妳應該曉得，大家原本平靜的生活，都會因為妳一時的決定而混亂起來——」

「你放心，我不會訴諸網路的。」

高承漢聽我這麼說似乎鬆了口氣，但我下一句話又讓他緊張了起來。

「你跟家人的感情還好嗎？」

「嗯？」

「他們應該不知道你的過去吧？」高承漢的呼吸聲突然變得急促，我決定繼續朝這個方向進攻。「如果你剛上大學的女兒，知道自己的爸爸曾經把一個三歲不到的小孩丟在山裡面自生自滅，應該也會向你追問這麼做的動機吧？你到時候還是不肯開口嗎？還是會搬出跟現在一樣的說詞，開導你的孩子說當初那個小孩都已經找到了，繼續追究那些往事有什麼用？你覺得你的家人會諒解你嗎？還是會離你而去？如你這樣想都覺得痛苦了，那陳阿姨怎麼辦？許平怎麼辦？許添龍怎麼辦？他們原本好好的家庭，因為你跟李素珍的關係分崩離析，想要追究真相，摧毀他們家庭的凶手卻還在那邊推託，說什麼往事沒有必要再追究了。如果是你，可以接受嗎？——」

「沒有用的。」高承漢不帶感情地說道。「妳說什麼都沒用的。」

「你不怕我——」

「妳要跟我的家人說就去吧，我不會阻止妳的。」

高承漢似乎是吃了秤砣鐵了心，我沒料到他的態度會突然變得這麼強硬。

「為什麼？」

「沒有為什麼，這就是我的決定。我的家人知道了那些事情，會怎麼反應我沒有辦法預料，也沒有辦法控制。我或許會向他們坦承，或許不會。但無論如何，妳在這個時間點問我，我除了沉默別無選擇。」

「我不懂，什麼叫做這個時間點問你——」

「將來妳就會了解的，如果事情真的演變到那個地步的話。」

演變到那個地步？我正摸不著頭緒，耳機裡又傳來高承漢嘆了口氣的聲音。

「時間也差不多了，我們今天就到此為止吧。」

我看了一下手機，五點四十分，我們已經通話快要兩個小時了。

「我不會放棄的。」我說。

「我知道妳的決心。我只是想要告訴妳，真的，這件事情再調查下去對誰都沒有好處。而且受害最深的人——」

高承漢說著頓了一下。我整顆心都跟著糾結了起來。

「恐怕就是秋琴了。」

8

皇冠大樓位於基隆市區信一路上，從我家過去大概要十五分鐘左右的車程。我和高承漢講完電話，先是聯絡許平，跟他約好按照原定的六點半在皇冠大樓一樓會合，接著叫了輛計程車，出發前往市區。

我小的時候，皇冠大樓這裡是一間叫做「大世界」的戲院，後來因為種種原因停業，最後在十多年前改建成現在的大樓。裡頭有商場、餐廳、電影院，還有商務旅館。半晌我到達那裡，因為正是週末晚上的黃金時段，人潮感覺比平時多了不少，影城一樓售票處排隊的人龍已經拐了四個彎，把大廳占滿了一半。

「我到囉，在門口。」我站在一樓滿是招牌的大門底下，傳了封訊息給許平。

「我快到了，」許平的回覆馬上就來。「再三分鐘！」

連續加了快兩個禮拜的班，今天是我第一天到「外面的世界」透透氣。照理說，我應該要感到放鬆才是，可是託稍早和高承漢針鋒相對的福，此刻我的心情卻緊繃得像被人捏住了一般。雖然我跟高承漢談了很多，但仔細一想卻沒什麼具體的收穫。不僅我想要知道的「真相」——當初為什麼把許平帶到山裡——高承漢絕口不提，就連我原本對於「事實」的認知，現在也有些鬆動了起來。高承漢說他跟李素珍對不起陳阿姨，這應該可以視為他承認了當初的事情是他們做的，可是早先談到把許平丟在山中的人是誰，高承漢的態度卻有些詭異，尤其聽我說許平還記得當年是一位姓高的叔叔把他帶到山裡的，他感覺完全不害怕，回話的語氣甚至還帶著點笑意。

「應該只是在虛張聲勢吧。」

方才跟許平約完時間，談到這件令我費解的事，他笑了笑說道。理由是當初會把他帶到山裡的，除了高承漢不會有別人了。

「你們還談了什麼嗎？」許平接著又問。

「很多啊。但好像沒有解答什麼問題，疑問反而越來越多。」

最大的謎團就是高承漢掛斷電話前說的那句話。我實在想不明白，為什麼這件事再調查下去對誰都沒有好處？又為什麼受害最深的會是陳阿姨？

「會是我阿爸跟李素珍外遇的事嗎？」許平似乎也感到有些疑惑。

「都過了那麼多年了……」

「跟時間沒關係吧？會讓人心碎的事就是會讓人心碎。」

「可是……」

「怎麼了嗎？」許平看我有些猶豫，連忙問道。

「我剛才有提到你阿爸跟李素珍外遇的事，高承漢斬釘截鐵地說沒有可能。」

「他當然要這麼說啊，承認自己老婆有外遇很沒面子耶。」

「是嗎？會不會我們原本的假設就有問題？」

「妳說我阿爸跟李素珍是清白的？」

「我也不知道，只是好像沒那麼有把握了。」我說。

後來在計程車上，我重新檢視一遍許添龍和李素珍的關係。如果說我先前的假設是對的，他們當年都背叛了自己的另一半，那這段婚外情究竟只是一時出軌，還是長期的外遇？雙方對這段感情的認知是一樣的嗎？多年過後，李素珍帶了某個人回家，假設那個人真的是許添龍的話，那次相遇會不會不是偶然，而是事先計畫好的？更重要的是，為什麼在那之後李素珍就瘋掉了？是因為她提出什麼要求，被許添龍拒絕了嗎？

當時想到這裡，我就像腦袋被人打了一記悶棍，思緒整個混亂起來。二十五年前到底發生了什麼事？會不會我至今為止的認知，全部都是錯的？目前唯一可以確定的是，當年在廟口，有人從陳阿姨身邊帶走許平。如果說李素珍就是那個犯人，動機真的像我之前想的那樣，是出於嫉妒？還是另外有些不可告人的情愫摻雜其中？會不會李素珍當年拐走許平，許添龍其實是知情的？還是說尤有甚者，李素珍當年並非一時衝動把孩子帶走，而是整件事從頭到尾都是預謀好的，許添龍甚至還有參與其中，當年搞不好就是他告訴李素珍，陳阿姨和許平當時人在廟口的？如果真相真是如此，許添龍就等於是背叛了陳阿姨，陳阿姨知道後肯定是撕心裂肺，肝腸寸斷。

不過動機呢？許添龍為什麼要毀掉自己原本美滿的家庭？是因為受到了李素珍慫恿，還是說——

「啊——」

我一邊回想，一邊在皇冠大樓門口來回踱步。這時剛好有一對男女買完衣服出來，我一不小心把他們手上的紙袋撞落在地。

「對不起啊。」我趕忙把紙袋撿了起來，還給他們。

「都髒掉了——」

女的接過我手中的紙袋看了一看，向身旁的男性抱怨起來。似乎是剛剛紙袋掉落地面，最上面那件衣服的袖子翻了出來，沾到大樓門口的積水。

「那件我賠你們。」我說。

「五百塊。」

女的看了一眼標價說道。就在這時，一位身材較為高大的男性從後方走來。

「發生什麼事了？」

「我們出來被這個女的撞到，衣服掉在地上髒掉了。」

聽矮個男這麼說，高個男朝我看來。

「妳是？」

高個男猛地一愣。我本來有些困惑，但仔細一看立刻恍然大悟，他就是王毅鐸前兩次帶來陳阿姨家的那個小弟。旁邊的矮個男也是，上次就是他跟許平先起衝突，後來王毅鐸叫高個男加入戰局，兩人聯手把許平打得鼻青臉腫。

「啊，妳就是那個女的嘛。」矮個男似乎也想了起來，指著我說。

「你們認識啊？」矮個男的女伴問道。

「淵源可深的呢。」

我不想跟他們繼續耗下去，立刻拿了五百塊出來。

「等等、等等。我有說五百塊夠嗎？」矮個男不懷好意地笑了起來。

「不然你要多少？」

「我想一下，五千好了。」

矮個男此話一出，不只是我，他的兩個同伴也都愣了一下。

「你去搶還比較快。」我說。

「話說得那麼難聽幹麼？」矮個男笑了一笑，摟著身旁的女伴說道。「我們大老遠來市區逛街，本來買完衣服開開心心地要回家，誰曉得妳不長眼睛，把我們的興致都毀掉了，這些成本難道都不用算嗎？」

「別惹事了，阿龐。五百拿了再去買一件就好了啦。」高個男說。

「心疼了啊？」

矮個男這麼一說，高個男登時啞口無言，顯得十分困窘。

「李大哥喜歡這個女的？」矮個男的女伴問道。

「妳問他囉。我們上次到一個老太婆的家，這女的也在那，紹銘從頭到尾一直偷偷地盯著人家看，以為沒人知道——」

矮個男說著過去摟了摟高個男的肩膀，一面望向我來。

「不然這樣好了，錢不用給，陪我們家紹銘去樓上看場電影如何？」

「不要鬧了。」

高個男一把撥開矮個男的手。但矮個男卻絲毫沒有放棄的打算，逕自朝我走來。我還來不及反應，他就把手搭到我肩膀上，一臉猥瑣地笑著。

「我們家紹銘很猛的喔——」

「你幹什麼！」

忽然間一個人從大樓門口進來。我一看，是許平。他穿著一件綠色的羽絨外套，一看見矮個男手搭在我肩膀上，立刻衝過來一把拉開，站到我身前護著我。

「哎呀呀，情敵出現了。」

矮個男看著許平冷笑一聲，而許平也在這時認出了對方是誰。

「到底發生什麼事了？」許平回過頭來問我。

「我剛把他們的衣服弄到地上，髒掉的那件他們買五百塊，要我賠五千。」

「五千？去搶還比較快咧！」

許平說了跟我剛才一樣的話。矮個男的女伴一聽，在旁邊笑了出來。

「讀過經濟學的都知道，凡事都有隱含成本的。」矮個男說。

「不要鬧了，阿龐。」高個男說。

矮個男絲毫沒有退讓的意思。我心想這樣下去不是辦法，正要拿出手機請警察過來調解，許平卻在這時脫下身上的羽絨外套，走到一旁的積水處，把外套往地上一丟，對著矮個男一行人說道：

「這件外套八千，這樣算扯平了吧？」

「讀過經濟學的都知道，東西買來是會折舊的。」

「汝父[46]沒唸過啦！」

許平一口吼了回去。矮個男的女伴一旁看了，似乎也覺得做得有些過頭。

「算了，我們走啦。」她拉了拉矮個男的袖子。

矮個男沒有回應。許平也沒有理他，逕自彎下腰要撿起地上的外套。不料就在這時，矮個男忽然走了過來，一腳踩在了許平的外套上。許平見狀整個人都怒了，大吼一聲「幹汝娘」，把矮個男一把推到旁邊的牆壁，舉起拳頭就要打人。我跟高個男連忙過去把他們拉開。大廳裡的民眾則是都閃得遠遠的，就怕被我們波及到。

「你幹什麼啦？被老闆知道就完了。」高個男顯得有些不悅。

「我又不是故意踩到的。」

「你唬讕啦！」

46 你爸爸我。

許平感覺又要衝上去，我趕忙把他拉住。

「走了啦，去吃東西了。」

我撿起地上的外套，拉著許平正要往大樓裡面的電梯走去，沒想到矮個男卻還不肯罷休，在我們身後打了個哈欠。

「要落跑啦？」

我感覺許平就快要爆發了，緊緊抓住他的手臂。矮個男在這時候又說：

「來呀，這次連你的腳也打斷！」

「不要理他。」

一旁的電梯這時到了一樓，我連忙拉著許平走了過去。

「記得幫我跟老太婆問好啊——」

「幹！」

許平猛地甩開我的手，回身衝了過去，往矮個男臉上就是一拳。矮個男因為來不及防備，一個踉蹌跌倒在地。他身旁的女伴看了先是一愣，緊接著突然捂著嘴巴，指著矮個男的臉叫了起來。

「流血了！」

矮個男抹了抹鼻子，這才發現手背上沾著紅紅的一片鮮血。

「操你媽的！」

矮個男大罵一聲，隨即爬起身來，衝上前去和許平扭打在一起。旁邊的民眾見狀都尖叫起來，影城售票處的人員則是趕忙聯絡大樓警衛。我想要把兩人拉開，可是他們打得難分難解，我在旁邊一點空隙都找不到。高個男也是一樣，一過去就被兩人揮來揮去的手臂掃到，試了幾次才終於抓住矮個男，要把他從許平身上拉開。不料許平一看矮個男的手讓人抓住，立刻又是一拳過去，打得矮個男已經一片通紅的鼻子又爆出血來。我在一旁看得膽戰心驚，忍不住大聲叫道：

「不要再打了，許平！」

然而許平卻充耳不聞，逕自把矮個男摺倒在地，往他胸口和臉上一輪猛打。高個男想要上前阻止，卻讓許平一把推開，差點從一旁的電扶梯摔了下去。

「你剛說什麼？要連我的腳一起打斷？」

許平站起身來，一邊說一邊把腳一抬，硬生生往矮個男的小腿踹了下去。

「啊——」

矮個男一聲慘叫。我連忙過去把許平拉開。

「你瘋了啊！」

「在那邊，在那邊！」

大樓的工作人員帶著警衛從後頭匆匆趕來，現場一片混亂。直到這時才有圍觀的民眾拿出手機，幫忙打電話叫救護車。

「你們不要動喔，警察等下就來了。」警衛拿著警棍，擋在身前。

「你要幹麼？」

許平突然甩開我的手，往倒在地上的矮個男走了過去。

「反正都要被警察抓了，那就——」

許平冷笑一聲，一面把腳又抬了起來。

「讓他痛快一點——」

9

「幫我簽個名。」

戴著膠框眼鏡的警察，把剛剛製作好的筆錄列印出來，連同原子筆一起放到辦公桌上。許平拿起來看了一下。

「這邊嗎？」許平向對方確認。

「嗯，就下面的空白處。」警察拿了另一支筆指了一指說。

這裡是位於信二路上的基隆市警局。方才在皇冠大樓，民眾報警後不久，救護車跟警車一前一後幾乎同時趕來。矮個男因為滿臉是血，倒在地上哀嚎不斷，跟他同行的那位女伴於是陪著他，由救護車直接送往附近的署立醫院。我和許平還有高個男，三個人則是分別乘坐兩輛警車，前來市警局製作筆錄。

今晚的事情，我跟許平本來都想說先瞞著陳阿姨，之後再找時間跟她說。但剛才筆錄做到一半的時候，許平突然接到陳阿姨來電，說她明天想到外木山走走。許平由於心煩，說起話來稍微浮躁了一些，陳阿姨一聽就覺得不太對勁，不斷地追問之下，許平瞞不住了，就說他跟人起了衝突，正在警局裡做筆錄。雖然許平有說只是小事而已，要陳阿姨不用過來，但我聽了就心想絕無可能，陳阿姨無論如何，一定會馬上趕來的。果不其然，這會兒許平在筆錄上簽完名，我們一走出警局，陳阿姨已經在外頭等了。她一看見我們，立刻三腳兩步趕了上來，問我們到底發生了什麼事。

「就跟人打架而已。」許平怕陳阿姨擔心，避重就輕地說。

「跟誰？為什麼會打起來？」

「啊就……」

許平支支吾吾答不出話，陳阿姨於是往我看來。我們整整兩個禮拜沒有見面，此刻聽到陳阿姨的聲音，我竟然感到有點陌生。

「我腹肚餓矣，想要吃東西——」

「汝莫吵！」許平想要矇混過去，陳阿姨立刻制止道，一面追問我是怎麼回事。我心想紙終究是包不住火，便把方才的衝突說了一遍。

「怎會是他們——」陳阿姨一聽對方是鷹峰建設的人，臉色整個慘白起來。

「這樣才好啊，新仇舊恨一回解決。」

許平在旁邊故作輕鬆。就在這時，馬路上突然有人喊了一聲：「好久不見！」我們回頭一看，只見一輛黑色的賓士轎車，大剌剌地開到市警局的門口停了下來，從駕駛座悠悠哉哉走下來的，真的是個我們好一陣子沒看到的人。然後幾乎在同一時間，方才和我們一起過來的高個男也正好做完筆錄，從我們身後的警局走了出來。

「你們臉色怎麼這麼難看啊？」王毅鐸關上車門，踏上警局前的騎樓。

「因為看到你啊。」許平沒好氣地應道。

王毅鐸聽了輕輕一笑。高個男在這時走到他身邊來。

「你還好吧？」王毅鐸問道。「阿龐呢？」

「在醫院。」

「很嚴重嗎？」

「鼻梁歪了，小腿應該也斷了。」

高個男一臉愧疚，好像在責怪自己沒能把同伴保護好。但王毅鐸卻絲毫沒有擔心的感覺，甚至聽到矮個男腿斷了，臉上還浮現一絲詭異的笑容。

「辛苦你們兩個了。」

王毅鐸拍了拍高個男的肩膀，一面回過頭來看著我。

「對了，上上禮拜六的飯局，怎麼沒有來啊？」

「去不去是我的自由，不干你的事。」

「你們老闆可是說了妳很多好話呢，我們董事長聽了都想把妳挖角過來了。」

「這種強搶土地的事，我幹不來。」

「妳誤會了。我們集團也是有投資部門，專搞企業收購的。」

王毅鐸一面說，一面走到陳阿姨身旁去。

「阿姨，最近過得好否？」

「生活就是這樣，哪有什麼好壞？」

「汝後生敢有好好孝順汝？」

「這無汝的逮事。」

「啊現在是發生什麼逮事矣？汝們大家的態度怎麼都這麼壞？」王毅鐸露出一臉無辜的表情。許平一旁看了，感覺很想衝上去給他一拳。

「這件逮事汝們要怎麼處理？」陳阿姨問道。

「哪一件逮事？」

王毅鐸明知故問。陳阿姨深呼吸了一下，轉過身來跟王毅鐸面對面看著。

「不然就上回的二十萬，阮還給汝們。」

「什麼二十萬？」

「就之前汝打斷阿平的手，賠阮的二十萬。這回阮把汝們的人打受傷，錢就還給汝們，從今以後互相無欠矣。」

「二十萬這回恐怕無夠喔，阮阿龐鼻子跟腳都斷去矣爾。」

「不然汝們要多少？」

「多少？我想看看。不然兩百萬好矣——」

「你去吃屎啦！」許平說著就要衝上去，我趕忙把他拉了下來。

「這次是你們的人先挑釁的，在場的人都可以作證。」我說。

「妳又誤會了。我們阿龐只是比較熱情而已。」

「你放屁！」

許平比了個中指。王毅鐸見狀冷笑一聲，點了根菸自顧自地抽了起來。

「你囂張不了多久的。」

「汝大人有大量，阮阿平不是故意的啦。」陳阿姨說。

「是不是故意我不知道，但是錢是一定要賠的。」

「兩百萬阮實在是賠不起——」

「怎麼會賠不起？」王毅鐸吸了口菸，當著陳阿姨的面呼了出來。「阮公司不是說要給汝五百萬？」

「你不要欺人太甚，醫藥費搞不好連兩萬都不用。」我說。

「除了醫藥費，還有精神賠償啊。」

「不然五十萬啦，好否？」

陳阿姨比了個五。王毅鐸見狀笑了起來。

「阿姨汝是在開玩笑乎？兩百萬殺到五十萬。」

「咱先來回去，莫睬他。」我心想這件事今天不會有結論的，過去拉了拉陳阿姨。

「但是……」

「時間也晚矣。阿姨汝就先回去休息，想看看我的提議。」王毅鐸把香菸隨手丟在地上，用腳踩熄。

「汝說房子的事？」

「當然囉。」

「你想得美！」許平狠狠地啐了一口。「我阿母的房子是絕對不會賣的！」

「再說囉，如果談不攏就法院見。」

王毅鐸說著把車鑰匙丟給站在一旁的高個男。

「走了，紹銘——」

高個男從剛剛到現在都不敢抬頭看我們，此刻一聽王毅鐸說要離開，立刻快步走到剛才他停在外面的車，打開駕駛座的門坐了進去。王毅鐸則是不疾不徐地往副駕駛座走去，途中經過我們，故意用肩膀撞了許平一下。

「幹——」

許平舉起手來就要往王毅鐸揮去，我連忙把他拉了下來。

「你瘋了啊你？」

「打一個也是打，打兩個也是打。」

「來啊，就往我臉上打下去。」王毅鐸揚起下巴，拍了拍自己的臉頰。「你這拳下去，就不是區區兩百萬可以解決的了。」

「歹勢啦，阮阿平今仔日比較衝動——」陳阿姨在旁邊焦灼地說道。

「好啦，既然阿姨這樣講，就不跟汝後生計較矣。」

王毅鐸說著坐到副駕駛座裡去，高個男立刻發動車子。

「之後再聯絡啊。」

王毅鐸搖下車窗，朝我們揮了揮手。與此同時，坐在駕駛座上的高個男則是方向盤一轉，把車子掉過頭來，接著油門一踩，連闖兩個紅燈，直接從義五路開到外頭的信一路上，消失在我們的視線之外。

「終於走了。」許平回過身來，呼了口氣。

「是啊，但是麻煩馬上就跟著來了。」我說。

「妳幹麼那麼悲觀？他說兩百萬只是唬我們的，哪可能真的賠那麼多？」

許平一副無所畏懼的樣子。我看了忍不住苦笑起來。

「上法院可不是鬧著玩的。」我說。

「妳不是有一個律師朋友可以幫我們？」

「你該不會以為有人幫忙，就可以在家看電視吹冷氣吧？到時候如果三天兩頭就跑一次法院，可是會崩潰的！」

我告訴許平，上法院不是進去再走出來那麼簡單。事前要準備資料，跟律師討論攻防策略，實際開庭更是要戰戰兢兢，絲毫都馬虎不得。我之前聽蔣大砲說過，他有同事就是因為客戶回答對方律師問題時沒有想清楚，被抓到了辮子窮追猛打，結果本來可以勝訴的案子變成和解，損失了好幾十萬。不過這還不是最慘的，他自己更是遇過對方擺明了睜眼說瞎話，法官卻還是深信不疑，等最後判決出來的時候，他那位客戶當庭心臟病發，要不是救護車叫得及時，接下來要辦的就是喪禮了。

「恐龍法官嘛，新聞上常常看到。」

「你知道就好。」

我覺得我再說下去心臟也會出問題，趕緊深呼吸了一下。

「那現在要怎麼辦？」許平小聲問道。

「我哪知道？」

「先不要講這個矣啦。」陳阿姨看我的口氣越來越不耐煩，趕緊走了過來。「今仔日就早點回去休息——」

陳阿姨話才說完，許平的肚子突然叫了一聲。

「汝們無吃飯乎？」陳阿姨問道。

「嘿啊，好可憐。」

許平說話不說重點，聽得陳阿姨滿臉問號。我於是解釋說，我們晚上本來是要去皇冠大樓吃火鍋的，誰曉得卻遇上了鷹峰建設的人。

「已經九點矣，賣吃的也差不多都休息矣。」我看了看時間。

「廟口應該還有吃的，要去看看否？」陳阿姨問道。

「好啊。」

許平聽我這麼說，也拍了拍肚子應了聲好。

「若這樣咱先來去吃東西。」

陳阿姨笑了一笑，挽著我們兩人的手往路口走去。

「以後的逮事，以後再打算就好。」

第四章　抉擇

1

許平打傷矮個男一事，王毅鐸說賠償金額談不攏就法院見，這句話並不是說說而已。事發後不到一個禮拜，許平就收到了基隆地檢署的偵查庭開庭通知書，要他二十五日上午十點到庭說明。

地檢署的通知書雖然來得突然，卻也不是什麼讓人意外的事情。在這之前，我已經聯絡了蔣大砲，跟他約了下禮拜一晚上商討對策，另外也打了通電話給許添龍，告訴他上禮拜五許平闖下的大禍。許添龍當時聽了，表示想要跟大家見面詳談，我們於是約了這個星期日，也就是我跟蔣大砲見面的前一天晚上，在陳阿姨中山一路的家中討論相關的事宜。這樣的安排，老實說正合我意，因為自從上禮拜六跟高承漢通完電話後，我就想要盡快見上許添龍一面。

雖然這不是我們第一次和鷹峰建設交手，但上次是他們打傷許平，處理起來相對簡單，而這次動手的是我們這邊，想要全身而退幾乎是不可能的事。但這也不表示我們就是鷹峰建設刀俎上的魚肉，任憑他們宰割。到了禮拜日晚上，我們幾個臭皮匠幾經討論，最後一致認為若要扳回一城，首先要想辦法說服檢察官，讓他相信上個禮拜五是鷹峰建設布下的陷阱，目的是要讓許平跳進來惹上麻煩，再藉此要脅陳阿姨將房子賣給他們。至於證據，一來皇冠大樓一樓的店家可以作證，我們沒有要惹麻煩的意思，是鷹峰建設的人一再挑釁，許平忍無可忍才會出手。二來，後來在警局門口，王毅鐸聽到他們的人腿被打斷，不僅完全沒有動怒，甚至還一臉頗為讚許的表情，跟高個男說辛苦他和矮個男兩個人了。這一點，我們除了可以請當時值班的員警協助作證外，也可以拜託基隆市警局，讓我們調閱當時門口監視器的畫面。

「這次的律師費，妳朋友可以打個折嗎？」

晚上九點鐘，我們事情討論到一段落。陳阿姨由於差不多要就寢了，先去洗澡。我們剩下的三個人，坐在屋外的臺階上放空休息，許平突然這麼問道。

「不太可能，他是人家的員工，又不是自己執業。」我說。

「那大概要多少錢？」

「看官司拖多久，幾十萬應該跑不了。」

「錢的事不用擔心，我可以幫忙。」許添龍說。他從剛才就一直坐在一旁，悶悶地抽著菸。

「你家人不會反對嗎？」我問。

「那是我自己的錢，而且他們應該也沒空理我。」

「沒空理你？」

「嗯，我大兒子今年考大學，我太太現在全副心思都在他那邊。我只要不是去殺人放火，我太太都無所謂。」

「這樣不錯，很自由啊。」許平說。

「是啊。」

許添龍無奈地笑了一笑，聲音在夜空中迴盪開來。不同於市區繁忙的街道，這一帶的夜晚十分安靜，此刻我們雖然坐在門外，面向著馬路，但屋內陳阿姨在洗澡間裡淋浴的聲音，仍然聽得相當的清楚。

雖然很可能只是我單方面的掙扎，但就像那天在公司我跟小雯說的，自從元旦那天陳阿姨表示希望我們把調查停下來後，我和陳阿姨的關係就變得有些微妙，好像彼此之間突然多了一層隔閡似的。直到上個禮拜許平打傷鷹峰建設的矮個男，陳阿姨趕來警局，我們實際見面之後，僵局才漸漸緩解。而這幾天，因為忙著討論後續官司的事宜，我們才又回到以前那種沒有疙瘩、不需彼此顧忌的關係。

「對了，之前的調查後來有什麼進展嗎？」許添龍又吸了口菸。

「去了暖暖的育幼院一趟。」我說。

「阿平小時候待的那家？」

「嗯，但也沒問出什麼有用的線索。」

「這也難怪，畢竟時間久了。接下來呢？」許添龍問道。「還有什麼計畫嗎？」

「調查應該會先暫緩一下。」

許添龍看起來有些詫異。我於是跟他解釋說，我和許平去育幼院的那天，陳阿姨在門口發現一個裝著死雞的盒子，裡頭放著一封警告信，要我們不要再調查許平失蹤的往事。那已經是陳阿姨收到的第二封信了。

「第一封是什麼時候拿來的？」許添龍問道。

「十二月中旬。在那之前，我們剛從信義市場那邊問出一些事情來。」

許添龍點點頭。

「死雞會是誰拿來的？漢仔嗎？」

「你為什麼認為是他？」

「太太如果是綁架犯，做丈夫的都不會想要這種事情曝光吧。」

事有輕重緩急，照理說這個節骨眼上，我們應該把重心放在接下來和鷹峰建設的官司上。但很不幸的，我絕大部分的心思早已深陷在許平當年的失蹤案中，尤其上禮拜和高承漢通完話後更是如此。

失蹤案的調查進度，事實上還有另一條線索在緩慢地進展著。自從探聽出高承漢當年將六堵工廠匆匆賣掉一事後，私底下我調查過當初的買家是誰。我先是找到現任的地主，跟他要了上一手買家的聯絡方式，再輾轉一層層地找上去，然後終於在上個禮拜，我打聽到了當初第一手買家的住址。不過遺憾的是，對方幾年前搬家了，現任屋主和附近的鄰居，都不太確定當初住在那裡的人要如何聯絡。

這雖然令人感到挫折，但跟從許添龍這條線衍生出來的問題相比，其實也不算什麼了不起的事。眼前最令我頭疼的，是我已經分不太出什麼是真，什麼是假了。許添龍顯然對那些往事相當在意，不然也不會每次見面都跟我問起調查的進度。現在的問題是，許添龍當年到底扮演了什麼樣的角色？是痛失愛子的受害者，還是如同我上禮拜六最後想到的那樣，他跟李素珍都是那起事件的加害人？若是如此，許添龍就有足夠的動機拿警告信來阻止我們調查，剛才問我那些問題也只是在演戲，目的是要把嫌疑轉移到高承漢身上。這件事情，如果只停留在腦中推論的階段，真相就永遠不可能撥雲見日。換言之我一定要有所行動。而這也是我急著想要跟許添龍碰面的原因。

「我覺得我之前太專心找犯人，忽略了另一件重要的事情。」

「嗯？」

許添龍抽了口菸，望向我來。他大概沒料到我又會把話題拉回到調查上頭。

「李素珍為什麼會突然變得那麼怕水，這件事我一直沒有深入探究。」

「也許是勾起了什麼不愉快的回憶。」

「比如？」

「溺水之類的吧。」許平說。他似乎特別鍾情這個原因。

「就算是溺水好了。為什麼李素珍把你拐走，某個人把你帶到暖暖的山區丟棄，會讓李素珍想起以前溺水的事？」

「我哪知，我又不會觀落陰。」

「這些跟釐清綁匪的身分還有動機有關係嗎？」許添龍問道。

「或許沒有。但對於釐清『真相』，我想是絕對有幫助的。」我說。

「真相？」

「就是當年到底發生了什麼事情，從頭到尾每一個細節。」

「每一個細節？這可不容易啊。」

許添龍苦笑了一下。屋內陳阿姨淋浴的聲音，也剛好在這時停了下來。

「至少已知的事情都要能夠串起來才行，」我說。「像是李素珍當年到底跟誰見面？兩人聊了什麼？為什麼在那之後她就瘋掉了？」

「妳不是認為是李素珍以前的朋友？」

「那只是其中一種假設。那個人也有可能是李素珍的共犯。」

「共犯？」

許添龍和許平雙雙愣了一下。

「妳說漢仔？可是他人一直都在印尼啊。」

「這些年他到底回來過臺灣幾次，沒有人知道。」我說。

「嗯，可是——」

「還有一種可能，」我看著許添龍指尖那截越燒越短的香菸。「就是我的假設錯了，李素珍的共犯並不是高承漢。」

「汝們大家坐在門口做什麼啊？」

屋裡突然傳來一陣腳步聲。大家回頭一看，只見陳阿姨洗完澡從浴室出來，看見我們三個人都待在屋外，一邊擦著頭髮一邊問道。

「開講啊。」許平說。

「為什麼無要在客廳講？外面那麼冷。」

「我抽菸啦。」

許添龍輕輕一笑，把香菸在地上按熄。

「我冰箱有水果，汝們要吃否？」陳阿姨問道。

「免啦，我也差不多要回去矣。」許添龍站起身來，看了一看手錶。

「吃水果又不是種水果，是要多久？」

陳阿姨說著逕自往廚房走去。我和許平這時也站起身來。

「好啦，咱來給阿母捧場一下。」

許平說完第一個往屋裡走去。許添龍正要跟上，我在一旁小聲的叫住了他，說我有件事想要請他幫忙。

「我們還在調查的事，要請你瞞著陳阿姨。」

「放心，我不會說的。」

許添龍拍了拍我的肩膀，接著也往屋裡走了進去。

「妳不進來嗎？」許添龍看我還站在原地，回過身來問道。

「我綁個鞋帶，你先進去吧。」

「嗯。」

許添龍說著往廚房走去。我則是彎下腰來，把左腳的鞋帶重新繫了一遍。

接著，我從地上小心翼翼地撿起了某樣東西。

2

「歡迎光臨！」

聽到服務生的招呼聲，我抬起頭來一看，只見走進咖啡廳來的是一對看起來像上班族的情侶，不禁感到有些失望。

「請問兩位嗎？」服務生走上前去，滿臉笑容地問道。

「嗯，對。」站在前方的男生點了點頭。

晚上七點，位於仁愛路上的這家咖啡廳幾乎已經客滿了。有頭髮已經花白的老夫老妻出來用餐，有二十多歲的年輕情侶正在約會，有剛下班的上班族拿著筆電繼續辦公，也有人和我一樣一直注意時間，明顯在等人前來。

我在等蔣大砲。我跟他約了七點在這裡碰面，討論許平和鷹峰建設的事情。

今天是一月二十三日，鷹峰建設矮個男控告許平的偵查庭，再過兩天就要正式開庭。為了備齊證據，許添龍早上前往皇冠大樓請一樓的店家幫忙作證，許平則是到市警局商量調閱監視器畫面的事宜。下午大概兩點鐘的時候，我在公司接到陳阿姨打來的電話，表示事情進行得十分順利，不僅皇冠大樓的店家願意幫忙，基隆市警局也同意讓我們調閱門口監視器的畫面。甚至上上禮拜六晚上值班的那名員警今天剛好也在現場，他說那天王毅鐸的反應的確如我們所言，他可以替我們出庭作證。

好的開始雖然是成功的一半，但我們仍然不可掉以輕心，必須要想辦法轉守為攻才行。中午和陳阿姨通完電話，我想到前幾個月許平手骨被打斷的那時候，我們擬定了一套輿論作戰，當時因為陳阿姨不想把事情鬧大，而且後來雙方和解了，那套戰略就這麼束之高閣，塵封起來。但現在我們已經被逼到了懸崖邊，再退一步就是粉身碎骨，因此也是時候把鷹峰建設的所作所為公諸於世，讓他們知道這麼強行硬幹是要付出代價的。我們這次損失再怎麼大，頂多就是賠償金加上打官司所需的時間和金錢，但對鷹峰建設來說，企業最重要的形象一旦爆出什麼重大瑕疵，小則政府介入調查，大則貸方銀根一抽，幾十億甚或幾百億的投資，價值可能瞬間腰斬，影響層面之深之廣，鷹峰建設那些大股東們不可能不在乎的。也正因為如此，上一次鷹峰建設才會不想把事情鬧大，我們提出的和解條件，他們都全盤接受。這一次他們會不會因此退讓我不知道，待會兒蔣大砲來了我和他討論看看。如果訴諸輿論的策略可行，我再回去說服陳阿姨。如今我們已經退無可退，我想陳阿姨應該會慎重考慮才是。

「歡迎光臨！」

咖啡廳的大門突然一開。我回過神來一看，這次進來的人總算是蔣大砲了。他穿著一件及膝的黑色大衣，一手提著咖啡色的公事包，另一手拿著手機。

「這邊，蔣俊仁！」我站起身來招了招手。蔣大砲的本名叫「蔣俊仁」。

蔣大砲看見我在裡面，也朝我揮了揮手，走了過來。

「不好意思，剛剛去接我老婆回家，她身體不太舒服。」

「生病嗎？」

「她說肚子怪怪的，下午自己跑去婦產科。」

「對乎，你要當爸爸了！」

我這才想起去年夏天跟蔣大砲夫妻倆吃飯，那時他老婆的肚子已經微微隆起。

「預產期什麼時候？」

「下個月十五號。」

「恭喜啊！男的還女的？」

「女的。」

蔣大砲說著把大衣脫了下來，掛在我面前座位的椅背上。

「吃什麼，我請客。」蔣大砲坐下來，我把桌上的菜單拿給他看。

「我不餓，喝個東西就好。」

服務生這時送上水來。蔣大砲看了看菜單上的飲料，點了一杯美式咖啡。

「很忙乎？一邊工作，一邊還要操煩生小孩的事。」服務生離去後，我問蔣大砲道。

他看起來有些疲倦的樣子。

「也還好，這陣子我們公司業績慘淡，已經有同事怕被裁員，在找工作了。」

「你也有危險嗎？」

「我是還好啦，還可以苟延殘喘一段時間。」

蔣大砲微微一笑，拿起桌上的水來喝了一口。

「咦？就妳一個人來嗎？」蔣大砲看了看我旁邊的位子。

「噢，對呀，我朋友他今天晚上沒辦法脫身。」

今晚和蔣大砲碰面，照理說許平這個當事人也要來才對。但因為我跟蔣大砲約時間之前，沒有先問過許平，而他今晚剛好有班，而且是已經跟人調過了，不能再換，所以就由我單槍匹馬上陣。畢竟過兩天就是偵查庭了。

「來談正事吧，後天妳說是幾點開庭？」蔣大砲把杯子放回桌上。

「早上十點。」我拿出筆記本，確認上頭寫的時間。

「你們目前有什麼想法嗎？」

「我們想要說服檢察官，上上禮拜是他們布下的陷阱。」

「陷阱？」

蔣大砲似乎不太能夠理解。我於是把昨天晚上跟陳阿姨他們想到的策略，還有今天早上許添龍去找證人的結果說了一遍。

「這個現階段用處恐怕不大。」蔣大砲聽完後說。

「現階段？」

「對方的目的是要逼你們賣房子，所以肯定不會輕易和解。而你朋友把他們的人打到送醫院又是事實，後天偵查庭開完，我想檢察官起訴應該是免不了的。妳剛才的那番說詞，之後拿到法庭上說服法官輕判『可能』會比較有效。」

蔣大砲刻意強調「可能」二字，我聽起來有些毛毛的。

「你說『可能』，是因為證據不夠充分嗎？」

「鷹峰建設那兩個男的，事發當天會在皇冠大樓碰到你們，純粹是偶然吧？」蔣大砲反問我道。

「可是他們挑釁許平，是故意的。」

「『挑釁』跟『陷阱』是兩碼子事。」蔣大砲拉了拉椅子，傾身向前。「一個是單純的找麻煩，另一個是故意引誘你朋友動手打人。那個矮個男反應有那麼快，一看到你們就想到要『布下陷阱』？我要是法官，頂多認為那個矮個男想要欺負人，結果誤打誤撞給了鷹峰建設藉機逼你們就範的機會。而那個姓王的後來聽到自己人被打斷腿還『一臉滿意』的表情，這也是當然的，因為他們覬想妳那位阿姨的房子那麼久了，現在天上掉下來一個禮物，他能不開心嗎？」

「所以就算我們人證物證都找到了，還是拿他們沒轍？」我不甘心地問道。

「講難聽點就是這樣。」

蔣大砲果然是蔣大砲，講話還是那麼不加以掩飾。

「那打輿論戰呢？」我接著又問。

「怎麼個打法？」

「簡單說就是把他們的所作所為公諸於世。」我把先前的戰略邏輯說了一遍，這時蔣大砲點的咖啡也剛好送了上來。

「妳覺得鷹峰建設有在怕嗎？」蔣大砲笑問道。

「他們不可能沒有損失的。」

「損失是無可避免，這沒錯，但絕對沒有妳想的那麼巨大。」蔣大砲夾了顆方糖，放進咖啡裡攪拌著。「頂多消息一出來，社會大眾在網路上罵個幾天，發洩一下情緒，之後各自回去過各自的生活，誰還有空管別人的事情？這一兩年負面新聞很多的那家建商，把行賄當成投資，醜聞一個接著一個爆出來，形象夠壞了吧？但他們大樓還不是一棟接著一棟地蓋起來，荷包裡的錢有少過嗎？還有之前做廢油的那個，一開始承受了一點衝擊，但接著牛奶買一送一的促銷活動一打出來，馬上就歡天喜地銷售一空，誰還管他什麼廢油的？不僅如此，他們也可以其人之道還治其人之身，發動輿論戰把你們抹黑成萬惡不赦的釘子戶，說雙方價錢本來都談好了，但你們簽約前突然反悔，改口要兩倍的價錢，他們才是真正的受害者——」

「這種鬼話會有人信？」

「他們只要把輿論一點一點的扭轉過來就好了。」

「一點一點？」

「嗯。把你們打成釘子戶後，他們可以再買通媒體，鋪天蓋地的洗白一番。比如妳會在電視上看到他們董事長平常沒事都在家裡抄佛經，又或者有前員工跳出來說他們老闆相當的善解人意，對員工非常的好。總之每次大財團鬧出什麼醜聞，接下來各式各樣光怪陸離的事情都有可能發生，像是生產塑化劑食品的公司說要成立食品安全檢驗中心，生產餿水油的說他們一直都以品質為優先，之前那個偷排廢水的，搞不好過一陣子就說要舉辦什麼環保夏令營咧！」

這明明是很嚴肅的事情，但蔣大砲說到最後我卻忍不住苦笑起來。

「那我們應該怎麼辦？想到的方法都不可行。」

「也不是說不可行，我只是不想要你們抱太大的期望，以為可以全身而退。」

「我們也沒想過要全身而退，只希望可以用個合理一點的金額和解。」

「賠償金應該不會太誇張，不過那也是之後的事情。」

「你說民事庭？」

「應該說等刑事起訴後，他們肯定會向法院提附帶民事訴訟的。到時候法官會不會把案件移送民事庭，現在還不知道。不過可以肯定的是，鷹峰建設會不厭其煩地一直上訴，直到你們精疲力盡，放棄抵抗為止。到最後你朋友除了可能要吃牢飯外，還要煩惱賠償金跟律師費的事。」

「律師費跟賠償金加起來可能會到多少？」我問蔣大砲。

「難講，破百萬也不是沒有可能。」

一百萬——這對我、或是對陳阿姨母子倆來說，都不是一筆小錢。

「你們這次預算多少？」蔣大砲拿起咖啡喝了一口。

「還沒有討論過，但我朋友他爸會幫忙。」

昨晚我們回到屋裡，許添龍又提到了這次的律師費由他來出。陳阿姨雖然有些抗拒，最後還是接受了許添龍的援助。

「但有個條件，就是錢一定要還。」我轉述陳阿姨昨晚的話。

「這麼堅持？」

「這也是難免的，畢竟他們離婚二十多年了，男的現在還有自己的家庭。」

「如果怕負擔太重，可以考慮一下我朋友。」

蔣大砲說著拿出一張名片，轉過來擺在桌上。我一看，正中央寫著「正格律師事務所」，右下角則寫著「羅傑森律師」幾個標楷體大字。

「他是我研究所同學，現在自己執業。」

「你要我們去委託他？」

「他的收費大概是我們公司的一半——」

「這不是錢的問題。」我打斷蔣大砲的話。「我是出於信任找你幫忙，可是你卻突然拿出張名片，叫我去找其他人。你那張名片，是來之前就準備好的吧？換句話說，我根本還沒提到費用的事，你就想把我們的案子交給你朋友了。」

「費用我事前就預估好了，所以才想說給妳另外一種選擇。」

「如果我們還是想委託你呢？」

「這麼跟錢過不去？」

「跟錢過不去的是你吧？你這樣把案子往外推，你老闆知道嗎？」我突然想到蔣大砲稍早提到他們公司這陣子業績慘淡，已經有同事怕被裁員，在找工作了。

「算是知道吧。」

「知道還讓你這樣做？」

「因為政策有變，我們公司決定以後少接這種個人的委託案。」

「這是什麼鬼政策？你們公司最近不是都沒案子嗎？」

「就是因為沒案子才要這樣——」

蔣大砲話才出口，感覺就後悔了。

「什麼意思？什麼叫『沒案子才要這樣』？」我聽不懂蔣大砲在說什麼。

「總之這是我們老闆的決定。」

「你老闆叫你不要接我的案子？」

「是這樣嗎？」蔣大砲沒有回答，我又問了一次。

蔣大砲這時才終於點了點頭。

「到底發生什麼事了？」我不自覺提高了音量。咖啡廳裡用餐的客人，聽見聲音都往我們這邊看來。

「他們總經理上禮拜來了我們公司一趟。」蔣大砲說。

「他們？你說鷹峰建設？」

「嗯，他們拿了幾個集團裡的案子來說要委託我們處理，但前提是……」

「不能接我們的案子？」

「嗯。」

「然後你老闆就答應了？」

「這也不能怪他，」蔣大砲急忙解釋道。「鷹峰建設拿來的那些案子都不算小，委託費加總起來將近千萬。要是平常時候還好，但我們公司現在處於非常時期，我老闆說實在的，也沒什麼選擇的餘地。」

「你老闆知道鷹峰建設的目的是要逼我們賣房子嗎？」我問蔣大砲。

「我有跟他講過，我老闆也覺得很為難，但……」

但還是選擇了他們那邊——蔣大砲話沒說完，但我們都知道是什麼意思。

由於事出突然，我感到腦袋有些混亂，花了幾分鐘才讓思緒沉澱下來。我本來想問蔣大砲，鷹峰建設是怎麼知道他在哪上班的，但在開口之前就大概猜到了答案。去年十一月，王毅鐸打斷許平手骨，那次的和解契約書是蔣大砲幫忙擬的。後來我們雙方在陳阿姨家中簽字，蔣大砲和對方律師當時都在現場，互相交換了名片，蔣大砲的個人資訊，應該就是在那時候落入了鷹峰建設的手中。而這次，鷹峰建設八成是算準我也會找蔣大砲幫忙，所以才會搶先斷了我們的後路。

「他們這招真是用不膩啊。」我說。

「用不膩？」

「嗯，他們去年年底也找上我們事務所。」

我把鷹峰建設之前找上我們所長的事告訴蔣大砲，他聽了感覺相當的驚訝。

「所以妳那次沒有理他們？」

「嗯，想說果斷拒絕比較好，免得以後夜長夢多。」

照道理又發生了這種事，我應該要感到憤怒才對。可是此時此刻，我卻連生氣的力氣都沒有，心中只剩下無奈而已。蔣大砲說得沒錯，這件事不能怪他老闆。畢竟在商言商，蔣大砲他老闆和陳阿姨非親非故，就算他們公司現在沒有困難——套句蔣大砲剛才的話——也沒有必要跟「錢」過不去。

我只是覺得可笑，人類雖然號稱萬物之靈，但和其他動物其實也沒什麼太大的差別。我們同樣都活在弱肉強食、同樣都活在你爭我奪的世界裡。個體受制於組織，組織又受制於更龐大的組織，一層一層地堆疊上去。而所謂的文明世界，說穿了就像一條用利害關係、用心機算計交織而成的食物鏈一樣。我和蔣大砲雖然表面上過得安安穩穩，但我們倆都只是活在最底層的殘渣肉末，只有任人宰割，聽人差遣的份。唯一的不同，只在於我是一個人活在世上，沒有什麼需要牽掛的事，有時候被人逼緊了，還可以稍加反抗。但是蔣大砲不一樣，他下個月就要當爸爸了，就要迎來他人生中最甜蜜的負荷、最漫長的牽掛，自然沒辦法像我這樣橫衝直撞，任性妄為。

想到這裡，我看了坐在面前的蔣大砲一眼，他也正好在這時抬起頭來。

「對不起，這次幫不上妳的忙。」蔣大砲一臉愧疚地看著我。

「算了啦。」

我搖搖頭，努力擠出一個合適的笑容。

「這又不是你的錯。」我說。

3

晚上七點半，客運下了交流道，停靠在海洋廣場旁。外頭飄著細細的雨絲，我下車後拿出包包裡的摺疊傘，一面撐著一面往前走去，穿越港西路上的舊火車站後，一如往常來到後方的中山一路上。

以往我走在這條路上，心情大多是期待愉快的。最近一次的例外，大概就是元旦那天陳阿姨收到警告信，我和許平匆匆趕去，那時候的心情是焦灼的，深怕有人會對陳阿姨做出什麼事來。而此時此刻，我雖然也有些著急，但卻敵不過心中的疲憊感。我甚至覺得有些徬徨無助，不知道接下來該如何是好。

而這一切，當然都要拜鷹峰建設所賜了。

回想起來，鷹峰建設去年夏天開始來找陳阿姨的麻煩，而我則是拖到九月份才知道這些事情。他們起初是威逼利誘，再來是動手傷人，而現在則是又改變了策略，打算要用訴訟這種再文明不過的手段，來逼我們屈服就範。鷹峰建設既然另闢戰場，我們也沒有別的選擇，只能硬著頭皮跟他們對抗到底。只是我們怎樣也沒有料到，鷹峰建設竟然會在雙方開戰的前一刻，先奪去了蔣大砲這條我們最重要的臂膀。

今天是一月二十五日，矮個男控告許平偵查庭開庭的日子。兩天前得知蔣大砲無法接許平的案子後，我先是請他幫忙聯絡他那位羅姓的律師朋友，隔天午休再和許平趕去對方位於南京東路上的事務所親自拜訪。羅律師先前已經聽蔣大砲解釋過來龍去脈，他對於整件事情的看法也和蔣大砲大致相同，認為鷹峰建設既然目標在於奪取陳阿姨的房子，自然會把官司拖得又臭又長，直到我們撐不下去，放棄抵抗為止。果不其然，今天早上偵查庭開完，我就在公司接到許平打來的電話，說檢察官本來要他們和解，但矮個男的律師毫不考慮就一口回絕。陳阿姨得知後似乎相當的沮喪，中午許平帶她去吃飯，陳阿姨完全沒有胃口，連碗味噌湯都喝不下去。我於是跟許平約好今天晚上一起到陳阿姨家看一看。雖然我知道現在能做的事情有限，但至少大家聚在一起，有人可以說話，這對陳阿姨來說應該是種支柱吧，我在心裡頭這麼告訴自己。

我走到離陳阿姨家一個紅綠燈的地方，包包裡的手機忽然響了起來。

「喂？」我接起電話，是許平打來的。

「妳在哪？」許平問道，聲音聽起來有些著急。

「過紅綠燈就到了，怎麼了嗎？」

「我阿母有訪客。」

「訪客？鷹峰建設又來了？」我下意識這麼問道。但許平卻說不是，然後吐出了一個我完全意想不到的「答案」。

「我阿爸現在的太太。」許平說。

掛斷電話，我也不管紅綠燈了，沒車子直接就跑了過去。半晌來到陳阿姨家，幫我開門的是許平，我一進去，只見客廳坐了一個大概四十來歲的中年婦女。對方看到我進來，很有禮貌地向我點了點頭，打了聲招呼。

「妳好。」

我一面向婦人點頭回禮，一面湊到許平耳邊低聲問道：

「她來幹麼？」

「說有事找我們談，但也剛來而已。」

許平說著關上大門。這時，陳阿姨從廚房端了壺茶來到客廳，在「許太太」身旁坐了下來。我和許平也拉了椅子過去坐著。

「汝適才說有逮事找阮？」陳阿姨替對方斟了杯茶。

「嗯，」許太太用華語回道。「聽說你們接下來有場官司要打？」

「阿龍跟汝講的？」

許太太搖了搖頭，從包包拿出一個牛皮紙袋，再從牛皮紙袋裡拿出一疊照片。我一看嚇了一跳，那些照片裡頭的人物都是許添龍和我們幾個。前幾張是之前許添龍在外木山巧遇我們時拍的，後幾張則是上禮拜天晚上，許添龍來陳阿姨這裡，我和許添龍父子倆坐在屋外時拍的。相片中的許添龍，手上拿著支香菸。

「妳請徵信社？」我不敢置信地問道。

「不是的，是前兩天突然有人寄了這些照片給我，另外還附上了這個。」

許太太說著拿出一封信。我和陳阿姨接過一看，信上密密麻麻，寫著許平和鷹峰建設這次的衝突，以及許添龍這些日子以來的行蹤，旁邊還附上對應的照片編號。信的最後則是特別註明，許添龍要出錢替前妻的兒子打官司。

「這些是真的嗎？」許太太問道。

「嗯。」

陳阿姨點了點頭。我和許平則是面面相覷。這些照片肯定是鷹峰建設請人暗中拍的。換句話說就像我之前想的那樣，他們一直有在調查陳阿姨周遭的人。

「你們是什麼時候開始跟我先生聯絡的？」許太太又問。

「去年十一月。那時候是為了調查一些以前的事。」我看陳阿姨有些不知所措，於是代為答道。

「小孩失蹤的事？」

「妳知道？」

「我跟我先生結婚的時候，他跟我提過跟前妻離婚的原因，所以那些事我大概知道一二。」許太太喝了口茶，把茶杯放回桌上。「但這次跟小孩重逢，我卻是完完全全被蒙在鼓裡。要不是前幾天收到這封信，我恐怕到死都不曉得他原來跟以前的家人還有在聯絡。」

「所以阿龍也不知道汝今仔日來阮這？」陳阿姨問道。

「嗯，我沒跟他說。」

許太太神情顯得有些無力，有些落寞。我忽然想到那天在天母的咖啡廳裡，許添龍手機桌面那一張他們一家四口的合照。相片中的男女主人坐在前方，兩個兒子人高馬大站在後頭，一家人的臉上，洋溢著十分開懷、彷彿這世上沒有什麼煩惱可以擊垮他們的笑容。可是此時此刻，許太太坐在我們面前，卻像是自己窮盡一生守護的事物在一夕之間瓦解了一般，感覺十分的徬徨無助。

「我希望——」許太太忽然開口。「你們可以不要再聯絡了。」

「妳說跟妳先生？」我詫異道。

「嗯。」

「我是無要緊，但是，」陳阿姨轉過頭來，看向坐在我身旁的許平。「阿龍是他的阿爸——」

「我知道這樣要求有些過分。但是妳的孩子已經成人了，我的兩個孩子一個今年要上大學，一個還在唸國中。我不希望添龍因為過去的事而分心。我的孩子需要他爸爸全心全意的父愛，一點都不能少——」

「我看起來像是會跟國中生搶父愛的人嗎？」許平冷笑道。

「問題不是你會不會索求什麼，而是我丈夫會不會主動想要給予你什麼。」許太太直視著許平，態度甚是強硬。「你是我丈夫的第一個孩子，這些年來他嘴上雖然沒說，但我明白他心裡還是一直在掛記著你的。以前我還能容忍，畢竟跟一個不知生死的孩子計較也沒什麼意思。但現在不一樣了，你銷聲匿跡了二十多年，突然間就這麼回來了。我丈夫是什麼樣的人，我最清楚。累積了二十年的思念，二十年的愧疚，他一定會想要彌補你的。但是他的愛就那麼多，如果都給了你，那我孩子還剩下什麼？所以我求求你們，不要再跟我丈夫聯絡了——」

「可是我接下來有場官司要打。」

許平的言下之意，是許添龍答應要幫忙出律師費，雙方不聯絡是不可能的。

「官司啊。」許太太拿起鷹峰建設寄來的信，一邊看著一邊苦笑起來。「有說好要幫你出多少錢嗎？」

「沒有，就看到時候官司打完，律師費是多少。」

「這也太荒唐了。我們家又不是多有錢，怎麼可以隨隨便便開出這樣的承諾，而且還沒有知會我一聲——」

「錢是我阿爸自己賺的啊——」

「但家都是我在顧的！」許太太把信放回桌上。

「啊我阿爸就是要給我錢，妳管得著嗎？」

「阿平——」陳阿姨看了許平一眼，示意他不要再說下去了。

「好吧，既然添龍都答應你們了——」

許太太嘆了口氣，從包包裡拿出鋼筆和支票簿。我們大家還來不及反應，就看她攤開支票簿，在上頭大筆一揮，寫了幾個字。

「這樣夠了吧？」

許太太將支票撕下來放在桌上。我們一看，金額是「新臺幣壹拾萬元整」。

「這樣只夠打一審而已。」

「阿平——」陳阿姨看許平嘟嘟囔囔，一面出聲制止，一面又轉頭對許太太說：「免麻煩矣，阮不會再跟汝先生聯絡就是矣。」

我跟許平聽了一愣，許太太也有些意外的樣子。

「真的？」

陳阿姨點點頭。

「我也知道阮這樣會打擾到汝的生活，汝也很困擾。」

許太太方才盛氣凌人，此刻聽到陳阿姨這麼說，反倒顯得有些愧疚。

「我知道我的要求很無理，但我也有我的苦衷——」

「我知啦。」

陳阿姨擺了擺手。許太太則在這時把支票簿收了起來。

「要走矣？」陳阿姨問道。

「嗯，也差不多了，小孩還在家裡等我。」

許太太說著站起身來，正要往門口走去時忽然又想到了什麼，回頭看向我們。

「我今天過來的事，請你們不要告訴我先生。」

「嗯，我不會跟他講的。」

聽到陳阿姨這麼回答，許太太才總算放下心中最後一塊石頭，又朝陳阿姨道了聲謝，然後往大門口走去。

「等下。」

陳阿姨忽然喊了一聲。許太太停下腳步，回過身來。我和許平互相看了一眼，還在猜測陳阿姨想要做什麼的時候，只見陳阿姨一把拿起桌上那張十萬元的支票，站起身來往門口走去，把支票塞到許太太手中。

「這個汝拿回去，阮無需要。」

「怎麼會無需要？」許平連忙趕了上去。「打官司就要幾十萬爾。」

「汝免煩惱，我有辦法。」

「什麼辦法？」

陳阿姨沒有回答許平的話，而是走上前去替許太太打開大門。

大概是被陳阿姨這突如其來的舉動嚇到了，許太太站在原地看了看手中的支票，又看了看我和許平，感覺十分為難。

「汝可以走矣，阮的逮事汝免操煩。」陳阿姨說。

許太太大概也想趕快離開，聽見陳阿姨下了這麼明顯的逐客令，禮貌性地回了一句「那我先走了」，就趕緊踏出屋外，招了輛計程車快速離去。

「汝講的辦法到底是啥啦，阿母？」許太太一走，許平立刻問道。

陳阿姨仍然沒有回答，而是到旁邊把方才許太太喝到一半的茶，拿去廚房的水槽倒掉。說老實話，我剛才一度以為陳阿姨是為了爭一口氣，才不肯接受許添龍他太太的「施捨」。可是此刻陳阿姨感覺相當的平靜，甚或還帶著一點剛毅堅決，讓我不禁心想她或許真的想到了什麼解決的辦法，只是我們還不知道。

「莫跟我講，汝要去地下錢莊借錢喔。」許平對著人在廚房的陳阿姨說。

「我才沒頭殼壞去！」

陳阿姨把杯子洗了一洗，放到旁邊的架子上。然後擦了擦手，往我和許平所在的客廳走來，站在神明桌旁，像在端詳著什麼陌生的事物一般，抬起頭來看著一旁牆壁和天花板交界處，那一塊又一塊層層疊疊的霉斑污垢。

「這個家也真的舊矣。」

對著牆壁望了半晌，陳阿姨忽然嘆了口氣，回過頭來對我們說道。

「住幾十年矣，當然也舊啊。」許平說。

「賣掉好矣。」

「賣掉？」許平吞了吞口水，兩隻眼睛睜得老大。「汝說把家賣掉？」

「不然敢有別的辦法？」

「若是因為錢的關係，我可以幫忙。」我在一旁趕緊說道。

陳阿姨搖了搖頭。

「汝也講過，那個不是幾萬塊仔可以解決的逮事。」

「這汝免煩惱。我也上班上七、八年矣，就算說是一百萬，也是拿得出來。」

陳阿姨聽我這麼說，笑了一笑。

「汝已經幫我很多忙矣，我不行再麻煩汝。」

「若這樣，適才為什麼把支票還回去？」許平急得快要哭了出來。

「那個是別人的錢。」

「汝聽那個查某亂講！那都是阿爸的錢！」

「誰的錢都無差矣啦。」陳阿姨走到一旁的椅子坐了下來。「房子的逮事搞幾個月，我已經累矣，又走法院，不堪矣。」

「法院是我在走的，汝可以在家裡休息——」

「在家裡休息？我掛心得要死！」陳阿姨啐了一口，感覺想要發脾氣，卻又壓不住內心的擔憂似的，眼眶不知不覺就紅了起來。「汝以為走法院那麼簡單？去給法官看看就可以回來矣？無做好，是會給人抓去關的爾！」

「無那麼嚴重啦！」

「汝怎麼知道？律師敢有講汝絕對不會給人抓去關？敢有？」

被陳阿姨這麼一問，許平感覺想要反駁又找不出話，站在那邊支支吾吾的不知如何是好。其實這個問題，我之前跟蔣大砲通電話時就有請教過他，他說法律上雖然有規定刑期可以易科罰金，但那只限於六個月以下的有期徒刑，而許平這次犯的是普通傷害罪，法官最高可判三年徒刑。雖然蔣大砲有說應該不會搞到那個地步，但誰也沒辦法拍胸脯保證，絕對沒有那個可能。

「而且他們若是又用什麼漚步[47]怎麼辦？」陳阿姨嘆了口氣，接著又說。

「漚步就漚步啊，咱都堅持那麼久矣，為什麼要放棄？」

「這種逮事不是堅持就會有結果的。」

「汝怎麼知道？」許平用陳阿姨剛才說過的話反問回去。「無定著他們現在心內在想，這回咱若是再繼續堅持下去，他們就要放棄矣！」

陳阿姨搖搖頭，望向我來。

「敢有可能？」

「有可能否我不知，但是現在放棄，到今的努力就都白費矣。」我說。

「就是講咩，家莫賣啦。」許平走到陳阿姨身旁，搖了搖陳阿姨的手臂。「錢咱就先跟阿芬借，以後再還就好矣。」

「嘿啊。」

我在一旁附和著。陳阿姨沒有馬上回答，過了半晌才又開口。

---

47 不入流的手段。

「汝們為什麼無要給我把房子賣掉？」

「無為什麼啊，賣房子當然也是要咱真心願意，不行給人用逼的！」

許平話才說完，陳阿姨就笑了起來。

「汝們兩個都誤會矣。把房子賣掉這件逮事，我已經考慮很久矣，不是因為今仔日那個查某來，我才決定的。」

「我才無要相信咧。」

「是啊，我頭先也無相信我竟然會這樣決定。」陳阿姨像在回憶著什麼似的，低著頭沉思起來。「但是有一天，突然間我明白矣。我之前一直無要把房子賣給他們，是因為汝適才講的，我無要給人用逼的。但是冷靜下來想想，除了我無喜歡那種給人逼的感覺，把房子賣掉又有什麼壞處？我想無咧。但是好處就有。就像王毅鐸那回講的，我可以用賣房子的錢，去租一間較大的公寓——」說到這，陳阿姨抬起頭來，看向許平。「這樣你也可以搬過來跟阿母住，敢無好？」

許平搖了搖頭。

「把房子賣掉，阿母汝的回憶就無矣！」

「人無可能一世人活在回憶內的——」陳阿姨像是要安慰許平，又像是要說服自己似的，幽幽地嘆了口氣。「再說，以前我守在這個家，是因為怕汝若是有一天回來找不到我。現在咱團圓矣，房子留還是不留，都也無差。今仔日就算是一個機緣，給我有那個勇氣從這走出去，過新的生活——」

「汝在騙汝自己！汝根本就無想要離開這！」許平整個人激動起來。我的想法跟他一樣，陳阿姨從剛才到現在，都只是在找藉口而已。

「阿姨汝可以再考慮幾天，不用現在決定。」我走到陳阿姨身旁說道。

「嘿啊，為什麼要那麼急！」

陳阿姨感覺有些動搖，但僅僅就只有一瞬間而已。

「免再講矣，」陳阿姨擺了擺手。「該想的我都想過矣。」

「阿母——」

許平不死心地又喚了一聲，但陳阿姨絲毫不予理會，逕自站起身來。

「我累矣，先來去休息。」

陳阿姨說著往一旁的臥室走去。我一時不知道如何是好，在後頭喊了一聲：「阿姨——」，然後幾乎在同一時間，一旁的許平忽然啜泣起來。我回頭一看，只見他低著頭坐在那裡，嘴裡呢呢喃喃地唸著：

「都是我的錯，都是我的錯……」

陳阿姨聽見聲音，緩緩地停下腳步，背對著我們。

「如果那天我沒有去海洋廣場就好了，」許平抹了抹眼淚，哽咽著說。「這樣就不會有現在這些麻煩——」

「許平！」

我忍不住大聲起來。陳阿姨和許平這次之所以能夠相認，都是因為去年九月在海洋廣場，許平幫我們攔住了那個偷錢包的中年大叔。換句話說，如果許平當時不在那裡，陳阿姨和他恐怕到現在都還無法團聚。

「我本來一個人活得好好的，你們為什麼要把我拉進這趟渾水！」

「你在胡說什麼！」

我衝過去制止許平，但他卻恍若無聞，把我一把推開。

「阿母，」許平抬起頭，滿臉淚水地看著陳阿姨。「鷹峰建設不是很久以前就來找汝談矣？汝為什麼到今才決定要把這個家賣掉？」

「阿姨，汝莫聽他胡白亂講——」

我話才說完，只見陳阿姨稍稍的回過頭來，感覺在強忍著淚水的模樣。

「阿母——」

許平又喊了一聲。陳阿姨聽了卻回過頭去，一面說道：

「時間晚矣，汝們也趕緊回去休息。」

說完走進房裡，把房門牢牢地關了起來。

4

舞臺上的樂團剛剛登場。主唱是個看起來二十多歲的女生，其餘三個樂手則都是男性，年紀比主唱稍長一些。

「大家好，我們是《babyfat》！」

女主唱向臺下介紹完樂團名稱，後方的鼓點一下，表演便開始了。他們帶來的第一首歌，是英國警察合唱團八〇年代的名曲〈Every Breath You Take〉。節奏明快，渲染力強。而我之所以認得這首曲子，是因為前幾年臺灣歌唱比賽節目還盛行的時候，在電視上聽參賽選手唱過，留下了一些印象。

這裡是慶城街上一間叫做〈B&B〉的美式餐廳。我們公司每一季都會舉辦一次部門聚餐，而這季剛好辦在二月底連假之前的今天晚上。餐廳裡的座位一百多個，我們公司包下了將近一半，主要位於舞臺前方及左側的區域。公司的同事下班後陸陸續續過來，我跟小雯、箱子哥，還有幾個比較熟的經理，此刻坐在舞臺前方最右邊的一張桌子。再過去是靠牆的沙發區，零零散散坐著其他的客人。

我無意間看了一下，坐在我右手邊的是兩對打扮頗為時髦的情侶。一個男的梳著西裝油頭，樣子看起來痞痞的，另一個肚子大大的，戴著副咖啡色的粗框眼鏡。女的年紀則大概都二十出頭，坐在油頭男身旁的那個妹妹，留著大波浪的棕色長髮，眼鏡男旁邊那個則是一頭俏麗的黑色短髮。此刻，隨著舞臺上女主唱那略微沙啞，又有點溫柔的歌聲，眼鏡男刻意陶醉地搖擺著身體，坐在對面的油頭男似乎覺得很滑稽，連忙拿出手機替他拍照。至於兩個妹妹，則是對這首歌和眼鏡男都沒什麼興趣似的，自顧自地聊起其他話題。只見那個長髮妹妹，忽然間把左手的袖子拉了起來，露出手腕上一個五顏六色的刺青，像兩三個交纏在一起的手環一樣，十分醒目。

「妳什麼時候刺的啊？」短髮妹又驚又喜地問道。

「上禮拜。」長髮妹大聲喊道，聲音幾乎要被舞臺上的音樂蓋了過去。

「阿南幫妳的？」短髮妹看向一旁拿著手機拍照的油頭男。

「嗯嗯，他下手超大力的！」

長髮妹皺著眉頭，裝出痛苦的表情。這時臺上正好進行到副歌，坐在我旁邊的小雯一邊跟著輕輕地唱，一邊湊了過來。

「怎樣？妳也想刺一個啊？」

「想太多，光看到刺青用的針我都覺得痛了。」

我拿起湯匙，挖了口面前的燉飯來吃。這間店雖然號稱美式餐廳，實際上卻是歐美各國的料理都有在賣。我點的是西班牙海鮮燉飯，箱子哥點的是十二盎司的美式肋眼牛排，小雯則是點了這裡的招牌菜，白酒蛤蜊香蒜義大利麵。

「妳今天心情是不是不好啊？」箱子哥切了塊牛排，抬起頭來問我道。

「我哪有？」

「沒有嗎？」箱子哥看向小雯。「阿芬明明早上還好好的，中午撇下我們自己去吃飯，一回來就怪怪的。」

「還好吧，是你太敏感了啦。」小雯說。

「就是嘛。」

箱子哥看我跟小雯口徑一致，哼了一聲，把切下來的牛排塞進嘴裡。

「你最近不是在減肥，還點十二盎司的？」小雯問道。

「就是減肥才要這樣啊。少吃澱粉，多補充蛋白質。」箱子哥嚼著牛排說。他前陣子去健康檢查，醫生說他體脂、血脂、三酸甘油脂都太高了，要好好注意飲食。

「多補充蛋白質？醫生跟你講的？」

「唉唷，妳不懂啦。我現在用牛肉把肚子撐飽，等下那些萬惡的甜點上來就吃不下了，這叫做『策略』！」

「甜點有第二個胃裝，我才不信待會你不吃呢。」

「妳們女生才有第二個胃咧！」

小雯和箱子哥鬥嘴的當下，臺上的〈Every Breath You Take〉剛好演唱完畢，臺下頓時響起一片如雷的掌聲。女主唱開心地向大家道了聲謝，接著又帶來了幾首英文歌曲，有的我耳熟能詳，有的卻只有模糊的印象。半晌大概八點鐘的時候，我去廁所洗了把臉，出來時樂團還在臺上表演，不過這時卻換了首華語歌，女主唱用她那帶著點沙啞的嗓音，大聲地唱著阿妹的〈三天三夜〉：

三天三夜的三更半夜，跳舞不要停歇～～
三天三夜的三更半夜，飄浮只靠音樂～～

臺下的人聽到自己熟悉的歌曲，都不自覺地哼了起來。要是平時，我肯定會跟著大家一起同樂，但這會兒我頭有點不太舒服，便沒有回到座位上，而是獨自到外頭透一透氣，在門口的休息區坐了下來。

放眼望去，餐廳所在的這條巷弄多是一些老舊建築，外頭的大馬路上，則有幾棟蓋到一半的住宅大廈，高樓層的鋼筋還裸露在外。近幾年，這類的景象在臺灣隨處可見。也沒有什麼整體的規劃，建商只要找到空地，就算是高架橋邊的畸零地，也是毫不猶豫地先蓋再說。這種「運動」，由臺北市蔓延開來，現在就連基隆的建案也如雨後春筍般出現。鷹峰建設要在車站旁蓋的住宅，就是最好的例子。

上個月那天晚上，陳阿姨決定把房子賣掉後，隔天自己聯絡了鷹峰建設。過兩天禮拜六，鷹峰建設的趙總經理，中午帶著王毅鐸和律師登門拜訪，陳阿姨開門見山地說要她賣房子可以，但矮個男的訴訟要立即撤掉，而且不可以再要求賠償。這對鷹峰建設而言根本無關痛癢，趙總經理當場就答應了下來，另外大概是怕陳阿姨出爾反爾，本來開價五百萬買的房子，當天又加了兩百萬，前提是禮拜一就要簽約。我和許平眼看局面就要無法挽回，那個週末勸了陳阿姨不下十次，但陳阿姨顯然心意已決，完全沒有退讓的意思。就這樣到了禮拜一，我請假去陳阿姨家，想要把握住最後一絲可以挽回的機會，但陳阿姨是吃了秤砣鐵了心，不管我說什麼都一概不理。我和許平就只能站在一旁，睜睜地看著雙方簽下合約，替這半年多來的紛爭畫下不可逆的句點。

「開心一點，好處少不了妳的。」簽約那天王毅鐸也在現場，他看我愁眉苦臉的樣子，過來對我說道。

我當時不明白王毅鐸所指為何，只覺得有些憤怒。直到過幾天早上，我一到公司坤哥突然把我叫了過去，跟我說鷹峰建設所屬的集團，已經決定將旗下公司的審計業務都交給我們事務所處理，外加先前那個大俊工具機的併購案也由我們負責，我才恍然大悟王毅鐸所謂的「好處」是怎麼回事。

「丁董事長對妳的印象很好，大俊的案子指定由妳負責。」

「印象好？」

「是啊，」坤哥笑了笑說。「這次的建案，你們雖然立場不同，但丁董事長對妳的勇氣和執著印象十分深刻，認為併購案如果由妳來當專案經理的話，肯定也會秉持著一樣一絲不苟的精神，替他們爭取最大的利益。」

「他不怕我故意挖洞給他們跳？」我冷笑一聲，不以為然地說。

「妳會嗎？」

「我會弄得神不知鬼不覺的。」

「這是何苦呢？」坤哥嘆了口氣，臉上仍然掛著笑容。「我們人呢，活在這世上也就短短的幾十年而已，應該要向前看，而不是困在那些無法改變的事情上頭。這次的開發案，丁董事長他們取得土地的手段雖然有些爭議，但就結果而言真的有那麼糟嗎？我覺得也不要那麼快下定論。或許再過個兩三年，妳那位阿姨朋友回頭來看，也會認為把房子賣掉是個明智的決定。不僅自己過得比較舒適，基隆也可以藉由都市更新而有不一樣的風貌啊！」

坤哥當時把他那媲美政治人物的口才發揮到淋漓盡致，接著又分析了一堆道理給我聽，說我如果不喜歡丁董事長他們公司，那這次的案子就好好地幹，從他們手上大賺一筆，這才是聰明人的復仇。那天回家的路上，我又想起了禮拜一和鷹峰建設簽約時，陳阿姨那感覺已經放下一切，從今而後不再回頭的模樣。既然如此，那我是在痛苦什麼呢？我本來以為我是在替陳阿姨抱不平，但後來又發現我在乎的其實是自己的感受。自從許平打傷矮個男之後，我就已經準備好了要跟敵人一決生死，可是主帥陳阿姨卻在開戰的前一刻舉旗投降，我先前備戰的努力也因此全數付諸流水，化為烏有。為此我除了不甘，對羅律師也很不好意思，畢竟他是特地挪出時間來幫我們的。許平則是自責不已，因為就是他一時衝動成為了「人質」，陳阿姨才會屈服於敵方的淫威之下，我們也才會淪落到現今這個局面。

「妳還好吧？」

我回神一看，只見小雯手裡拿著兩罐啤酒，在我身旁的空位坐了下來。

「嗯。」我從小雯手中接過一罐啤酒。「妳怎麼也出來了？」

「擔心妳啊，去上個廁所就不見了。」

小雯打開啤酒喝了一口。一些用完餐的客人這時從餐廳出來，旁邊門一打開，裡頭傳來震耳欲聾的音樂聲。方才那個女主唱這次換了個截然不同的唱腔，唱著艾拉妮絲•莫莉塞特的名曲〈You Oughta Know〉。

「裡面快結束了嗎？」我也打開手中的啤酒。

「差不多了，剛剛上完甜點，現在大家在跟老闆們敬酒。」

「好吃嗎，甜點？」

「還不錯啊，箱子哥說要減肥，結果一個人就吃了兩份蘋果派！」小雯往後方餐廳一指，裝出一副不敢置信的模樣。

「箱子哥的策略也有失敗的一天。」

「什麼策略？」

「他剛剛不是說用牛肉把肚子填飽，甜點來就吃不下了？」

「怎麼可能？又不是第一天認識他！」

箱子哥是我們公司的美食家兼大胃王，座右銘是「士可殺，不可不吃」。

「坤哥剛剛有提到妳誒。」小雯喝了口啤酒說。

「我？」

「嗯，剛剛他代表老闆們上臺發言，說託妳的福，公司最近接到了一個不小的案子。」

「那跟我才沒關係。」

我沒想到坤哥會在公開場合提起這事，不禁感到有些不是滋味。

「是那個什麼鷹峰建設嗎？」

「嗯，他們跟現在那個客戶是同一個集團的。」

「所以陳阿姨還是決定把房子賣了？」

「被逼的。」

我呼了口氣，把鷹峰建設這些日子以來的惡形惡狀，不管小雯有沒有聽過，都再說了一遍。

「你朋友他爸不會覺得很奇怪嗎？官司突然就不打了？」

「他也只能接受啊，畢竟那是陳阿姨的決定。」

我們和許添龍，自從上個月他太太來訪之後就沒再聯絡。許添龍大概也察覺到了事有蹊蹺，這個月初打了通電話給我，向我問明原因。而我當時並沒有把他太太來找過陳阿姨的事說出來，只是簡單地告訴他陳阿姨決定把房子賣了，那陣子沒有和他聯絡，是因為忙著找租屋處的關係。

「租？不用買的嗎？」小雯聽我說完，問道。

「之後會。陳阿姨打算用賣房子的七百萬，加上現有的積蓄在基隆買間大一點的公寓，到時候許平也可以搬過來一起住。但現在過渡期就先用租的。」

「過渡期？」

「就鷹峰建設急著趕人走啊。」我打開一罐新的啤酒，剛剛我們兩個酒鬼又去裡頭拿了半打出來。「之前簽約的時候，陳阿姨向鷹峰建設表示，希望對方給她三個月的過渡期找合適的房子，但鷹峰建設大概怕夜長夢多，在那邊討價還價的，說最多只能給陳阿姨一個月的時間。雙方爭執了一會兒，鷹峰建設的趙總經理最後提出一個折衷方案——再給陳阿姨一筆錢，讓她這段時間先在外頭租個暫時棲身的地方。」

「還算有點良心。那租屋處找到了嗎？」

「嗯，這個連假陳阿姨會先搬過去。」

陳阿姨這次租的臨時住所，一樣位於基隆火車站附近。雖然坪數不大，但還是有兩間房間。而許平因為現在住處的租約下個月月初就到期了，所以打算等陳阿姨安頓下來之後，也搬過去一起住。我到時候如果沒事，會過去幫忙他們整理東西。

「妳下午就是為了這些事在心煩？」

小雯把手中的半罐啤酒倒進嘴中，提起箱子哥稍早的那番話，說我今天中午獨自出去，回來公司就怪怪的。

「原來妳也看出來了啊。」剛剛小雯還說箱子哥太敏感。

「我又沒瞎。」

小雯說著又開了一罐啤酒。我也跟著灌了一口。

「如果有一天，妳發現妳爸其實不是妳爸會怎樣？」我問小雯。

「什麼意思？」

「就字面上的意思。妳爸不是妳爸，但妳媽還是妳媽。」

「那會超嘔的吧，我居然照顧不是自己親生父親的爛人那麼久。」

小雯她阿爸前兩天又喝酒鬧事了。雖然沒送醫院，但還是受了點傷，進了警局。小雯當時請半天假就是去處理這件事。

「那妳會跟我講嗎，如果知道我阿爸其實不是我阿爸的話？」

「什麼鬼啦？」

小雯跟我一樣酒量都不怎麼好，才幾罐啤酒下肚，耳根子全都紅了起來。此刻我看著她那半分困惑、半分迷茫的表情，掙扎了好一會兒，最後才藉著酒意把手伸進包包，從裡頭拿出一個對摺起來、A4大小的白色信封袋給她。

「百分之零點三？」小雯打開信封，看著裡頭的報告。

「我那朋友跟他阿爸是父子的機率。」

「到底是怎麼回事？」小雯彷彿酒醒了似的，睜大眼睛看向我來。

「我偷拿他們的DNA去驗的。」

「偷拿？這是犯法的吧？」

「我也知道啊，但不這麼做謎團就解不開了。」

上個月和高承漢通完電話，我一直在想他當時為什麼會說，我們如果再繼續調查過去的事，受害最深的會是陳阿姨。後來我的結論是，許添龍很可能和當年的綁架案有所牽扯，甚至直接參與其中也未可知。

「但許添龍為什麼會『參與』當年的綁架案呢？有什麼理由要毀掉自己原本圓滿的家庭？」我一邊揉著太陽穴，一邊向小雯解釋我心中的疑惑。「如果說單純是受到李素珍慫恿，這個理由實在過於牽強。那天搭計程車前往皇冠大樓的途中，我忽然想到我們當初只驗了陳阿姨和許平的DNA，沒有去管許添龍到底是不是許平的親生父親。於是，我心裡浮現一個假設：如果說陳阿姨當年背叛了許添龍，懷了別人的孩子，而且那個人還是自己丈夫的好友高承漢，那許添龍和李素珍就有足夠的理由一起策劃當年的綁架案，甚至把許平帶到山中的人，很可能就是許添龍。」

小雯聽到這，眼睛又睜大了幾分。

「妳的意思是，外遇的不是許添龍跟李素珍，而是高承漢跟陳阿姨？」

「嗯，如果我的假設是對的話。」

要釐清真相，勢必要再做一次親子鑑定。許平的DNA不難到手，我跟他一個禮拜會碰個一兩次面，見面時假裝作弄他，拔他個幾根頭髮他也不會懷疑。許添龍的也不會太困難，因為他是個老菸槍，我就想說可以從菸蒂下手，而上個月他來陳阿姨家討論官司的事時，剛好把抽完的菸蒂留在門口，我就趁著大家都進到屋，沒人注意時撿了起來。真正棘手的，是接下來與良知的拔河。畢竟偷DNA只是預謀犯罪，但把DNA送去檢驗就是紮紮實實跨越了那條道德的界線。我當時猶豫了好幾天，才決心採取行動。至於鑑定報告，其實早在這個月月初就出來了，只是我一直不敢去拿。直到昨天傍晚，檢驗中心又寄了封通知取件的簡訊，我才趁著今天午休去把報告拿了回來。結果也一如所料，報告第一頁用粗體字標示的百分之零點三，就是許添龍和許平是親生父子的機率。

「那現在妳打算怎麼辦？跟許添龍攤牌？」

「我還在考慮。」

「考慮什麼？」小雯揮了揮手中的報告。「證據都有了。」

「我怕真相一挖出來，很多事情會失控。」

「真相不就是這報告上寫的——零點零三？」

「那只是一部分而已。像是許平的生父是誰，目前就還不知道。」

「不就那個什麼高承漢嗎？妳自己不也這麼覺得？」

「那只是假設而已，沒有證據。」我感到一陣頭痛欲裂，用力按了按兩邊的太陽穴。

「再說，姑且先不管那個人是不是高承漢，我始終不太相信陳阿姨會背叛許添龍，喜歡上別的男人——」

「為什麼不相信？妳真的很了解那個陳阿姨嗎？」

小雯把報告塞回我的手中，一面用她那帶著酒意卻又堅定的眼神看著我。

「每個人都有不為人知的一面的。」

「就算我的假設是真的，事情發生的時間點還是很怪。」我搖搖頭，望著滿地的空啤酒罐。「陳阿姨和許添龍民國七十五年結婚，隔兩年就生下了我朋友。如果高承漢真的是我朋友的親生父親的話，那就表示他當時就跟陳阿姨發生了關係。可是我之前聽許添龍說過，高承漢和李素珍民國八十一年離婚，當時他們結婚了五、六年，換句話說兩人也是民國七十五年左右結婚的。剛結婚就和朋友的太太發生這種關係，也太奇怪了吧！高承漢的動機是什麼？當時他應該還不知道李素珍不孕啊！」

二十五年前的四個成年人——陳阿姨、許添龍、高承漢、李素珍——他們對事件的全貌到底了解多少？陳阿姨知道許平的生父不是許添龍嗎？許添龍又是怎麼知道許平不是自己的孩子的？他和李素珍，當初是誰狠下心來，提議要綁架許平？兩人原先的計畫又是什麼？是一開始就決定要把許平丟到山裡？還是後來發生了什麼意料之外的事？那天和高承漢通電話，他似乎是什麼都知道了，才會勸我不要再調查下去。但我一直想不通的是，高承漢在當年的事件中到底扮演什麼樣的角色。他是怎麼發現許平是被李素珍和許添龍綁架的？他跟陳阿姨到底有沒有那種關係？如果有的話，他那時候知道許平「可能」是自己的孩子嗎？如果知道，又為什麼要逃到國外？為什麼不去把許平救回來？——

「謝謝光臨！」

一陣音樂聲，伴隨著餐廳服務生送客的聲音從一旁流瀉而出。我回頭一看，只見幾個客人從餐廳裡走了出來。

「是剛剛那桌的人欸。」小雯說。

我仔細一看，眼前共四個人，的確是剛剛隔壁桌的那兩對情侶沒錯。

「現在要去哪？」短髮妹似乎是喝醉了，由眼鏡男攙扶著。

「不是說要去唱歌？」說話的是長髮妹，她和油頭男手牽著手走在後頭。

「好啊，我待會兒也要唱三天三夜！三天三夜！的三更半夜！」

短髮妹也不顧旁人眼光，逕自就唱了起來。

「你馬子這樣還能唱嗎？」油頭男問道。

「可以的啦，她還很清醒。」

眼鏡男的車停在餐廳的斜對面，是一台藍色的保時捷休旅車。他們一行人先是把短髮妹扶進後座，長髮妹再由另一邊的車門進去，和短髮妹坐在一起，眼鏡男和油頭男則是繞到前方，打開正副駕駛座的車門。

這一切本來沒有什麼特別。可是就在下一秒鐘，油頭男鑽進副駕駛座的那一剎那，一股異樣的熟悉感猛然閃過我的腦海。我覺得自己好像在哪裡見過眼前的這位油頭男，起身往前走了幾步，想要把油頭男此時此刻的身影，跟我記憶裡的某個畫面兜在一起。然而就在這時，油頭男忽然砰的一聲關上車門，旁邊餐廳的大門則是又打了開來，裡頭流竄而出的音樂聲像一顆巨石從天而降，把我漸漸成形的思緒一瞬間打成了灰燼。這次的歌是愛爾蘭樂團小紅莓的反戰歌曲〈ZOMBIE〉，女主唱扯著喉嚨，近乎嘶吼地唱著：

In your head，in your head

Zombie，zombie，zombie-ie-ie

「怎麼了嗎？」

小雯走上前來，站在我的身旁。

我愣愣地望著前方，油頭男坐的那輛保時捷早已開離原地，消失了蹤影。

「我也不知道。」我說。

5

計程車穿過隧道，筆直地往山坡下開去。我坐在後座，窗外是一片明媚的陽光，街上甚至還有人穿著短袖。

今天是三月四日，二二八連假完的第一個禮拜六。我稍早起床，吃了點東西後出門搭車，我跟許平約好早上到他那邊，幫忙整理要帶過去陳阿姨租屋處的東西。而這也是我們最近一個禮拜，第二次做這種搬家的工作。

「妳現在變搬家達人了啊？」小雯昨天知道我要去幫許平的忙，語帶調侃地說。

「是啊，妳跟老實哥以後有需要可以找我。」

「哈哈，一定一定！」

忙了將近半年的調查，我這個禮拜決定收手了。一方面我感到身心都有些疲憊，另一方面自從得知許添龍並非許平的親生父親後，我覺得接下來的真相已經超出了自己可以承受的範圍。此外，這禮拜我接到一通沒有料到的電話，在那之後我所有進行到一半的調查都告一段落，某種程度也算盡了人事，沒有遺憾了。

剛剛結束的四天連假，我和許平才在陳阿姨中山一路的家中忙了兩天半，幫忙打包要搬走的東西。由於「家」是帶不走的，所以陳阿姨那時選擇帶走家裡的每一樣物品，大至床鋪、衣櫃、客廳裡那張扶手已經綳裂開來的藤椅，小至碗筷、菜瓜布，還有曾經用來修補家裡的釘子。有些東西我和許平要幫忙，陳阿姨還不肯，說她要自己來。像是梳妝臺上那個木製的珠寶盒，陳阿姨就把它和許添龍四年前寄給她的那封信，還有房間牆上那張尋人啟事一起放進自己的包包裡，不讓搬家公司運送。她說這三樣東西是將來要跟她一起進棺材的，絕對絕對不能弄不見。

一個多月前陳阿姨決定賣掉房子，到後來和鷹峰建設簽下合約，這期間陳阿姨表現出來的樣子都十分堅定，甚至還帶有一點不容動搖的絕情。但我和許平都心知肚明，陳阿姨只是在壓抑而已，她心裡其實比誰都還要難過、還要不捨。果不其然，那天搬完東西，把房子交給鷹峰建設的時候，陳阿姨終於因為要與那個她住了大半輩子的家別離而落下了眼淚。當時我在一旁看著，除了替陳阿姨感到難過之外，心中隱隱約約還揚起了一股帶著刺痛的熟悉感。起初，我不知道那錐心的感受從何而來，直到後來我回到家中，一個人坐在沙發上時才猛地想起，二十年前的那天下午，我也同樣流下了那樣無能為力的淚水。陳阿姨是迫於現實，不得不割捨掉長年以來的棲身之所，而我則是不知為何，要那樣眼睜睜地看著阿爸阿母身陷火海，自己卻什麼事也做不了。陳阿姨雖然失去了家，但至少把許平從無盡的官司中拯救了出來。而我呢？在那場災難之後，換到的卻是一個又一個、不曾隨著時間褪色的噩夢。

就在這時，那通電話打來了，是一組陌生的號碼。

「喂？」我接起電話。對方是一位男性，問我是不是林小姐。

「我是，請問你？」

「喔喔，我姓李，以前住在……」

對方接著自我介紹了一下。我一開始腦袋有點混亂，過了一會兒才恍然大悟，原來電話另一頭的這位李先生，就是當年從高承漢手中接下六堵工廠的那位買家。先前我打探到他的住址，但前去拜訪時他已經不住在那邊，我於是把聯絡方式留給現在的屋主，請對方如果遇到原屋主，再幫我傳一下消息。老實說，這條線索我原本不抱希望，哪曉得就那麼巧的，這位李先生最近回到以前住的地方辦點事情，剛好碰上現任屋主，現任屋主就把我之前去過的事跟他說了。

「妳找我，是想問什麼綁架案？」

「對。」我稍微解釋了一下，直接說出結論。「我覺得把工廠賣給你的高先生，整件綁架案他都是知情的，後來才會逃到海外。」

「這樣啊。」

「高先生當時有沒有什麼地方，讓你覺得不太自然？」

「沒什麼印象了。」李先生感覺有些為難。「一來已經過了那麼多年，二來就像妳說的，高先生當年賣工廠賣得很匆忙，我跟他實際接觸的機會其實也不多。我唯一有印象的，就是當年高先生把工廠交給我的時候，裡頭空空蕩蕩的一片，原本的機具全都搬走了，而且地面應該是有特別打掃過，不然一般的工廠不會那麼乾淨。」

「所以你們當初買賣的標的不包含工廠裡的機具？」

「嗯，我要的只是土地而已。」

一般人賣土地，會特地把上頭的東西清走嗎？還是說那些機具是有價值的？可是高承漢為了趕著出國，工廠都賤賣了，還會在乎那些錢嗎？我正這麼想的時候，李先生忽然記起了什麼似的，在電話那頭叫了一聲。

「對了，我記得那時候還撿到了個玉佩，就在窗戶邊的角落。」

「長什麼樣子？上頭是觀世音菩薩嗎？」我連忙問道。

「這我就不確定了。」

李先生苦笑了一下，說他只記得那是塊綠色的玉佩，頂端用條紅線繫著。

「那塊玉佩後來你怎麼處理？」

「我記得是拿給高太太了。」

「高太太？」

「是啊。那時候我把玉佩送到高先生基隆的家，來開門的是高太太。我稍微說明了一下就把玉佩給她了。」

和李先生講完電話，我拿出筆記本把重點記了上去。基本上，現在應該可以推斷高承漢六堵的工廠，就是當年許添龍和李素珍囚禁許平的地點。問題是在那之後究竟出了什麼事？他們為什麼要把許平丟到山中？是因為高承漢發現了嗎？如果真是這樣，高承漢那時為什麼不直接救人？之後又為什麼要匆匆忙忙逃往海外？

我當時一邊想著這些問題，一邊翻著手中的筆記本，回顧這半年多來走過的點點滴滴。想當初我決定找尋真相，身邊的人除了小雯反對之外，陳阿姨和許平也顯得有些意興闌珊，覺得過去的事已經不重要了。但我不在乎，我一心只想揪出當年那個拆散陳阿姨一家人的「凶手」，所以才一路去拜訪了許添龍、信義市場的阿婆、松柏育幼院的連院長，最後甚至瞞著許平，自己跑去追查當年接手高承漢六堵工廠的買家。這過程雖然辛苦，但我絲毫不以為意，我唯二感到受挫的地方，一是陳阿姨收到了不知誰拿來的兩封警告信，希望我順著對方的意停止調查，其次是陳阿姨在許添龍現在的太太來訪之後，決定把房子賣掉一事。雖然房子賣或不賣跟調查沒有關係，但自從陳阿姨下了那個決定以後，我也覺得有點累了，開始懷疑起自己這半年來的努力，不管是追查過去的事，還是幫忙對抗鷹峰建設，到底值不值得。我甚至有在認真考慮，為這半年多來的「偵探遊戲」畫下句點。

事實上，前幾個禮拜在電話中，我跟許添龍說完陳阿姨決定把房子賣掉後，他又像前幾次那樣，自己問起失蹤案的調查進度。而我當時因為有些心力交瘁，並沒有跟他解釋太多，只簡單地說我應該不會再追查下去了。

「因為警告信的關係？」

「多少吧，我不想再讓陳阿姨擔心了。」

許添龍聽我這麼說，先是沉默了一會兒，接著突然話鋒一轉，問我就這麼放棄不會不甘心嗎？

「你希望我繼續查下去？」

「該怎麼講呢——」許添龍嘆了口氣，聲音裡帶著些許的猶疑。「想當初跟秋琴離婚，我就決定不要再回頭看了。頭幾年痛苦是當然的，但後來我也慢慢適應了新的生活，組織了新的家庭。我本來以為自己這輩子都不會再跟秋琴見面，但去年妳卻突然聯絡我，說阿平找到了。我當下不知道該如何反應，等真的見到了阿平，那些我一直想要壓下來的往事，又統統浮上了心頭——」

我當時在電話這頭聽著，心中冒出兩股互相拉扯的力量。一方面我堅信許添龍就是當年夥同李素珍綁架許平的犯人，因此他以上這番說詞，在我聽來格外的刺耳。但另一方面，他那態度之誠懇，真情之流露，又讓人很難想像這一切是演出來的。我想到去年在天母那家咖啡廳，許添龍給我們看他手機裡一張張許平兒時的照片，那時的表情就像是沉浸在甜蜜的回憶裡不可自拔。如果他知道許平不是自己的親生兒子，當時是懷著什麼樣的心情告訴我們那些往事？他是刻意在跟我們見面之前，把照片一張張存入手機裡的嗎？目的呢？讓我和許平卸下戒心？

所謂的真相到底是什麼？那天我看著手中的筆記本，心裡想著這個折騰了我將近半年的問題。李素珍和許添龍聯手綁架許平，一個人動機是出於嫉妒，另一個是為了報復妻子出軌，這就是真相的終點了嗎？如果不是，如今的我又有什麼方法可以撥雲見日？我唯一想到的，就是拿著DNA鑑定報告跟許添龍攤牌。可是我又擔心自己所見所聞只是冰山一角，二十五年前事件的始末如果連根拔起，那些藏在人心裡的醜惡、那些是是非非愛恨糾葛一旦攤在陽光底下，我會沒有勇氣承受。就像那天我跟小雯說的，我怎樣都不相信陳阿姨會背著許添龍跟別的男人有染，可是如山一般的鐵證就擺在那裡，我實在無法視而不見。小雯說每個人都有不為人知的一面，這我不否認，但那藏起來的部分，真的有可能把原本的自己完完全全地推翻掉嗎？陳阿姨如此深愛著丈夫的妻子、深愛著孩子的母親，真的會親手葬送掉自己一生的幸福？那天我想到這裡，心中忽然湧起一股前所未有的無力感，還有隨之而來把我最後一絲掙扎徹底擊潰的恐懼。

我後悔了。

我想到去年調查剛開始的時候，小雯提醒過我，最後的真相可能會讓陳阿姨和許平的關係決裂，但我還是擋不住好奇心的力量，決定繼續下去。

「妳有那個覺悟嗎？」小雯當時這麼問我。

「有吧。」我記得我帶著點猶豫，但最後還是給了個肯定的答案。

三個多月過去了。如今的我，只想趕快結束這一切。

「就到此為止吧。」

我把手中的筆記本闔了起來。

6

噠——噠噠——

許平住在仁二路上一棟五層樓的公寓。半晌我到達那裡，一樓鐵門是關著的，我於是按下了旁邊牆上的對講機。

「是我。」聽到接通的聲音，我對著通話處說。

「左邊那間喔。」許平簡短應道，接著喀嚓一響，旁邊的大門應聲打開。

公寓每層樓有兩戶住家，我爬樓梯上到五樓，左邊那間門是虛掩的，裡頭正放著搖滾樂。我推門進去，看見許平滿頭大汗地坐在客廳地上。

「你都弄得差不多了嘛。」

許平身旁擺著一大一小兩個攤開來的行李箱，裡頭裝滿衣物。旁邊另外還有幾個厚紙箱，內容物雜七雜八，有我叫不出名字來的漫畫、叫不出名字來的遊戲光碟，還有裝在塑膠盒裡我同樣叫不出名字來的模型公仔。

「這只是冰山一角。」許平呵呵笑道，一面塞了個東西到身旁的紙箱裡。

我把包包放在客廳的沙發上，在茶几旁拉了拉筋。

「搬家公司什麼時候來？」

「明天下午。」

許平說著站起身來，把音樂轉小聲一些。

「對了，我阿母剛打電話來，問我們晚餐想吃什麼，她要去買菜。」

「不是說好到外面去吃？」

「可能她待在家覺得無聊吧。」

陳阿姨知道今天許平要整理東西，本來說要來幫忙，是我和許平合力勸阻她才打消主意。一來，許平一個人住東西不多，我和他兩個人忙就綽綽有餘。二來，陳阿姨上個禮拜才搬過一次家，我們都怕她再折騰一次身體會吃不消。

半晌整理完眼前的東西，許平到房間搬了一大疊相片出來，有的裝在相冊裡，有的散放在塑膠套中，也有的特地用相框裱了起來。總數大概一兩百張，我稍微看了一下，幾乎都是許平從二十多年前進到松柏育幼院，到後來上小學、升國中，各個成長階段的紀錄縮影。接下來的半個鐘頭，我們一邊整理相片，許平一邊跟我分享了許多以前的趣事。例如小時候在育幼院，因為作弄其他孩子挨連院長的罵，還有國中畢業旅行，他在五百多人的營火晚會上，唱了歌神張學友當時紅極一時的〈她來聽我的演唱會〉，結果因為走音走得太嚴重，惹得底下同學哄堂大笑，他也決定從此「封麥」，退出「歌壇」。

「你有踏入過歌壇？」

「我那時候外號就是叫張學友呢！」

「啊，這張我要。」我拿起手邊一張照片，那是去年十二月初，我們和陳阿姨到廟口逛完夜市，三個人在仁二路上那張笑中帶淚的自拍照。

「要妳自己找照相館印啦，檔案我不是傳給妳了？」

「咦？」

地上的照片堆中，有幾張許平跟某個女生的合照。相片中的兩人，看起來都是二十歲上下、還在唸書的年紀。

「這是你女朋友？」我拿起其中一張問道。

「是『前女友』。」

「覺得你女人緣太好的那個？」

「噢，對呀。」許平笑了笑說。之前在美麗華坐摩天輪，他硬是把初戀情史說給我聽。一言以蔽之，就是他跟「前女友」從高中就開始交往，後來大學畢業出了社會，對方覺得他「女人緣太好，沒有安全感」，因此提出分手。

「你們去墾丁玩啊？」我看到另一張照片，是兩人在沙灘的合照。

「是啊，大學快畢業的那年，她一直吵著要去。」

「你看起來也很享受啊。」

我拿起另一張相片，裡頭許平的前女友面對著鏡頭，許平則是赤裸著上半身，趴在後方的沙灘上。

「只有當下享受而已，回來整個背都脫了一層皮，超痛的。」

「這樣才能脫胎換骨啊。」我把照片放了下來。許平現在的膚色算是「健康型」的，但照片裡的他卻是個紮紮實實的白肉底。加上膚質又好，我想全臺灣的女性同胞，十個看了十個都會忍不住羨慕一下。

整理完相片，我們接著打包廚房裡的鍋碗瓢盆，一直忙到將近十一點半才告一段落。由於我早上趕著出門，只吃了片吐司，這會兒肚子已經餓了，便提議說先休息一下，到附近吃個東西，剩下的事情下午再來。而許平因為流了一身的汗，想換件衣服，便把已經闔上的行李箱又打了開來，翻找乾淨的衣物。

「你這樣折好的衣服又弄亂掉了。」我看得有些哭笑不得。

「沒差啦，行李箱蓋得起來就好了。」

許平蹲在地上，因為衣服較為合身，腰部露了一截出來。我無意間一瞥，又看到了他左邊腰上，那個從陳阿姨子宮裡孕育出來的咖啡色胎記。我還記得去年九月第一次看到那個胎記的時候，那股彷彿雷擊一般在胸口翻湧的情緒。而此刻我卻好像站在天平的另一端，心裡只剩下無奈和愧疚的感受。事實上，自從上禮拜拿到許平和許添龍的DNA鑒定報告後，我心中就背負著一股抹不去的罪惡感。我明知道許平有了解真相的權利，但我就是對他開不了口。得知真相，許平肯定會深受打擊，和陳阿姨好不容易建立起來的關係也可能因此生變。這是我無論如何都不想見到的事情。

「發什麼呆啊？」

許平從行李箱拿出一件衣服，在我眼前揮了一揮。我覺得有些眼熟，仔細一看才發現那是去年在市府轉運站偶遇許平，我陪他到百貨公司買的那件灰色T恤，上頭印著米奇米妮開車兜風的圖案。

「你不冷喔？」最近氣溫雖然回暖，但畢竟還沒熱到穿短袖的程度。

「可熱的呢，春天已經來了。」

許平說完這句話，正要往浴室走去，我腦中突然閃過一絲詭異的感覺。起初我也不以為意，但那股違和感卻在瞬間膨脹起來。我立馬回過身去，拆開客廳地上那個裝著照片的紙箱，把裡頭的東西全數倒了出來。

「妳幹麼啊？」

許平的聲音在我身後響起。我感到自己的心跳越來越快，越來越快，快到好像下一秒鐘就會停止似的。在哪呢？那張照片到底在哪呢？我像發了瘋一般，兩隻手在散落一地的照片中拚命地翻找。妳到底在幹什麼啊，林怡芬？許平的聲音也焦急了起來。照片，剛剛那張照片呢？我眼睛含著淚水，翻過一張又一張許平青少年時期的相片，包括在松柏育幼院和一大群小孩的合照，還有剛才那些國中時期在營火晚會上拍的相片，最後我終於看到了許平的前女友。墾丁，蔚藍的海水，天空中連一片雲也沒有。我崩潰了。就在翻出那張照片的一瞬間，我的心臟好像也停止跳動了一般。

「到底是怎麼回事？」我站起身來，把照片擺到許平眼前。

許平眨了眨眼睛，似乎不明白我在說什麼。

「到底是怎麼回事！」

我又大聲地問了一次。許平這時才終於恍然大悟，像看到什麼恐怖的事情一般往後退了幾步。我的眼淚掉了下來。我手裡拿著的，是剛才那張許平前女友面對著鏡頭，許平穿著短褲，赤裸著背趴在後方沙灘上的照片。照片中，許平左後腰靠近脊椎，那個原本該長著胎記的地方，就像張白紙一樣什麼都沒有。

「你到底是誰？」我放下手中的照片。

「我——」

「你跟鷹峰建設是一夥的？」

我想到這個恐怖的假設。許平沒有回答，但局促的表情說明了一切。

「為什麼？」我抓著許平。「為什麼要幫他們騙陳阿姨？」

「因為……」

「錢？」許平幾乎沒有出聲，我看他嘴型猜出來的。「他們拿錢給你？」

「嗯。」

「就為了錢？」

「我——」許平扭曲著臉，像是回憶起什麼不堪的往事一般。「那時候我在循環站等公車，王毅鐸過來找我搭話……」

「然後？」許平越說越小聲，我忍不住催促道。

「他說有個工作可以介紹給我，只要……只要演演戲就有五十萬。我當時沒有理他，但他還是塞了張名片給我，要我再多考慮幾天。誰曉得就在隔天，那些人又跑到我家來，威脅我說要是再不還錢，就要砍斷我的指頭。」

「那些人？你跟地下錢莊借錢？」

「嗯。我才借了十萬，但不到半年加上利息就變成了二十萬……」

「然後呢？你就自己打電話給王毅鐸？」

「我也是逼不得已——」許平坐在客廳的茶几上，雙手抓著頭。「王毅鐸那時候找我出來，跟我講了大概的計畫，說我只要點頭答應，馬上給我二十萬的現金，剩下的三十萬事成之後會再補給我。我當時被恐懼沖昏了頭，沒有多想就答應了他。然後王毅鐸就帶我去上次那個人那邊，把胎記紋在腰上。」

「上次那個人？」

「就是之前在市府轉運站碰到的那個——」

許平話沒說完，一道雷電劈過我的腦中。我終於明白那天部門聚餐，我為什麼會覺得隔壁桌那個油頭男面熟了。他就是去年九月在百貨公司，撞見我跟許平的那個鼻環男。只不過那天他拿掉了鼻環，髮型也換了一個，我才會一時想不起來在哪裡見過他。沒想到鼻環男原來是個紋身師傅，不只長髮妹手腕上的圖案是他刺的，許平腰上的胎記也出自他的手中。這也是為什麼許平那時看到鼻環男，會一直想要閃躲，甚至後來我在客運上說他去嫖妓，也順著我的話默認，表示自己有不得已的苦衷。而這一切誤會的根源——鼻環男說許平的需求很「特別」——完完全全就不是我想的那樣，而是一般人根本不會在身上刺那種沒道理的圖案。

「可是鷹峰建設怎麼會那麼剛好找到你？」

「那個才不是什麼『剛好』。他們事前就選好了目標，而那個目標就是我。」

「他們跟那個地下錢莊是一夥的？」

「詳細的情況我也不清楚，但我想他們應該是從地下錢莊拿到『客戶名單』，再從中過濾出『合適的』人選。」

「這些是什麼時候的事？」我接著又問。

「王毅鐸是去年八月初來找我的。」

「八月初？那時候鷹峰建設不是才來過一次而已？」我記得陳阿姨之前提過，鷹峰建設第一次來是去年七月中，第二次是八月底。

「嗯。他們那時候就開始在計畫這次的事了。」

許平語氣裡摻雜著後悔與恐懼。他說鷹峰建設經驗老到，只跟陳阿姨接觸一次就知道對方不會妥協，因此從去年七月底就開始調查陳阿姨的背景，想要找出弱點加以利用。最後他們從鄰居口中，問出陳阿姨以前因為兒子疑似遭人綁架、跟許添龍離婚的那段過去。接下來——據說是鷹峰建設的趙總經理——就想出了找人冒充許永平的計畫，王毅鐸再著手安排細節，引導我們一步一步掉入他們的陷阱之中。

許永平當年失蹤的詳細資料，都登錄在全國失蹤兒童資料管理中心。失蹤日期、失蹤地點、失蹤時的年齡和特徵，乃至於失蹤孩童的小名，都可以在網路上輕易地查到。這些基本資訊都到手之後，鷹峰建設開始物色「演員」，最後找到了許平這個為錢所苦、跟許永平同樣是孤兒、年齡同樣接近三十歲，甚至連姓氏都同樣是「許」的完美人選。許平說，他的本名叫做「許祐謙」，鷹峰建設原先要他把名字改成「許永平」，但後來又覺得這麼做斧鑿的痕跡太深，容易讓人起疑，於是參考許永平的小名「阿平」，單取「平」作為名字。至於要怎麼讓許平和陳阿姨在茫茫的人海之中「偶然重逢」，鷹峰建設本來相當苦惱，直到去年九月在陳阿姨家中遇到我，才想出後來讓許平在海洋廣場替我們解圍的戲碼。

「所以那個扒手也是你們的人？」

「嗯。王毅鐸說妳個性直率，樂於助人，總共準備了四、五套劇本，讓妳扮演這次重逢的『橋梁』……」

許平的聲音細若蚊蚋，可是在我聽來卻像是轟天巨響。王毅鐸所謂的我「樂於助人」，說穿了就是愛管閒事的意思。

換句話說，是我自己親手把陳阿姨拉進這次的泥淖中的。

「王毅鐸還說妳做事謹慎，十之八九會要求驗DNA，所以就事先拿了一些錢給那家檢驗中心，要他們到時候幫忙偽造鑑定結果。」

「所以王毅鐸那天會出現在檢驗中心那棟大樓……」

「是去交代檢驗中心不要『弄錯了』。」

許平最後三個字雖然刻意說得含糊，但我還是聽得一清二楚。至於為什麼不打電話交代就好，許平的解釋是王毅鐸想要「親眼」看到我掉進陷阱，卻還渾然不覺的樣子。這讓我想到那天在警局門口，王毅鐸聽到矮個男鼻梁斷了，小腿骨折時那意味深長的笑容。那時他想必也是來「親眼」見證我們潰敗前掙扎的模樣。

「育幼院那邊呢？一樣是用錢買通的？」我繼續問道。

「嗯，王毅鐸知道我在松柏長大的，馬上就帶著支票簿過去交涉。」

「然後連院長就答應了？」

「因為育幼院那時候正缺錢，而且一百萬也不是小數目……」

「一百萬？」

我感到胸口被人重擊了一下。元旦那天我和許平到育幼院去，裡頭正在興建籃球場。當時我提到興建球場應該要花不少錢，連院長笑了笑說是去年夏天有位「為善不欲人知」的企業家，捐了一百萬的善款給他們。那時我還天真的以為，這世間雖然險惡，但還是有好心人在默默地做著善事。沒想到這一切都是個交易，而一心盼望愛子歸來的陳阿姨就是他們擺到檯面上的商品。

接下來的事情，不用許平解釋我也大概知道。鷹峰建設為了讓這場戲逼真一些，刻意讓相認的過程多點波折，所以許平才會在一開始表現出對親情排斥的態度，到後來說要驗ＤＮＡ，縱使一切都在他們的掌控之中，許平還是不太肯配合的樣子。然而這都還是第一步而已，接下來為了奪取我們的信任，許平假裝不知道鷹峰建設覬覦陳阿姨房子的事，甚至後來王毅鐸又登門拜訪，許平還演出了那場苦肉計，在陳阿姨面前讓王毅鐸硬生生地打斷手骨。我們心中就算對於許平的身分還有幾絲懷疑，也都在那時候煙消雲散，徹底落入他們的陷阱之中。

鷹峰建設這次唯一沒有料到的，大概就是我會透過住在印尼的同學拿到高承漢的聯絡方式。這也是為什麼我才告訴許平這個消息，他沒隔幾天就拿出火鍋店的餐券邀我一起去吃，而矮個男也那麼剛好地出現在那，跟許平起了衝突，許平也那麼剛好地失去理性，把對方打到腿都斷了。鷹峰建設大概在想，萬一我從高承漢口中問出什麼線索，跟他們編造的故事兜不起來，他們精心的布局可能就此功虧一簣，因此才會那麼趕著讓許平跟矮個男在皇冠大樓演出那場戲。現在看來，那也的確是扭轉局勢的一著。在那之前，我本來以為我們跟鷹峰建設已經不會再有牽扯了，但那天過後，情勢巨變，而且這次的天平是完完全全倒向他們那邊。對鷹峰建設來說，這次計謀的變數雖多，但那一招一使出來，接下來的發展就很好預測了，因為陳阿姨絕不可能眼睜睜地看著許平冒著入獄的風險，跟對方糾纏下去。而事實證明也的確如此，就在鷹峰建設斷了蔣大砲給予我們的奧援，另外又跟許添龍的太太告密之後，陳阿姨也終於放棄抵抗，同意把她住了二十多年，那間載滿著回憶的房子賣給鷹峰建設。

「死雞也是你們拿來的？」

我看著堆在客廳地上的紙箱，猛然間又想到了先前和匿名信一起裝在紙盒裡，拿到陳阿姨家門前那隻脖子遭人扭斷的小雞。

「不是的！」許平搖了搖頭。「那件事跟鷹峰建設沒有關係。」

「王毅鐸跟你說的？」

「嗯，而且王毅鐸還派人去調查過，只不過沒有結果。」

「派人調查過？什麼時候的事？」

「一月初。」

許平結結巴巴地告訴我，去年十二月，第一封匿名信拿來的時候，他就跟王毅鐸說了。但那陣子王毅鐸因為在部署後續的行動，並沒有把這件事放在心上，等到第二封匿名信跟死雞一起拿來，他才覺得有必要釐清一下。可是在那之後，我們的調查停了下來，對方也跟著銷聲匿跡，沒有再來騷擾陳阿姨。

「那些匿名信真的跟鷹峰建設沒有關係！」許平說完又再一次地強調。

「可是除了你們還會有誰？」

「高承漢呢？妳之前不是一直懷疑是他？」

「動機？」

「他跟李素珍綁架了許永平啊，」許平像抓到了救命稻草一般，兩隻眼睛睜得老大。「除了後來把人丟到山裡，這件事是想像出來的，我們從各方面探聽到的證據，不都指向這個假設嗎？」

「證據？」我喃喃自語，許平的聲音像蚊子一般在我耳邊嗡嗡響著。

「對啊，高承漢跟李素珍離婚，逃到印尼去就是證據！」

「我不知道——」

「這些都是妳告訴我的，連王毅鐸也覺得真相就是這樣——」

「我不知道，我什麼都不知道！」

我忍不住大聲起來。我現在已經分不清楚什麼是真，什麼是假。一想到這半年多來的努力全數付諸流水，一想到自己被鷹峰建設玩弄於股掌之間，我內心就感到一股無比的羞愧，還有伴隨著羞愧翻湧而來的憤怒。我覺得自己就像困在玻璃罐裡的螻蟻一般，自以為翻山越嶺行遍天涯，沒想到終究都還是在別人圈出來的世界裡原地踏步。我先前還一廂情願地以為，這些日子鷹峰建設對我們的行動瞭若指掌，是因為請了徵信社跟監，哪曉得真相卻簡單了一萬倍，也殘酷了一萬倍。許平背叛了我和陳阿姨，他就是鷹峰建設安插在我們身邊那個如影隨形的臥底。

「妳要去哪？」

我氣上心頭，抓起包包往門口走去。許平連忙追上來，擋住我的去路。

「我要去哪你管得著？」

「妳要去找我阿母？」

「阿母？你還有臉叫陳阿姨『阿母』？」

我繞過許平，把門打開。他立刻衝上來，把門關了回去。

「求求妳，不要跟我阿——不要跟陳阿姨說——」

「房子都讓你們拿去了，還纏著陳阿姨不放幹什麼？難不成連陳阿姨賣房子的錢，你們也要騙回去？」

「陳阿姨會難過的。」

「會難過？」我不敢相信自己的耳朵。「你當初拿錢辦事為什麼就不會這麼想？你要我不要跟陳阿姨說？好啊，你去把陳阿姨的房子拿回來我就不說，你去把許永平找出來，從陳阿姨面前消失我就不說！」

「我以為妳懂我的心情的——」

「嗯？」

「我也沒有都在說謊，我在育幼院裡長大的事都是真的，我發誓——」

「所以呢？陳阿姨就活該被騙？」

「我從小就沒有阿爸，阿母也在我唸幼稚園的時候就生病死了，」許平彷彿沒聽到我的話似的，獨自呢喃起來。「那時候本來我阿母那邊的親戚說要收養我，可是後來他們反悔了，社會局就把我安置在松柏育幼院。我第一天住在那裡，很害怕，我想我阿母，連院長說他第一次看到我的時候，我一直在哭，那是真的。我一直在那待到高二的暑假才搬出來。這些都是真的，我沒有騙妳。我以為妳會懂我的心情——」

「你太高估我了。我跟你是不同世界的人。」

「等等——」

我推開許平，正要打開大門，卻被他從後方抓住肩膀，往屋裡拉了回去。我一個重心不穩，跌倒在地，右邊肩膀砰的一聲，撞上客廳茶几的桌角。許平這時才驚覺他力氣使大了，快步走了過來。

「妳還好吧？」

許平要扶我起來，我一把推開。

「你到底想要怎樣？就放過陳阿姨吧！」

「放過陳阿姨？」

「你錢拿到了就趁早離開。陳阿姨總有一天會知道你不是許永平的。」我爬起身來，揉了揉肩膀。

「我阿母不會知道的，只要妳不說她就不會知道。」

「我不明白你到底還有什麼企圖，到底還想從陳阿姨身上拿到什麼？」

「我——」

「你就放過陳阿姨吧——」

我也不管許平想說什麼，丟下這句話後直接往門口走去。許平則是愣愣地站在原地，沒有像剛才那樣過來攔我。

「這些東西你看要拿去哪裡，不要搬到陳阿姨家了。」

走到門口，我回頭看了一眼客廳地上的紙箱。許平仍舊站在那裡，沒有反應。但就在下一秒鐘，當我正要打開大門，身後突然傳來「砰」的一聲。

我回頭再看，只見許平跪倒在地，兩隻手撐在膝前。

「求求妳，不要跟我阿母說——」

許平低著頭，口齒不清地哀求道，眼淚和著鼻涕從他臉上滾滾落下。看到他這麼狼狽、這麼無助的樣子，一瞬間我心底有些動搖。但隨即我又狠狠地提醒自己，這一切都是他咎由自取，怪不得別人。陳阿姨才是真正的受害者。

「你就將心比心吧。」我走到許平跟前。

「將心比心？」

「如果是你，要被蒙在鼓裡嗎？——」

「要！」

許平毫不猶豫地大喊道。我聽了腦袋一片空白，心裡卻又感到一股莫名的躁動。

「因為——」

許平吞了吞口水，抬起頭來滿臉淚水地看著我。

「我也想要有個媽媽……」

第五章　真相

1

田寮河古稱「田寮港」，是臺灣第一條人工運河。小時候我對它的印象，就是條大型的臭水溝，永遠看不到河底的風光面貌。而現在，田寮河的水質雖然沒有改善多少，但這幾年兩旁興建了寬闊的人行步道，沿路上種了好些行道樹，也算是某種程度的「改頭換面」了。

六月十日，入夏後的第二個禮拜六。剛過下午三點的這個時刻，我正沿著田寮河沿岸的步道，往信義區的方向漫步走去。二月底陳阿姨搬進車站附近租來的公寓後，就開始透過仲介積極地看房子，最後在上個月初找到了間位於仁一路上，田寮河南岸一棟華廈七樓的中古屋。因為屋況不錯，價錢又在預算之內，陳阿姨很快就決定了下來，五月中辦完交屋手續，上個禮拜才和許平搬了進去。而我現在則是要去陳阿姨和許平的新家，我們約好下午四點一起到外木山的海邊散散心、餵餵魚，然後再像之前一樣，在那裡的海產店享用晚餐。

對陳阿姨來說，這一切或許是再自然不過的事，但對我和許平而言，在此之前卻是經歷了一番紮紮實實的天人交戰。三個多月前的那天下午，我發現許平不是陳阿姨兒子的那個當下，心中只有純粹的憤怒可言。我本來已經打定主意，無論如何都要把許平的真面目揭發開來，無論如何都要讓他嘗嘗自己帶來的苦果。可是後來當我看到許平跪在地上，聲淚俱下地說他也想要個媽媽時，我原本如鋼鐵般的意志也漸漸鬆動起來。我開始掙扎，開始自我懷疑，最後不得不承認我之所以想要揭露真相，並不是真的為了陳阿姨著想，而是因為我不甘受騙，想要藉此滿足我那所謂的自尊心和正義感罷了。就如同許平所言，陳阿姨如果知道他不是許永平，知道這一切都是鷹峰建設佈下的局，肯定會痛不欲生。至於許平自己，他一開始或許是為了錢而冒充許永平，但如今已然入戲太深，無法從中抽離出來。於是我不禁心想，現實倘若那麼殘酷，那就一起活在謊言裡吧。如果許平已經有了這樣的覺悟。

「你想用現在這個身分，一直待在陳阿姨身邊？」我當時這麼問許平。

「嗯，所以求求妳，不要跟我阿母說——」

「這可是一輩子的事！」

「我知道，這些我都知道——」

許平跪在地上，一臉焦灼地懇求我。看著他那堅決的樣子，我也終於放掉了心中最後一絲猶豫，決心和他一起把這齣無法落幕的戲演到最後。從今而後，不管發生什麼事情，許平永遠就只是許平。我跟他的任務，就是把陳阿姨好好地守護在這座用謊言搭建起來的城堡之中。

下定了決心以後，接下來的幾個禮拜，雖然許平搬去和陳阿姨住了，每個週末我仍會挑一天到陳阿姨那裡，看看有沒有什麼需要幫忙的地方。而這些陪伴在陳阿姨身旁的時刻，我總是提醒自己，要忘掉那天在許平住處發生的事，做回先前那個還被蒙在鼓裡的阿芬。然而儘管如此，仍有那麼幾次，當我看著許平和陳阿姨兩人的身影，心中會突然一驚，意識到眼前的一切都是假象。雖然知道許平身分的人，目前跟他們有利害關係的事都已塵埃落定，應該是不會再和陳阿姨有所接觸，但真正的許永平呢？他現在人在哪裡？過著什麼樣的日子？會不會這些年來，他也一直在找自己的親生父母？這些疑惑就像在我腦中生了根似的，怎樣都揮之不去。

我本來以為，許平也會為此困擾。沒想到後來提起這事，他卻表示許永平應該沒有在找自己的父母。不然以他手中的資訊，雙方早該團圓了。

「手中的資訊？」

「這個——」許平把手伸到腰後，摸了摸那個刺上去的胎記。「許永平如果真想要找自己的親生父母，可以到全國失蹤兒童資料管理中心的網站，用性別年齡、失蹤時間、失蹤地點等等的資訊先過濾一遍，再看看哪一個失蹤兒童身上有他那個胎記。就算過濾出來的結果有五十個、一百個，如果真的真的想要跟家人團圓，保守一點算，他懂事以後至少有十年的時間，一個月拜訪個一兩戶人家，要拖到現在還沒找到失散的家人，機率應該可以算是微乎其微吧？」

許平這麼說也有道理。失蹤孩童要找父母，的確是比父母找孩童容易。

那天是四月的某個週末，我離開陳阿姨位於車站附近的租屋處，許平送我去搭車。當時我有點訝異，我沒想到許平居然盤算過這些事情。誰曉得一問之下，許平尷尬地笑了一笑，說這些都不是他想到的，而是當初王毅鐸要他假冒許永平的時候，他擔心事跡敗露，問過一樣的問題，王毅鐸那時就是這樣分析給他聽。至於什麼「全國失蹤兒童資料管理中心」，則是王毅鐸當初找到許永平資料的地方。

我們一邊談著，一邊走到忠一路和孝二路的交岔口，對面就是海洋廣場。

「王毅鐸知道你的決定嗎？」等紅綠燈時，我問許平。

「嗯，但他好像也沒很驚訝的樣子。」

「你是什麼時候跟他說的？」

「二月份我阿母決定把房子賣掉的隔天。我怕他們房子到手後就不演了，就去拜託王毅鐸不要戳破我的身分。」

半晌綠燈，我和許平沿著斑馬線走向前去。那時候大概下午三點鐘，大大的太陽懸在天空上，但卻一點也不感到熱。海洋廣場上有一些專業的賞鳥人士，把像大砲一樣的照相機架在欄杆邊，對準天上盤旋的老鷹，等待按下快門的那一刻。另外有許多人單純就是出來曬太陽，男女老少都有，有的坐在椅子上，有的倚靠在欄杆旁，也有些小孩在空地上亂跑亂跳，追得身後的家長氣喘吁吁卻又不亦樂乎。

「那天也是這樣。」我走到廣場中央，停了下來。

「那天？」許平跟著我停下腳步。

「就是去年九月，在這裡碰到你的那天啊。我記得那時候天氣烏陰了一個禮拜，終於放晴，廣場上有人拿著相機在拍天上的老鷹，也有些孩子像現在這樣跑來跑去，其中一個還跌倒了呢。然後你就坐在那個地方。」

我指著前方的長凳，那時候的許平還是一頭金髮。

「妳說那天啊……」許平搔搔腦袋。「對不起啊。」

忽然間，我想到箱子哥之前的那套理論。兩個人看的第一場電影，會變成之後發展的寫照。箱子哥自己看了一部講述外遇的電影，結果被女朋友劈腿。小雯和老實哥看了部愛情片，結果馬上就在一起。而我和許平看了那部男主角欺瞞女主角的科幻片，結果現實中我也真的被許平騙得毫無所覺。茫茫人海中遇到失散的親人只是騙局，箱子哥那套令人啼笑皆非的道理才是真正的巧合。

「你這樣子不對啦！」

我往前方看去，只見那些在拍攝老鷹的攝影玩家中，有兩個看起來大概四十多歲的男的，其中一個似乎是新手，另一個在指導他。不知道新手是相機設定錯誤，還是什麼步驟搞錯了，老手在旁邊連忙糾正。

「攝影感覺也是一門學問。」許平順著我的視線看去。

「嗯嗯，相機上那麼多按鈕，我光看頭就暈了。」

「鏡頭聽說也五花八門，而且很多比相機本身還要貴。」

「這樣玩起來才有成就感吧。」廣場上的椅子還有空位，我過去坐了下來。「如果我阿爸還在的話，應該也要花一大筆錢在上面。」

「對乎，妳阿爸的興趣是攝影……」

「嗯，然後我跟我阿母是他的模特兒。」

我輕輕一笑，想起許多以前的事情。包括一家人出遊，阿爸把相機調好角度，設定好焦距，最後過來跟我們一起合照的那一剎那。還有阿母帶我出去逛街，把我打扮得花枝招展，回來阿爸看了一邊笑，一邊幫我拍照的瞬間。我有時候不太敢回憶這些事情，因為一旦在記憶裡搜索這些幸福的過去，最終總免不了要想起小學五年級在校門口的那一場車禍。阿爸和阿母倒在正副駕駛座上。車子陷入一片火海。

「妳最近還有在做夢嗎？」許平在我旁邊坐了下來。

「有啊。」我說。事實上在許平開口前，我腦中就已經閃過了那個夢境。

「頻率呢？有變得比較少嗎？」

「跟以前差不多啊，幾個禮拜一次吧。怎麼突然問這個？」

「之前在調查的時候，妳說做夢的頻率變少了。」

「嗯，那倒是真的。」回想起來，那陣子有時整整一個月都沒有做夢。

「那要重啟調查嗎？」

「重啟調查？你說把許永平找出來嗎？」

「嗯。」許平點點頭，感覺不是在開玩笑。

「怎麼找？飛去印尼問高承漢嗎？」

「如果沒有別的辦法的話。」

許平一臉認真地看著我，忽然間我有種不真實感覺。

「如果這一切進行得順利，那結果就是許永平回來了，你有想過這點嗎？」

「嗯，那也未嘗不是好事。」

「好事？這樣你跟鷹峰建設的勾當就曝光了——」

「可是許永平回來了啊，我阿母真正的兒子。」許平低著頭，看著他那幾個月前還裹著石膏的左手手腕。「我再怎麼說，也只是個冒牌貨而已。」

「那現在的一切呢？你都不在乎了？」

「我當然在乎啊。只不過這份親情本來就不屬於我的。如果真的要還回去的話，可以不要兩敗俱傷當然最好。」許平臉上掛著淡淡的笑容，好像這一切是那麼的理所當然。比起填補自己心中的缺憾，他更在乎的是陳阿姨的感受。如果許永平可以回到陳阿姨身旁，他是真心願意放棄現在的一切。

這也讓我更加確信，當初選擇隱瞞實情是正確的決定。

「不過那都只是巧合而已，調查跟做夢的頻率。」我說。

「巧合？」

「嗯，沒有因果關係。」

「可是……」

「跟夢扯上關係，只是要給調查一個名正言順的理由而已。」

「名正言順的理由？」

「你還記得我一開始說要調查，動機是什麼嗎？」我說。

「就什麼可以幫助我搞清楚過去，這樣才比較能接受跟我阿母的關係。」

「嗯，除此之外，為了揪出『凶手』的正義感跟好奇心，還有後來跟你提到我在調查期間，做夢的頻率似乎變少了，這些都是我後來自問自答想出來的理由。但其實這些都只是藉口而已。我這陣子靜下來才發現，我之所以這麼執著，是為了在你出現之後，還可以有個理由待在陳阿姨身旁而已。」

「什麼意思？」

我望著廣場上的人群。這時剛好有幾隻老鷹低空盤旋，飛過大家的眼前。

「我怕陳阿姨被你搶走。」

「被我搶走？」

「嗯，就像之前一樣。」

我剛當志工時遇到的那個老爺爺，我本來以為我們對彼此的依賴，可以一直持續下去。直到後來他結婚了，我才恍然大悟，自己在對方眼裡可有可無，隨時都可以找人替代。而這次陳阿姨和許平母子團圓，我固然為陳阿姨感到高興，但內心深處仍有一絲恐懼，害怕過去那種事情會再次重演。因此我才會費盡心思，想要找出當年的真相。在我的認知裡，唯有如此我跟陳阿姨的關係才能夠持續下去。

許平靜靜地聽我說完，臉上沒有什麼特別的表情。

「怎樣？覺得我很變態嗎？」

「不會啦。只是覺得妳有些鑽牛角尖而已。」

「哈，或許吧。」

前方那對老手搭配新手的攝影玩家，此刻似乎準備好了。我看他們兩人把各自的相機都調好了角度，屏息以待讓他們按下快門的那一剎那。

「如果我阿爸阿母還在的話，我應該就不是現在這樣了。」我說。

「妳阿爸阿母一直都在啊。」

「嗯？」

我看向許平，只見他揚起嘴角，指了指自己的腦袋。

「妳有寶貴的回憶。妳阿爸阿母一直都在那裡，沒有離開。」

「寶貴的回憶啊。」

這時廣場上突然爆出一疊聲的驚呼。原來是一群老鷹飛到廣場前方，大概二十多隻，最近的，離廣場前緣只有幾公尺的距離。

「抓緊時機囉。」人群中，剛才那個老手不疾不徐地說。

「嗯。」新手輕聲應道。

接著，我聽見記憶裡按下快門的聲音。

2

「叮咚！」

我按下門鈴。不一會兒，大門打了開來。許平站在門後，已經換好了外出的衣服，手上拿著一瓶喝到一半的可樂。

「要出發了嗎？」我把鞋子脫下來放在門口。

「還沒咧，」許平往屋內指了一下。「我阿母在準備『飼料』。」

陳阿姨買的這間中古屋，位於華廈七樓面向河岸的那一側。室內三十多坪，一進去，左手邊是長方形的客廳，落地窗看出去就是田寮河的景色。右手邊則是約莫三坪大小的廚房，跟客廳之間用一道矮櫃隔了開來。

我進到屋裡，許平把大門關上。隨後我們一起往廚房走去，只見陳阿姨站在流理臺前，腰上圍著圍裙，手上拿著把切肉用的菜刀。每次要去外木山，當天中午陳阿姨都會到附近的市場，跟攤販買他們早上賣剩下來的碎肉。而這會兒陳阿姨正把那些肉一撮撮地放在砧板上，再仔仔細細地切成像紅豆一般的大小。

「切那麼細，敢是怕魚仔噎到？」我走到陳阿姨身旁，看著砧板上的碎肉。

「我阿母說，這樣那些魚才吃得飽。」許平說。

「切得細肉又不會變多。」

「但是吃到肉的魚仔就較多啊。」陳阿姨稍稍抬起頭來，對我笑了一笑。她今天穿著件淡藍色的POLO衫，脖子上掛著去年許平在廟口買給她的那條金項鍊，手上則是戴了支黑色的手錶，遮住以前割腕留下的疤痕。不知怎地，我總覺得陳阿姨今天看起來特別有精神，半晌又觀察了一下，才發覺是頭髮不一樣了。

「汝去染頭髮矣乎？」我望著陳阿姨一頭烏黑的頭髮，笑著說道。

「嘿啊，阿平帶我去染的。」

「本來我叫我阿母順便換個髮型，可是她不要。」

「我短頭髮就留習慣矣。」

「嘿啊，留習慣就難改矣。」我記得陳阿姨之前說過，從小她阿母就幫她剪了現在這個男生頭。

「對了，我阿爸昨天晚上打電話來，問我們房子找得怎麼樣了。」許平灌了一口手中的可樂，想到什麼似的對我說道。「我跟他說我們已經搬到這裡來，他就說想要找個時間，像之前那樣大家一起吃個飯。」

「什麼時候？」

「我阿爸本來是要約下個禮拜，但是我阿母想了一想最後還是回絕了。」

「咱就已經答應他太太，不會再跟他來往矣。」陳阿姨說。

「吃一頓飯而已，又不是要跟阿爸拿錢。」

「攏同款啦，我無要到時他太太又來找咱。」

陳阿姨說話的同時，手上的動作也沒停下來，那菜刀落在砧板上的聲音，彷彿也在我心裡叩叩叩地敲打著。這幾個月，日子雖然沒什麼波瀾，但我只要一想到許添龍，心中總會感到有些愧疚。想當初我一心以為，他是當年夥同李素珍綁架許永平的共犯，誰曉得這番假設卻是建立在捏造出來的證據之上，許平不是陳阿姨和許添龍的親生兒子，會有那樣的鑒定結果也是理所當然。但另一方面我又感到無比的恐懼。如果我當初選擇攤牌，許添龍為了證明自身清白，十之八九會要求連同陳阿姨的DNA都再驗一次。要是當時走到這一步，許平現在也不會和陳阿姨同住一個屋簷下了。

「幫我把袋仔拿來——」

陳阿姨切好砧板上的肉，朝我和許平喊了一聲。

「袋仔放哪？」這裡我才來過幾次，東西擺放的位置還不太清楚。

「冰箱旁的櫃子，阿平汝去拿啦。」

「免啦，我來就好。」

我剛好站在冰箱旁，過去打開櫃子。找了一會兒，裡面放了些調味料、鍋碗瓢盆，就是沒有看到塑膠袋。

「在盤子的後面啦，我來我來——」

許平見狀要來幫忙。我沒注意到他，一個轉身撞在了一起。悲劇就這樣發生了。他手中的可樂一翻，直接往我身上灑來。

「哭夭——」許平大叫一聲。陳阿姨連忙抽了幾張紙巾給我。

但是沒救了。我今天穿的是淺色上衣，可樂的痕跡就像墨水一樣印在那裡。

「我來拿衣服給汝換好矣。」陳阿姨說。

「汝的歐巴桑衣服，阿芬敢可以穿？」許平狐疑道。

「無法度啊，不然要穿汝的乎？」

陳阿姨說著解下圍裙，洗了洗手往臥室走去。我和許平跟著進到房裡，只見陳阿姨從衣櫃拿出幾件上衣，放在床上。接著大概是熱了，一面用手搧著風，一面把脖子上的項鍊卸下來，放在化妝臺上她那只印著花紋、專門用來擺放首飾的木盒上頭。

「很時髦喔，這的衣服怎麼都無看阿母汝穿過？」許平問道。

「就少年時買的，現在穿不下矣。」

「跟阿爸約會時買的？」

「汝莫吵，」陳阿姨睨了許平一眼，接著換上一副笑盈盈的表情看向我來。「這的衣服，汝有喜歡的否？」

「看起來都不錯啊。」我說。

「若這樣汝就慢慢仔來，每件都給他穿看看！」

陳阿姨拿出來的衣服總共五件，風格雖然不盡相同，但看起來質感都很不錯。半晌她和許平離開房間，我又再看了一下，最後挑了一件深藍色底、上頭灑著白色花紋的針織衫。說老實話，我本來有些擔心會穿不下，沒想到套上去後不僅尺寸剛好，就連顏色也跟我今天穿的褲子十分相襯。因此剩下來的幾件衣服，我也就沒有再試了，而是直接摺了一摺，收回牆角的衣櫃裡頭。

陳阿姨這兩次搬家，除了沙發跟許平的寢具外，幾乎全數家具都是從之前中山一路的住處搬來的，床鋪是，化妝臺是，眼前的衣櫃自然也不例外。而之前貼在梳妝臺旁那張二十五年前的尋人啟事，這次則是移到了衣櫃右方，那片才剛請人粉刷過的牆壁上頭。半晌我收好衣服，闔上衣櫃時，一轉身就看見了旁邊的尋人啟事上，許永平小時候剃著平頭、呵呵笑著的那張相片。這兩三個月，我和許平都裝作沒事一樣，就算陳阿姨不在身旁，我們也都不會提起過去那些真真假假的事情。但是我獨處的時候，腦中常常沒來由地浮現這張尋人啟事上，許永平兒時那抹天真無邪的笑容。雖然二十五年前許永平並沒有被人帶到山中，但他從陳阿姨身邊消失不見卻是無法撼動的事實。時至今日我依然認為，當年在廟口許永平並非自己走失，而是李素珍出於嫉妒把人給擄走的。問題是在那之後究竟發生了什麼事情？許永平現在人又在哪裡？每次想到這裡，我的心就好像被人提到了半空中，怎樣都平靜不下來——

叩！叩！叩！

一陣敲門聲打斷了我的思緒。我回過神來，聽見外頭許平的聲音。

「妳好了沒啊？」許平說著又敲了敲門。

「嗯，正要出去了。」

我說完繞過衣櫃前方的床鋪，往房門口的方向走去。但就在經過梳妝臺時撞了一下，把陳阿姨剛剛放在木盒上的項鍊撞了下來。我心想陳阿姨的首飾都收在裡頭，便將項鍊撿起來，順手放了進去。

這是我第一次打開陳阿姨的這個木盒。起初我也沒太在意，但半晌我要闔上蓋子的時候，裡頭的某樣東西突然抓住我的目光。我定睛一看，全身的血液彷彿都沸騰了起來。我吞了吞口水，腦袋一片空白，緊接著一股寒意從腳底板直直地竄上腦門。我愣了好一會兒，才顫抖著手把木盒裡的那個東西捧了起來。

「怎麼會——」

我感到一陣天旋地轉，不敢相信自己雙眼看到的東西。許永平失蹤當年配戴的那塊玉佩，中央刻著一尊觀世音菩薩的肖像，頂端用一條紅色的細線串了起來，怎麼看都跟我現在手裡的物品沒有兩樣。這到底是怎麼回事？之前接手高承漢六堵工廠的那位李先生提過，他當時在工廠裡撿到一塊玉佩，本來想交還給高承漢，但過去時來開門的是「高太太」，於是就把玉佩交給了對方。既然如此，為什麼這塊玉佩現在會在陳阿姨手上？難道說是在那個時候？但這怎麼可能？——

我覺得自己就像跌入了海底一般，周圍的聲音都消失殆盡，但同一時間，埋藏在思緒深處的某些畫面卻漸漸清晰起來。我剛剛被可樂潑到的那件上衣，此刻就掛在梳妝臺旁邊的椅子上，我看著上頭的污漬，腦中先是浮現了許平腰上的那塊胎記，緊接著又想起了去年在海洋廣場，陳阿姨幽幽地站在那，望著許平漸漸遠去時的樣子。我覺得我好像明白了什麼。剎那間，從去年我們遇見許平開始，到後來決定驗ＤＮＡ，再到前幾個月陳阿姨決定把中山一路的房子賣掉為止，這些日子以來的點點滴滴、紛紛擾擾，全都像幻燈片似的，在我腦中一輪一輪地播放下去。我想到了一個假設，一個令我不敢再想下去的假設。直到此刻，我才終於明白，陳阿姨十多年前是為了什麼，在自己手腕上劃下那狠狠的一刀了。然後，我好像浮出了水面。耳際又傳來了跟剛才一樣的聲音。

「妳還好吧，林怡芬？」許平在外頭敲著門。「我們要出發了。」

「嗯。」

我應了一聲，把手中的玉佩放回木盒裡，接著再把剛才放進去的項鍊拿出來，擱在木盒上頭。在往房門口走去之前，我又回過頭去，看了一眼衣櫃旁那張尋人啟事上，許永平那天真無邪、洋溢著幸福的兒時笑容。

如果現實真的那麼殘酷——

我想起那天在許平的租屋處，這句我在心裡對自己說過的話。

此時此刻，我的結論仍然一樣。

那就活在謊言裡吧——

我一面這麼告訴自己，一面上前打開了房門。

3

假日午後的外木山，算是北海岸數一數二熱鬧的地方。我們從陳阿姨家搭計程車出發，半晌來到海邊時將近下午五點。由於假日人潮眾多，路上的交通十分混亂，我們困在車陣裡好一會兒都沒有移動。陳阿姨於是請司機在路邊停車，我們下車後再自行往大武崙沙灘那頭走去。

和往常一樣，來外木山遊玩的民眾男女老少都有。有的在散步慢跑，有的坐在圍欄外頭的草地上談天說地，有的則是跟路邊的餐車點了杯咖啡，坐在一旁一邊喝著，一邊欣賞海邊的風景。另外，由於今天是假日，出來賣東西的攤販比平日多上不少，我們沿路走去，只見有賣吃的，有賣喝的，也有在賣小孩子玩的手工藝品。當然，之前那個賣烤香腸的攤販也沒有缺席。半晌我們來到沙灘旁的岩石區時，遠遠就看見老闆的餐車前排滿客人，老闆自己則是站在後方，一邊拿著夾子翻動烤架上的香腸，一邊熱情地招呼客人，忙得不可開交。

「來唷，烘煙腸，好吃的烘煙腸唷！」

在攤販老闆的叫賣聲中，我們沿著一旁坡度較緩的岩塊，一步步往底下的海岸走去。陳阿姨往常餵魚的地方，位在臨海處一塊平坦的岩石上，那裡不僅可以看到海水在自己腳下的石縫中流淌著，就連海浪從遠方打來，沖上岸後，往大海回退去的那一剎那獨有的聲響，都聽得一清二楚。半晌我們到了那裡，稍作休息了一會兒，我拿出稍早出發前在陳阿姨家裡泡好的茶水，給我們三個人各倒了一杯。陳阿姨喝完之後，提著身旁那一袋切好的碎肉，往前走到岩石與海水交界的地方。我把水壺放在地上，和許平跟上去一看，只見陳阿姨顫巍巍地立在那裡，先是從包包裡拿出一雙塑膠手套戴了上去，接著再彎下腰，打開裝著碎肉的塑膠袋，從裡頭抓了些肉擺在掌心，仔仔細細地拓開之後，手一揚，往右方的海面拋了過去。頃刻間，眼前那緩緩擺盪的海面，突然冒出一顆顆像是氣泡的東西。我仔細一看，是魚，大大小小的都有，一隻一隻從四面八方游竄過來，張著嘴巴，把那一塊塊碎肉吃進肚子裡。

「汝們就要吃飽喔！」

陳阿姨又拿了些碎肉，換個方向往左邊的海面拋去。然而結果和剛才並無不同，就在那些肉末落入海面的一瞬間，底下的魚群又再一次竄了出來，三兩下就把眼前的「飼料」吃得一乾二淨。

「汝人敢有哪裡無爽快？」陳阿姨停下手上的動作，向我看來。

「嗯？」

「汝看起來無啥精神。」

「可能是昨晚無睡好。」

「又做噩夢了喔？」許平打了個哈欠。

「是啊。」

我順著他的話，隨口敷衍過去。事實上，從一個鐘頭前踏出陳阿姨房間的那一刻起，我就一直在壓抑內心激動的情緒。但這會兒看著陳阿姨餵魚時那專注的樣子，一想到陳阿姨是懷著怎樣的心情，將那一塊塊碎肉撒入海中，我在心裡竭盡所能壓下來的那些思緒，就彷彿到了臨界點一般快要爆發開來。

「汝要坐著歇息一下否？」陳阿姨似乎很擔心我，接著又問。

「我看我去便所洗一下臉好矣。」

「我跟妳一起去，我也想去上面晃一晃。」許平說。

「可是你阿母一個人在下面……」

「無要緊啦，汝當我幾歲人？」陳阿姨笑著說。「而且海邊的石頭滑，汝們兩個作伙去，不才安全？」

外木山這一帶，每個路段都設有廁所。離我們最近的一間，在我們爬上去後、左手邊大約二十公尺左右的地方。一會兒到了那裡，我進去洗了把臉清醒一下，出來後只見許平跑到斜前方的一座涼亭，一個人坐在裡頭的石椅上，若有所思地眺望著遠處的海面。我跟著過去一看，只見從那裡望出去的景色，比我想的豐富許多，不僅可以看到底下岩石區、釣客三三兩兩正在垂釣的身影，還可以看到遠方的基隆嶼，還有在基隆嶼之外、藍天底下那無邊無際的海平線。

「妳還好吧？」我在許平身旁坐了下來，他這麼問我。

「就昨天沒睡好啊，剛不是說過了？」

「屁啦，妳在家本來好好的，可是剛剛來的時候，在車上都不說話。」

「我又不是你，一天到晚話那麼多。」

我雖然這麼說，但心裡卻相當的忐忑不安。來時的路上我的確沒說什麼話，因為我怕我一開口，情緒就會失控。

「我阿母已經察覺到真相了嗎？」許平冷不防地，忽然問道。

「為什麼這麼說？」

「不然我想不到有什麼事可以讓妳這麼心煩。」許平轉過身，一臉著急地看著我。「妳就告訴我吧，我也好有所準備。」

「我也不知道真相到底是什麼。」

「什麼意思？真相不就是——」

我搖了搖頭。就在這一瞬間，我心中最後一道防線終於也崩潰了。

「那只是冰山一角，事情的全貌跟我們想的完全不同。」

「全貌？妳已經知道當年綁架案的真相了？」

「或許吧。」

許平愣愣地看著我，半天說不出話來。

「你還記得之前在美麗華坐摩天輪，你跟我抱怨過你阿母的事嗎？」我深呼吸了一下，讓情緒稍微緩和下來。

「有嗎？」

「去年十一月，你第一次到你阿母中山一路的家裡那次，王毅鐸跟他那兩個小弟不是剛好也找上門來？那時候王毅鐸拿著石塊要打你，你阿母如果答應把房子賣了，王毅鐸就會住手，可是你阿母並沒有這麼做，而是眼睜睜地看著他打斷你的手骨。你後來跟我抱怨了一下這件事，還有印象嗎？」

「現在提這個幹麼？」許平大概也想起來了，表情有些心虛。

「因為我想到了另一個更不對勁的地方。」我說。

「不對勁的地方？」

許平揚起一邊的眉毛。我則是接著提起去年九月在海洋廣場上的事情。

「那時候你阿母看到了你身上的胎記，這件事你是知道的吧？」

「嗯。」

「然後她就那樣站在原地，看著你走。」

「這有什麼奇怪的嗎？」

「不合理，一點都不合理。」

許平聽我這麼說，先是呆愣了一下，接著突然看向我來。

「妳覺得我阿母當時應該追上來？」

「難道不是嗎？隔了二十多年，突然見到可能是自己兒子的人，怎麼會就這麼讓對方從自己的眼前離開？」我想起那天在海洋廣場，陳阿姨佇立在那，望著許平離去時那幽幽晃晃、彷彿跌入了另一個世界的眼神。

「不是誰一時都反應得過來的吧？」

「也許，但還有一種可能——你阿母早就知道你不是許永平了。」

「早就知道？」

許平吞了吞口水，不敢置信地看著我。

「你有看到那個攤販嗎？賣烤香腸的。」我沒有回答許平的疑問，而是指著旁邊幾公尺外，我們剛剛經過的那個攤販。「我十二月那次來這邊，那時候你跟你阿母已經在下面了，我跟那個攤販買水喝，一面聊到了你阿母，他說他從民國八十五年就開始在這邊擺攤，然後隔兩年，從民國八十七年開始，幾乎每個月都看到你阿母一個人來這邊的海岸餵魚。算一算，到現在已經快要二十年了。」

「然後呢？這跟我阿母知道我不是許永平又有什麼關係？」許平激動地問道。

「你還記不記得，李素珍是什麼時候死的？」我反問他。

「民國八十七年？」

「嗯，信義市場那個阿婆是說八十七年或八十八年，不過不管是哪一年，剛好跟你阿母開始定期來這邊餵魚的時間點相符。」

我說到這，岸邊忽然一道巨浪打了上來，底下遊客發出一陣尖笑聲。

「妳到底想說什麼？」許平皺起眉頭，聲音微微的顫抖著。

「一個我也不確定真假的假設。」

「不確定真假？」

「嗯。雖然不知道真假，但你要跟我保證，絕對不能讓你阿母知道。」

「什麼意思？妳不是說我阿母已經知道我不是許永平？——」

「我是說，絕對不能讓你阿母知道——我們已經知道真相了——這件事。」

許平看起來有些困惑，但還是點了點頭。

我搖搖頭。

「嗯，我會保密的。」

「你阿母知道你不是許永平，是有原因的。」我說。

「原因？」

「因為她知道真正的許永平在哪。」

許平猛然一愣，隔了半晌才又吞了吞口水，看向我來。

「妳也知道許永平在哪？」

我聳了聳肩，望向眼前那一片茫茫的大海。

「或許吧。」我說。

4

「來唷，烘煙腸，好吃的烘煙腸唷！」攤販的叫賣聲，夾在海風中一陣陣地傳來。一對二十多歲的小情侶，本來要進來涼亭休息，但大概看到我跟許平臉色有些沉重，覺得氣氛不對，一坐下又站起身來，往外面走去。

「妳說許永平，」許平深呼吸了一下。「在這片海裡？」

「嗯，不然沒有別的可能了。」

「是誰？李素珍？高承漢？他們為什麼要把一個孩子——」

「我想應該是出了意外。」

「意外？」

「當年李素珍在廟口拐走許永平後，應該是把人帶到了高承漢在六堵的工廠裡藏了起來。我不知道她當時心裡打著什麼主意，究竟只是想要讓陳阿姨擔心一下，還是真的要把孩子據為己有。但這些都無關緊要了，因為她把人藏到六堵的工廠後，接下來的發展完完全全在她的計畫之外——」

「許永平在工廠裡出了意外？」許平打斷我的話問道。

「嗯，但李素珍發現的時候應該已經太遲了。」

「太遲？妳是說——死了？」

「嗯，我想她當時看到屍體，應該整個人都慌了，逼不得已向高承漢坦承一切。那時如果人活著，事情還好辦，只要編個藉口，把許永平送回去給你阿爸阿母就可以解決，但鬧出了人命，局面就完全不一樣了。我想，高承漢當時應該是掙扎了很久，最後一方面為了自己的名聲，一方面也顧著和李素珍的夫妻之情，於是狠下心來，和李素珍兩個人把許永平的屍體載到外木山這一帶，丟到海裡湮滅證據。但是在那之後，高承漢因為受不了良心的譴責，一面又怕東窗事發，才會斷然跟李素珍離婚，接著又把六堵的工廠賤價賣掉，匆匆忙忙移民海外。」

說到這，我停下來喘口氣。許平則是呆愣在那，半晌才稍稍回過神來。

「妳剛才說的那些，有什麼證據嗎？」

「玉佩就掉在工廠裡頭。」

我接著告訴許平，我先前聯絡上當年接手高承漢六堵工廠的那位買家，對方說他當時在工廠裡找到一塊疑似許永平失蹤當時戴的玉佩，最後交到了「高太太」的手上。由於這些資訊我先前是自己調查的，沒跟許平提過，他此刻聽來，臉上的表情就像我當初發現他不是許永平時一樣的震驚。

「就算這樣，我阿母怎麼會知道這些事？」許平問道。

「李素珍告訴她的。」

「李素珍？」

我沒有回答許平的疑問，而是提起稍早在陳阿姨房裡發現的那塊玉佩。

「妳確定那是許永平的？」許平臉上仍寫著疑惑。

「錯不了的，上面刻著觀世音菩薩的雕像。」

「可是妳剛剛說玉佩交到了高太太手上，我阿母怎麼——」許平猛地抬起頭來。「難道——」

「嗯，」我看著許平那一臉不敢置信的神情，緩緩地說。「李素珍當年帶回家裡的人，就是你阿母。」

當年那個謎樣的人物，看到的鄰居有的說是男的，有的說是女的。而我之前因為先入為主，認為陳阿姨不可能跟李素珍有所牽扯，再加上許添龍個子較為嬌小，長相又比一般男性清秀許多，乍看之下或許會被人誤認為女性，因此斷定他就是當初李素珍帶回家中作客的那位「老友」。

當時的我萬萬沒有料到，真相卻剛好相反。陳阿姨因為長年留著短髮，光看外表也會讓人誤以為是位個子嬌小的男性。當年李素珍因為害死了許永平，丈夫高承漢最後又決定棄她而去，心靈長年以來肯定都處在崩潰的邊緣。我大概可以想像，李素珍後來在街上碰到陳阿姨，就像看到救命稻草般緊緊抓住不放。她把陳阿姨帶回家中，拿出玉佩向陳阿姨懺悔，說許永平已經死了，屍體就在那茫茫的大海裡。然而我不知道，也不敢想像，陳阿姨當時聽到這些令她肝腸寸斷的事情後，對李素珍說了什麼，又做了什麼。唯一可以確定的，是李素珍在那之後的沒幾個月，就因為神智不清走在街上，被迎面而來的車輛撞個正著，慘死輪下。而陳阿姨也因為與愛子團聚的最後一絲希望徹底破滅，才會「突然不想活了」，拿刀割腕企圖自盡。

「所以，我阿母早就知道我不是許永平，還把房子賣給鷹峰建設……」許平像在說服自己相信我剛剛說的一切，沉默了將近半分鐘才又再開口。

「不只這樣，她還千方百計地阻撓我們追查真相。」

此時一旁的步道上，幾隻鴿子因為人群走過，振翅飛了起來。

「妳是說——」許平雙眼圓睜，倒抽了一口氣。「那兩封警告信，還有那個裝著死雞的盒子，都是我阿母自己……」

「嗯。當初我一心以為，那些東西一定是『綁匪』拿來的，完全沒考慮到『被害人』可能也有犯案的動機。有些假象，如果當事人只有一方知道還維持得下去，但如果雙方都知道是假的，就沒戲唱了。我想那幾個月，你阿母看著我們一步一步地逼近真相，心裡應該很害怕有朝一日事情水落石出，你們這對『母子』就演不下去了，所以才會自導自演遭人威脅的戲碼，希望我們不要再追查以前的事。」

現在回想起來，那兩封警告信拿來的時間點，剛好都在我們的調查有所斬獲，或是採取了什麼新的行動之後。陳阿姨去年給我們看的第一封警告信，是在我們到信義市場，探聽出李素珍已不在人世、高承漢當年將工廠賤價出售的那些消息不久後，佯裝有人拿到門口來的。第二封警告信則更是誇張，元旦那天，早上我才和許平到育幼院向連院長詢問事情，回程的路上就接到陳阿姨打來的電話，說「那個人」又拿東西來了。由於那次已經不單是拿「信」來，隨信還附上了隻頸部遭人扭斷的小雞，我心想事態嚴重，本來主張要報警，可是陳阿姨卻極力反對，說萬一報警的事曝了光，警察又抓不到人，對方不知道會做出什麼事情來。而我當時雖然覺得不至於那麼誇張，但因為怕陳阿姨擔心，還是答應先把調查的事暫緩下來，直到後來拿到高承漢的聯絡方式，才又偷偷瞞著陳阿姨繼續調查，一路走到了現在這個赤裸裸的局面。

「怎麼了嗎？」我看許平皺著眉頭，在想什麼的樣子。

「我不懂。我阿母如果不想讓真相曝光，為什麼不裝傻就好了？為什麼要把我阿爸寄給她的那封信找給出來我們？如果沒有那封信上的地址，我們根本找不到我阿爸，也就問不出李素珍的事來。我阿母當時那麼做不等於自找麻煩？」

「我在打算追查真相前，就已經聽你阿母提過那封信了。」

「我阿母可以假裝把信弄丟了啊。」

「這樣太牽強了。那麼珍貴的東西，你阿母肯定會好好保存起來的。」

「再怎麼牽強，也比讓我們發現真相好吧？」

許平這麼說也不是沒有道理。陳阿姨當時如果就是不拿出信來，我也無可奈何。

「或許是你阿母沒有料到，事情會演變到現在這個地步吧。」我說。

「沒有料到？」

「嗯。畢竟這當中實在有太多的巧合了。」

一陣風吹過，我往涼亭外頭望去，剛好看到幾分鐘前被我們嚇跑的那對小情侶，此刻正站在步道旁用木頭搭建起來的平臺上，肩靠著肩依偎在一起。在他們後方，另外有一對老夫妻，滿頭花白的頭髮，正緩緩地走上平臺來。其中那位老太太似乎不良於行，老先生於是充當對方的拐杖，伴在身旁一步一步地扶著。

由於一旁步道上的民眾，不是在健走就是在慢跑，眼前這對老夫妻動作這般慢條斯理，彷彿就像有一盞聚光燈打在他們身上似的，顯得格外的醒目。我本來沒有多想什麼，但就這樣看著看著，忽然間一股暖流從我體內擴散開來，我覺得我好像知道許平剛才那個問題的答案了。陳阿姨明明不想讓真相曝光，為什麼還要讓我們去找許添龍？我在心裡頭想像著陳阿姨的樣子。她和許永平失散了多少年，就和許添龍分隔多少年。兩個至愛，一死一生，這些年來，陳阿姨應該也想過去找許添龍吧？應該也想知道那個曾經跟她同床共枕的人，現在是哭是笑，是喜是悲。只不過或許因為愧疚，又或許因為心裡那擺脫不了的芥蒂，才一直壓抑著這股衝動，放任日子一天一天地過去。直到這次因緣際會，我決定探究當年事件的真相，陳阿姨才順勢而為，想說這是天意吧，然後跨出了這二十多年來的第一步。一定是這樣的。

「因為思念吧。」我說。

「思念？」

許平隨著我的視線看去，突然間好像也明白我在說什麼似的。

「是啊，你阿母寧願冒著真相曝光的風險，也想知道你阿爸過得好不好。」

我站起身來，尋找著海岸上陳阿姨那孤獨的身影。

「應該就是因為思念吧。」我說。

5

魔幻時刻，天色漸漸轉暗。我和許平離開涼亭，回頭往沙灘那頭走去時，只見來時那輪白炙炙的豔陽，這會兒好像一團火球一般，把周圍的雲彩還有底下波光粼粼的海面燒得一片通紅，相互閃耀輝映。要是平時，我或許會停下腳步，稍微欣賞一下這片都市裡見不到的景色。但此時此刻，我跟許平就只是默默地走著，兩個人都沒有說話，也不知道要說什麼。

嫉妒啊，我在心裡暗自嘆息著，就是這簡簡單單的兩個字，毀掉了二十五年前的兩個家庭。雖然李素珍當年在廟口擄人，比較可能是臨時起意，但讓她興起那個念頭的妒意，卻是積年累月堆疊而成的。另一方面，雖然我剛才說我不知道李素珍當時打著什麼主意，但其實我心裡一直深信不疑，李素珍是為了擁有一個完完全全屬於自己的孩子，才把許永平從陳阿姨身邊帶走的。而這個決定，就像一雙無形的手，把他們幾個人從懸崖邊推落下去，摔得粉身碎骨。

許永平當時在工廠裡到底出了什麼意外，雖然現在已經不得而知，但我猜想應該是在玩耍的時候，摔落下來撞到了機具。由於機具上沾有血跡，不能留在現場，但只移走一臺又會啟人疑竇，高承漢索性在將工廠轉手之前，把全數的機具一併清出，接著又把工廠內部徹徹底底打掃過一遍。我不曉得如果可以重來，高承漢的決定會是什麼，但李素珍當時倘若自首，下場應該就不會像後來那麼淒涼了。我記得信義市場的阿婆說過，李素珍當年突然間變得神經兮兮，不僅走在路上看到積水會怕，甚至還把家裡頭的浴缸整個打掉。她大概在水裡看到了許永平的幻影吧。高承漢也因為沒能及時拉住李素珍一把，最後為求自保，不得不拋下一切移居海外。他大概以為切斷了和過去的連結，生活和心靈就可以平靜下來，卻沒料到在多年以後，會有人突然追查起當年的真相。雖然我剛剛跟許平說，把許永平棄屍海中是高承漢和李素珍兩人所為，但其實我也不確定高承漢到底涉入多少。或許「棄屍」是李素珍提出來的主意，高承漢只是從犯也說不定。但無論如何，高承漢確實知道許永平已經不在人世，這點我是可以肯定的。不然他當初聽到陳阿姨和許平的DNA鑑定結果時，反應也不會那麼震驚，甚至最後掛上電話前，還語重心長地告訴我：

這件事情再調查下去，受害最深的人恐怕就是秋琴了。

高承漢和我們一樣，自認為不戳破真相是為了陳阿姨著想，殊不知陳阿姨從一開始就什麼都知道了。儘管如此，陳阿姨還是選擇活在美麗的謊言裡，除了後來自己準備的那兩封警告信外，早在當初我提出要做DNA鑑定的時候，她感覺起來就有些抗拒。

「看胎記判斷敢不行？那個胎記很少人有。」陳阿姨當時這麼問道。

「用胎記判斷出錯的機會較大。」我說。

「DNA敢講就百分之百不會出差錯？」陳阿姨接著又問。

「那種情形很少。」

陳阿姨聽我這麼說，感覺仍然有些猶豫，最後彷彿是因為「找不到理由反對」而答應了下來。我想陳阿姨早在當時，就已經做好了從夢中醒來的心理準備，卻沒料到後來DNA鑑定結果出爐，眼前這個明明不可能是許永平的人，和她是親子的機率竟然將近百分之百。我不知道陳阿姨一開始是怎麼看待這件事情的，但後來鷹峰建設一連串的動作擺明都是針對許平而來，那時候陳阿姨大概也察覺到了，這一切都只是鷹峰建設安排出來的戲碼而已。

然而儘管如此，陳阿姨還是繼續扮演著她母親的角色，最後甚至放棄了一直以來堅守不賣的房子。在今天之前，我還能想像那份親情的重量，陳阿姨為了保護孩子，捨棄了一些原本屬於她的東西，就這麼簡單。可是如今這份承載著思念、這份被苦痛纏繞著的情感，突然間變得巨大無比，巨大到我用理智完全無法想像的程度。陳阿姨明明知道許平是鷹峰建設的人，為什麼還要照著對方的劇本走？她難道不怕許平完成了「任務」後離她而去？還是說，陳阿姨其實什麼都不知道，她以為這一切都是老天的眷顧，才會讓許永平以另一個身分回到她身邊來？我很想要這樣說服自己，可是我知道陳阿姨其實是清醒的。現實世界中的許永平，陳阿姨從來就沒有忘記過，也因此這二十年來才會風雨無阻，每個月都帶著碎肉來這裡餵魚，來這裡看看她那個沉眠海底的「阿平」。那天部門聚餐，箱子哥引以為傲的減重良方，就是先用牛排把肚子塞滿，飽了之後就不會想吃其他的東西。我想陳阿姨心裡應該也是這麼想的。縱使許永平在海底早已被魚群啃得面目全非，屍骨無存，但陳阿姨還是想把那些魚餵飽一點，這樣牠們就不會來動她的阿平了。在陳阿姨心中，許永平永遠都是她房裡那張尋人啟事上，那個剃著小平頭，咧著嘴笑的可愛模樣。

嘩——

我和許平回到沙灘旁的岩石區，底下一道海浪打上岸邊，激起了數公尺高的水花來。我在上頭聽見聲響，從思緒中回過神來一看，只見許平在我身旁默默地走著，臉色看起來有些蒼白。

「你還可以吧？」我們走到步道旁的圍欄時，我小聲地問道。

許平點點頭，沒有說話。我怕他藏不住情緒，又叮嚀了他一遍剛才的事。

「記住，不要讓你阿母知道了。」

「嗯。」許平輕輕應了一聲，接著便翻過圍欄，往底下的海岸走去。我跟在後頭，踏著許平走過的岩塊，半晌我們回到岸邊時，只見遠方那顆橘紅色的太陽，比起剛剛又沉了一些，好像要落入海裡似的。陳阿姨餵完了魚，一個人坐在岩石的邊緣上，幽幽地望著遠處的海面，身影給夕陽拉得長長的。不知道是不是我的錯覺，我和許平走過去時，我好像看見陳阿姨的眼角泛著微微的淚光。

「怎麼去那麼久？」陳阿姨聽見我們的腳步聲，回過頭來。

「阮又去買東西吃。」

許平說著在陳阿姨身旁坐了下來。

「連鞭就要吃飯矣還這樣。」陳阿姨嘴裡絮絮唸著，許平則是突然喊了一聲：

「阿母——」

「焉怎？」陳阿姨皺了皺眉頭，轉頭看著許平。

許平搖了搖頭，沒有說話，接著卻把頭靠在陳阿姨的肩膀上。

「做啥？莫私昵[48]啦！」

48 撒嬌。

陳阿姨嘴上這麼說，手卻撫著許平的頭，一面輕聲地哼起歌來。我覺得旋律有些熟悉，仔細一聽，是去年許平手骨被王毅鐸打斷，送到醫院動完手術後，陳阿姨坐在病床旁唱的那首〈心肝寶貝〉。

輕輕聽著喘氣聲，心肝寶貝子。
汝是卬之，幸福希望，斟酌與你晟。
望汝精光，望汝才情，望汝趕緊大。
望汝古錐，健康活潑，不驚受風寒。

鳥兒風箏，攏總會飛，到底為何物？
魚兒船隻，攏是無聊，焉怎會徙位？
日頭出來，日頭落山，日頭于都去？
春天之花，愛吃之蜂，他是在都位？

心肝寶貝，我第一次聽到這首歌的時候，不太明白歌詞裡的意思。我不懂為什麼要問鳥和風箏為什麼會飛，又為什麼要問太陽上山下山，跑到哪裡去了。直到後來，我才漸漸明白那是親子間的對話。我自己小的時候，也曾問過阿母天空為什麼是藍的，雲又為什麼是白的。那時候阿母答不上來，阿爸於是找了一天下午，和阿母帶我到市立圖書館去查百科全書。

以前回憶起這些過往的片段，心中總是有些苦悶，甚至還帶著那麼一點的怨懟。我不明白老天為什麼那麼殘忍，為什麼要在那天下午，讓我眼睜睜地看著阿爸阿母離我而去。在那之後，我的生命就像缺了一角，而我也始終以為，自己這輩子都要帶著這個不完整的靈魂孤獨地過下去。直到此時此刻，當我聽著陳阿姨那帶著期盼與不捨的聲音，看著她和許平像一對如假包換的母子坐在那裡的身影，我才赫然發覺，自己心中那道二十年來不斷淌著血的傷口，正在一點一滴地癒合起來。我想起那天我走到阿爸車子旁，阿母用她僅存的氣力，告訴我那裡危險，要我趕快離開時臉上的神情。那幾秒鐘的時間，我跟阿爸雖然沒有說到話，但我相信他跟阿母一樣，肯定都希望我可以一個人幸福快樂地活下去。

妳有寶貴的回憶。妳阿爸阿母一直都在那裡，沒有離開。

許平說得沒錯，我擁有誰也奪不走的寶貴回憶。就像阿平一直活在陳阿姨心中一樣，這些年來，阿爸阿母也始終守護在我的身旁。

正因為如此，我一點也不孤單。

想到這裡，我抬起頭來往天上望去。在陳阿姨悠悠的歌聲中，我彷彿看見阿爸阿母就在那顆紅紅的太陽旁邊，像以前那樣，對著我溫暖的笑著。

而我也在這一刻，從那個夢中醒了過來。

後記

小時候走在街上，時常看到尋人啟事。上頭印有失蹤兒童的照片、姓名、出生日期、失蹤日期、失蹤地點、個性、特徵等等的資訊。前幾年我在基隆市區搭車，經過信二路某棟大樓時，腦中突然浮現一個畫面：一位年過半百、頭髮已經有些花白的婦人站在騎樓上，抬著頭，凝視著牆上泛著黃斑的尋人啟事。而這也是《團圓》這個故事的起點。

故事原始的設定，並沒有高承漢和李素珍這對夫妻。在那樣的架構下，陳阿姨在某個時間點必須採取某個行動，故事才能進行下去。但就在劇情慢慢展開來的同時，我突然無法說服自己，陳阿姨在那個時候採取的行動是合理的。後來我想出來解套的方法，就是納入小說中的核心事件——二十五年前的綁架案。在那之後，高承漢和李素珍加入故事中，劇情開始膨脹起來。幾經修改，寫寫停停，《團圓》於是有了現在這番面貌。

故事中的臺語對話，是我在劇情以外花費較多心思的地方。一開始的做法，是參考網路上各家的意見，以及教育部的推薦用字，採全臺語文書寫。但後來發覺這樣不太可行，因為書中的臺語對話達數千字，懂臺語但沒接觸過臺語文的讀者都很可能會看不明白，更不用說完全不諳臺語的讀者了。最後我採取折衷的辦法，以華語的結構為骨幹，關鍵的詞彙和句型用臺語替換，視情況附上註釋說明。

說來慚愧，我原先的規畫是，那些用來替換的詞彙和句型全書要統一，但實際執行後才發現，每句話適合用來凸顯臺語味的地方不盡相同，因此改成「見招拆招，隨機應變」。同樣的詞彙，在某些句子中用臺語的對應詞取代，在另一些句子中則因為有其他詞彙更加適合替換，該詞彙就用華語表示（比如「怎麼」，書中幾處寫作「焉怎」，其他地方則沿用原詞）。各位讀者如果對於臺語文有興趣，可以參考教育部編著的常用詞辭典[48]。《團圓》書中的部分用字，可以在上述辭典找到更詳細的解釋和例句。另一部分則因為參考網路上其他看法，跟教育部的推薦用字有所差異（比如華語的「剛才」，教育部辭典寫作「拄才」，書中則作「適才」）。這方面如有不盡之處，再請各位海涵。

《團圓》能夠付梓出版，受到多方的幫忙與支持。我想感謝一路陪伴著我的家人、提供各式資源的臺灣推理作家協會、執掌整個出版流程的尖端團隊；當然，還有翻開《團圓》，一路讀到這裡的各位讀者。因為你們，我才得以走到此處。

剛過去的一年，疫情肆虐，大家的生活都被攪得紛亂不堪。

最後在這，希望新的一年，世界可以恢復平靜。

王少杰

二〇二一年一月五日

48 教育部臺灣閩南語常用詞辭典：https://twblg.dict.edu.tw/holodict_new/

逆思流

團圓

作者／王少杰
發行人／黃鎮隆
總編輯／洪琇菁
執行編輯／呂尚燁
企劃宣傳／邱小祐
副總經理／陳君平
國際版權／黃令歡
美術主編／方品舒
出版／城邦文化事業股份有限公司　尖端出版
台北市中山區民生東路二段一四一號十樓
電話：（〇二）二五〇〇七六〇〇　傳真：（〇二）二五〇〇二六八三
E-mail：7novels@mail2.spp.com.tw
發行／英屬蓋曼群島商家庭傳媒股份有限公司城邦分公司　尖端出版
台北市中山區民生東路二段一四一號十樓
電話：（〇二）二五〇〇—七六〇〇（代表號）
傳真：（〇二）二五〇〇—一九七九
中彰投以北經銷（含宜花東）／楨彥有限公司
電話：（〇二）八九一九—三三六九
傳真：（〇二）八九一四—五五二四
雲嘉經銷／威信圖書有限公司　嘉義公司
電話：（〇五）二三三—三八五二
傳真：（〇五）二三三—三八六三
南部經銷／威信圖書有限公司　高雄公司
客服專線：〇八〇〇—〇二八—〇二八
電話：（〇七）三七三—〇〇七九
傳真：（〇七）三七三—〇〇八七
香港總經銷／城邦（香港）出版集團有限公司
香港灣仔駱克道193號東超商業中心1樓
電話：（八五二）二五〇八—六二三一
傳真：（八五二）二五七八—九三三七
E-mail：hkcite@biznetvigator.com
馬新經銷／城邦（馬新）出版集團　Cite(M)Sdn.Bhd.
E-mail：Cite@cite.com.my
法律顧問／王子文律師　元禾法律事務所
台北市羅斯福路三段三十七號十五樓
二〇二一年一月一版一刷

■中文版■

郵購注意事項：
1. 填妥劃撥單資料：帳號：50003021戶名：英屬蓋曼群島商家庭傳媒(股)公司城邦分公司。2. 通信欄內註明訂購書名與冊數。3. 劃撥金額低於500元，請加附掛號郵資50元。如劃撥日起 10～14日，仍未收到書時，請洽劃撥組。劃撥專線TEL：(03) 312-4212 ・ FAX：(03) 322-4621。E-mail：marketing@spp.com.tw

國家圖書館出版品預行編目資料

團圓 / 王少杰 著 . --初版.
--臺北市：尖端出版, 2021.01
面 ； 公分. --(逆思流)
ISBN 978-957-10-9303-1(平裝)

863.57　　109019007